KB260077

펑이요로 만난 중국

국립중앙도서관 출판시도서목록(CIP)

펑이요(朋友)로 만난 중국
김동연 지음. -- 서울 : 한울, 2003
    p. ;   cm

ISBN 89-460-3093-3 03810

309.112-KDC4
951-DDC21   CIP2003000280

펑이오로 만난 중국

한국청년 찐동위앤이 본 달고도 쓴 중국의 오늘

김동연 지음

중국이 변하고 있다. 장막을 걷고 개혁개방을 시작한 지 벌써 20여 년이 흐른 지금, 13억의 거대한 용은 더욱 빠르고 힘차게 움직이고 있다. 머지않아 승천하여 곧 천하를 호령할 기세이다. 그런데 그 용과 너무나 가까이 있는 우리의 운명은 어찌 될 것인가? 그 용을 타고 승천할 것인가, 아니면 과거의 역사처럼 또다시 그 기세에 눌릴 것인가?

나는 LG전자의 '지역전문가 프로그램'에 따라 2002년 1월 중국에 파견되어 9개월간 중국어와 중국 문화를 배웠다. 이 프로그램은 '해당 국가의 문화를 충분히 이해한 후 사업을 해야 효과적이고 효율적'이라는 기업 사고를 바탕으로 매년 운영되고 있는데, 나는 4명의 동료와 함께 중국에 파견되는 행운을 안았다. 회사에서 제시한 주요 활동은 언어 습득, 문화 체험 및 사업 환경 조사 등이었는데, 나는 여기에 개인적인 목표를 하나 추가하였다. 바로 '중국 젊은이를 통해 중국에 관한 체험 위주의 생생한 글을 쓰는 것'이었다. 한국의 젊은이로서 중국 젊은이가 어떤 생각을 가지고, 어떻게 살아가는지 또 그들이 살고 있는 중국은 어떤 곳인지 그 구체적이고 생생한 모습이 궁금했지만, 이런 내용을 다루는 자료가 많지 않아 시원한 답을 찾을 수 없었다. 이에 개인적인 호기심을 풀면서 이를 흥미롭게 엮어 많은 분들이 중국 젊은이와 중국에 대해 새로운 관심과 흥미를 갖도록 하자는 생각을 하였던 것이다.

중국에 온 이후 많은 젊은이를 겪으면서 이들과 중국의 이야기를 쓰기 시작했는데, 여러 면에서 쉽지가 않았다. 특히 넓고도 넓고, 많기도 많고, 여러 면에서 편차가 심한 중국을 개별적이고 구체적으로, 그것도 제한적으로 다루는 경우 중국의 한 귀퉁이를 전체인 양 이야기하고, 겉모습만 그리는 꼴이 될까 두려웠기 때문이다. 하지만 개별적이고 구체적인 삶도 결국은 중국의 모습이고, 올바른 분별력과 판단력으로 글을 쓴다면 그래도 중국을 이해하는 데 조금이나마 보탬이 될 수 있을 것으로 판단했다. 더욱이 중국에서 살아보니, 그간 우리에게 잘못 알려져 있는 중국의 모습과 미처 모르고 있었던 사실이 생각보다 많았다. 당연히 이를 바로잡아 많은 분들과 공유하는 것이야말로 내가 중국에 온 근본적인 이유라 생각했고, 결국 책을 완성하였다. 우리가 중국의 이런저런 모습을 많이 아는 만큼 중국의 변화는 우리에게 더 많은 기회를 제공할 것이라 믿는다.

이 책은 중국에서 생활하면서 자연스럽게, 때론 의도적으로 겪어본 중국 젊은이와 중국에 대한 이야기이다. 비록 이 책에 실린 내용이 중국의 전부는 아니지만, 그렇다고 극히 예외적이고, 아주 특수한 이야기도 아니다. 내가 경험한 보통의 중국 젊은이와 중국에 대한 이야기이다. 나에게 중국어를 가르쳐준 젊은이, 월셋방을 중개해준 젊은이, 매일 가던 식당에서 일하던 주방장과 그의 여동생, 나이트에서 알게 된 아가씨, 악덕 집주인 등 이런저런 중국 젊은이들의 삶이 이 책에 담겨 있다. 또한 이들과 밥을 먹고 술을 마시며 배운 중국 문화와 사회의 이모저모, 그리고 이와 관련된 한국인과 한국 사회에 대한 나의 감상이 함께 실려 있다.

중국에 체류한 기간은 비록 9개월이지만, 일에 대한 부담 없이 중국 곳곳을 고루 누볐고, 그야말로 하층에서 상층까지 '살아 있는' 중국의 모습과 중국의 젊은이를 느낄 수 있었다. 또한 중국을 바로 알고자 하는 열정과 성실성, 그리고 유연한 판단력을 가지고 순례자가 아닌 참여자로서 생활했고, 하나하나의 경험을 여러 사람과 자료를 통해 검증하여 이 글을 썼기에 조심스럽게 자부심을 가져본다.

그런데 중국은 13억이나 되는 인구에, 56개 민족으로 이루어진 거대하고, 다양한 문화를 가진 나라이며, 지역간 발전 정도나 사고 관념 등의 차이가 크고, 급변하는 사회이다. 또한 나의 지식이 한계가 있고 이 책에서 다루는 내용이 제한적이기에 분명 잘못된 부분과 부족한 부분이 있을 것이다. 이런 오류는 모두 내 탓이지만, 이를 바로 잡고 서로 보충하여 중국에 대한 올바른 지식을 구축하고 공유하는 것은 독자 여러분 모두의 일이 아닐까 한다. 쌍방향 의사소통이 가능한 디지털 시대에, 아날로그 시대의 성실성을 조금만 견지한다면 이는 과히 어려운 일은 아니라고 본다. 이를 위해 http://mart.to에 조그만 게시판을 임차해두었다. 이 홈페이지의 집주인은 장원준으로 나의 대학 친구이다. 정치학을 전공했으면서도 지금은 소프트웨어 프로그래머로서, 사업가로서 자신이 원하는 삶을 개척한 멋진 친구이다. 이 게시판을 통해 이 책과 중국에 대한 많은 이야기를 나누었으면 한다.

마지막으로 많은 분들께 감사의 정을 표하고 싶다. 먼저 LG 전자의 모든 분께 진심으로 감사를 드린다. 이 분들의 땀으로 중국에서 생활하였고, 이 책을 쓸 수 있었다. 다음으로 이 책에 등장하는 중국 친구와 이 책을 쓰는 데 도움을 준 모든 분들, 그리고 한울 출판사에 깊은 감사를 드린다. 또한 나의 인생에 커다란 지침을 주시고, 이 책을 쓸 수 있도록 영감을 주신 고 구영록 교수님과 서울대학교 정치학과 최명 교수님 두 분께 깊은 감사를 드린다. 9개월간 제대로 모시지 못한 부모님, 가족의 소중함을 다시 일깨워준 아내와 아들 정우, 그리고 후세의 정따에게도 깊은 사랑을 보낸다. 마지막으로 독자 여러분 모두의 삶을 위하여!

차례

이 책은?   5

민족의 용광로, 중국   15

입을 다물어야 미인인 그녀   16
그녀의 출근길이 험난한 이유   20
돼지고기? 오 노!   24
티베트와 위구르   28

중국인은 자식을 하나만 낳아야 한다고?   39
푸통후와로 얘기해!   41

한족과 만주족의 사랑   45

첫 만남   46
연상의 한족 여인과 만주족의 사랑은 과연?   49
펑이요가 되어 그들의 고향에서 설을 보내다   52
중국의 살벌한 설 풍속, 임산부는 가라!   56

귀여운 여인과 귀여운 감탄사   61
돈 싸들고 다녀야 하는 중국   62
내가 잠든 사이   63

중국의 PC방, 왕빠   65

인터넷 채팅으로 사랑을 속삭였으나   66

채팅, 디스코, 그리고 낭패　73
삐삐는 가라!　73
중국은 우리 땅, 조신하게 살아야 한다.　75

나이트 클럽의 젊은이들　79

살벌하게 흔들어대는 하이난따오의 젊은이들　80
자유롭게 살고 싶어 가출한 그녀들　83
마약은 하지 말고 놀아라, 선전 애들아!　86
한류를 즐기는 젊은이　91

서부대개발, 잘돼야 할 텐데　96
길을 건널 땐 소심해야 한다　98

기숙사가 곧 집인 청춘들　101

그의 학창시절　102
고달픈 인생이여!　108

학생식당에서 공짜로 즐겨야만 했던 칵퉤일!　112
근무도 공부도 낮잠은 자고 해야　114

달고 쓴 젊은이　115

단 젊은이　116
쓴 젊은이 1　119
쓴 젊은이 2　127

군대 가고 싶어 병역 비리를 저지르다   131
위조지폐와 암달러 상   133
중국에서 가장 겁나는 일   135

그놈의 영어가 뭔지   137

영어, 영어, 영어!   138
영어를 마시는 잉글리시 카페   142
영어로 세상 시름을 잊는 데보라   145
택시에서 내릴 때 영수증은 반드시 챙겨야   148
돌다리 두들기기   148

미니스커트와 자전거   151

자전거가 곧 중국 서민의 자가용   152
미니스커트를 입고 자동차를 타면 이상한가?   157
속옷 노출과 체면   164
'갖은자'도 배워야 한다   170
이얼싼쓰를 손가락으로   171
졸을 졸로 보지 마라   172

중국 여자와 살면 밥해야 한다는데   175

맞벌이? 그거 기본 아닌가?   176
남자가 밥하는 거? 그거 역시 기본 아닌가?   181

빠바가 한 음식이 더 맛있다   184

뭐든 남녀는 같이해야   186
만두가 만두인 줄 알고 시키면 허망하다   186
중국식 조삼모사   188

2002월드컵, 한국의 승리는 아시아 축구의 치욕!?   191

웬 봉창 두드리는 소리?   192
우리 중국인들이여, 정신 차리자!   196

집요하다, 집요해!   202
노점상 단속에 눈물 흘리던 젊은 부부   202

상하이로 몰려드는 젊은이들   205

이고 진 저 젊은이, 어디서 왔는가?   206
서러운 타향살이   209
오빠는 주방에서, 난 홀에서   215

이게 사기지, 상술이냐?   219
"한 근 주세요"하면 한 근 이상 주는 과일 아저씨   222

세입자가 되어 겪어본 상하이   223

젊디 젊은 부동산 4인방   224
돈 심은 데 돈 나는 상하이 부동산 시장   232

중국에서마저 겪은 세입자의 서러움 236

중국에서는 무조건 깎아야 한다? 241
세상에 공짜가 어디 있어? 242
표리부동함에 당하다 243

부록: 중국 친구들이 보낸 이메일 245
후기: 돌아 보며 느낀 중국 254

민족의 용광로, 중국

입을 다물어야 미인인 그녀/그녀의 출근길이 험난한 이유/돼지고기? 오 노!/티베트와 위구르/
중국인은 자식을 하나만 낳아야 한다고?/푸통후와로 얘기해!

입을 다물어야 미인인 그녀

그녀의 이름은 쏭핑(宋平)이다. 언제나 당당하고 씩씩하다. 생긴 것은 분명 여성스러운데, 하는 행동은 웬만한 남자보다 시원스럽다. 본인 스스로도 힘주어 말하길, 자신의 성격은 자랑스럽게도 '따팡(大方, 호방한)'하단다. 자기뿐만 아니라 베이징(北京) 사람들은 대부분이 이렇다고 한다. 실제로 베이징 사람들과 이야기해보면, 자기들은 따팡하고 친절한데, 상하이(上海) 사람들은 '시아오치(小氣, 속 좁고 인색한)'하고 이기적이며, 평소에는 친한 듯하지만 돈 문제가 얽히면 태도가 돌변한다고 한다. 쏭핑 역시 이렇게 말하며, 내가 한 학기 동안 상하이에서 중국어를 공부할 예정이라고 하자 무척이나 걱정했다. 과연 상하이는 어땠을까? 쏭핑 등의 이야기 때문에 선입견을 가져서 그런지 상하이에 갓 도착했을 때는 상하이가 매우 이상하게 느껴진 것이 사실이다. 한두 가지 사소한 불친절 등을 겪을 때마다 '상하이 사람들은 정말 시아오치하구나' 하며 씁쓸해 했다. 하지만 막상 몇 개월을 살고 보니 사람 사는 것은 어디나 마찬가지라는 생각이 든다. 상하이라고 유별나게 시아오치한 것은 아닌 듯한데 남

들이 그렇다 하니 그런 식으로만 느꼈던 것 같다.

그런데 비단 베이징 사람만이 상하이 사람을 나쁘게 평가하는 것
은 아니었다. 동북의 창춘(長春), 남부의 광저우(廣州), 심지어 저 먼
서북의 우루무치(鳥魯木齊, 베이징에서 비행기로 3시간 30분이 걸린
다) 등에서 만난 젊은이들도 한결같이 상하이 사람을 부정적으로 평
가했다. 그런데 이들은 한번도 상하이에 가본 적이 없다. "상하이에
가보지도 않고 상하이 사람이 나쁜지 어떻게 아느냐?"라고 물어보
면 상하이 출신 여행객이나 장사꾼 등 이런저런 상하이 사람을 이래
저래 겪어보았기 때문에 잘 안단다. 궁색한 변명이라 느껴지면서도
그럴 수도 있겠다 싶다. 아니 땐 굴뚝에 연기 나겠는가? 비록 사실이
아니라도 한번 피어오른 연기는 거두기 어렵고 발 없는 연기지만 천
리에 퍼지니 어쩌랴? 그런데 중국인의 기질에 관한 이런저런 중국 책
을 보면, 상하이 사람들의 기질은 대체로 위와 같은 듯하다. 중국인
이 쓴 책을 우리말로 번역한 『중국인도 다시 읽는 중국 사람 이야
기』는 내가 경험한 중국의 사정과 상당히 부합하는 면이 많았는데,
이 책도 상하이 사람의 기질을 시아오치한 것으로 묘사한다. 하지만
이런 것들 때문에 선입견과 편견을 가져서는 상하이든 뭐든 바르게
이해할 수 없다.

쏭핑은 콘택트 렌즈 대신 검은 뿔테안경을 쓰는데, 안경 너머로 보이
는 쌍꺼풀 진 눈이 아름답게 보이기도 하고, 매섭게 보이기도 한다. 특
히 자기 주장을 내세우며 두 눈을 크게 뜰 때는 독수리처럼 날카롭다.
그렇지만 쌀쌀맞고 냉정한 사람은 절대 아니다. 전형적인 미인형 얼굴
에 170cm 정도의 키와 날씬한 몸매를 가졌고, 소우찌(手機, 휴대폰)에
매달고 다니는 마시마로 토끼를 끔찍이 귀여워하는 소녀 같은 아가씨
다. 한마디로 매우 매력적인데, 이런 그녀도 약점은 있다. 비단 그녀만
이 아니다. 내가 본 몇몇 아가씨들이 이랬는데, 아주 그럴듯해 보이는

아가씨들도 입만 벌렸다 하면 "영 아니올시다"가 되고 만다.

중국 여성들은 우리 여성들처럼 진하게 화장하는 경우가 드물다. 대학생뿐만 아니라 직장인들도 그렇다. 대부분 수수하다. 물론 우리 여성들 못지않게 미용에 많은 관심을 가지고 자신을 꾸미는 여성들도 있다. 성형수술도 하고, 점도 빼고, 하지 않아도 될 다이어트도 하고, 손톱, 발톱 손질도 받고 야단들이다. 그런데 이를 드러내는 순간 모든 노력이 물거품이 되고 마는 경우가 있다. 이가 못생겼다기보다 미백을 해야 할 정도로 검거나 누렇게 손상되어 있다. 왜 이럴까? 중국을 좀 안다는 사람들에게 물어보면 차를 많이 마셔서 그렇다는 등, 이를 자주 닦지 않아서 그렇다는 등의 추측을 해댔는데 꼭 그런 것 같지는 않다. 요즘 젊은이들은, 특히 도시 젊은이들은 차보다는 맛도 좋고 먹기도 편한 음료수나 생수를 선호하고 더 자주 마시는 것 같다. 또 차를 많이 마셔서 그렇다면 노인들은 왜 멀쩡한가? 그럼 이를 자주 닦지 않아서? 아니다. 양치질과는 큰 관련성이 없어 보인다. 중국 친구들에 의하면 이들의 이가 이상해진 것은 잘못 만들어진 감기약을 복용했기 때문이란다. 1970년대 중, 후반 출생자 중 일부가 한때 그 약을 복용하여 이런 현상을 겪고 있다는 것이다. 이러한 내용은 추측할 필요가 없다. 그런 친구들에게 직접 물어보면 된다. 괜히 자꾸 이상한 방향으로 추측하다 보면 엉뚱한 오해를 낳게 된다. 이렇게 해서 생겨난 중국에 대한 오해가 한둘이 아닌 듯하다.

그녀는 나에게 중국어를 가르친 푸따오(輔導, 과외 선생)였다. 그녀를 만난 곳은 베이징의 우따오커우(五道口)에 있는 한 사설 중국어 학원인데, 그녀는 학원 강사였고, 나는 학생이었다. 많은 한국 학생들이 중국에 몰려오다 보니 한국인이 한국인을 주요 고객으로 하는 사설학원까지 성업중이다. 다른 강사에 비해 유달리 활달하고, 적극적인 것이 매력적이어서 개인교습을 요청했고, 그녀는 흔쾌히 받아

우따오커우(五道口)에 있는 베이징 위이앤 따쉬에(語言大學). 이곳에는 정말 많은 외국 유학생들이 중국어를 배우기 위해 몰려들고 있다. 그중 한국 학생이 유난히 많다. 자전거를 타고 다니는 대학생, 정문을 지키는 수위의 모습이 이채롭다.

주었다. 그야말로 따팡한 그녀의 기질대로였다. 그녀가 요구한 과외비는 시간당 50위안(1위안=150원 정도). 이건 엄청나게 비싼 금액이다. 일반 대학생을 과외 선생으로 쓸 경우엔 20~30위안이면 족하다. 또한 중국에서는 흥정이 기본이기 때문에 마땅히 과외비를 가지고 흥정을 해야 했지만, 교육학을 전공하고 학원 강사를 하는 그녀의 실력과 열정을 믿기로 했다. 결국 그 믿음의 결과는 대만족이었다. 어렵고 귀찮은 질문을 대충 넘기지 않고 자세히 가르쳐주려는 성실성과 적극성, 게다가 실력까지 겸비하여 하나하나 자세히 가르쳐주었고, 나의 중국어 기초는 이때 잘 다져졌다. 어느 정도인가 하면, 중국어를 거의 모르던 내가 상하이 차이징(財經) 대학에서 한 학기 동안 중국어 수업을 듣기 위해 반편성고사를 보았는데, 중국에 온 지 한 달만에 고급반에 배정되었을 정도였다. 물론 시험 성적과 실제 실력이 꼭 같지는 않은 법이지만……

그녀의 출근길이 험난한 이유

쏭핑은 아침 5시 30분에 일어난다. 왜 이리 일찍 일어날까? 입술만 대충 붉게 칠하는 그녀의 화장 상태나 긴 생머리를 그저 질끈 묶기만 하는 머리 모양을 보면, 한두 시간씩 화장하고 출근하는 것은 절대 아닌 듯한데 말이다. 더구나 바지에 가벼운 윗도리, 두꺼운 외투 하나 덜렁 걸치고 나오는 그녀의 스타일을 보면 선뜻 이해가 되지 않는다(이런 그녀였지만, 나와 헤어지는 마지막 날엔 추운 날씨에도 불구하고 미니스커트를 입고 나타나는 깜짝쇼를 연출했다. 사실 그녀는 미니스커트를 즐겨 입는다고 한다). 그녀가 이처럼 일찍 일어나야 하는 이유는 우선, 아침을 제대로 먹기 위해서이다. 내가 통학하며 지켜본 상하이 젊은이들은 허겁지겁 출근하느라 아침을 굶거나 출근길에 길거리 음식으로 간단히 해결하는 경우가 많았는데, 쏭핑은 그렇지 않다. '아침은 잘 먹고, 점심은 배 부르게, 저녁은 적게'라는 속담대로 아침을 잘 챙겨 먹는다. 다음으로 출근 시간이 8시이기 때문에 일찍 일어나야만 한다. 게다가 그녀의 집에서 학원까지 무려 1시간 40분 정도가 소요되니 어쩔 수 없는 듯하다.

1시간 40분이라, 왜 이렇게 오래 걸릴까? 비록 그녀의 집은 베이징 중심에 있고, 학원은 베이징의 서북쪽에 치우쳐 있다 해도 2시간 가까이 걸릴 만큼 그렇게 멀리 떨어져 있는 것은 아니다. 물론 출근 시간의 혼잡함을 감안하면 '그럴 수도 있겠다' 싶다. 그런데 실상을 알고 나면 안쓰럽기까지 하다.

우선 집을 나와 버스 정류장까지 10분 정도 걷는다. 버스를 타고 10분 정도 가다 내린다. 미니 버스로 갈아탄다. 25분 정도 가다 또 내린다. 그리곤 다른 버스로 갈아탄다. 45분 정도 가다 내린다. 그리고는 학원까지 10분 정도 걷는다.

"걷고, 타고, 갈아타고, 또 갈아타고, 걷고." 시간도 오래 걸리며 번거롭고 힘들어 보인다. 다른 길은 없는가? 물론 있다. 첫번째 정류장에서 마지막 정류장까지 직행하는 버스를 타면 된다. 이것을 이용하면 총 40여 분을 절약할 수 있고, 갈아타는 불편함을 없앨 수 있다. 그런데 왜 직행버스를 타지 않고 험난한 길을 택하고 있을까? 문제는 돈! 직행버스는 빠르고 편한 만큼 비싼데, 배 이상이나 비싸다고 한다. 그럼 베이징의 버스 요금이 도대체 얼마이길래 이럴까?

베이징의 버스 요금은 기본적으로 에어컨디셔너(air conditioner)가 있느냐 없느냐에 따라 다르다. 에어컨디셔너가 있는 버스는 없는 버스에 비해 기본 요금이 배 정도 비싸다. 에어컨디셔너가 없는 일반 버스의 기본 요금은 1위안인데, 이 돈만 내면 웬만한 거리는 다 갈 수 있다. 그러나 거리에 따른 할증이 있는 경우 더 멀리 가면 그만큼 돈을 더 내야 한다. 차를 타면 우선 안내양(아저씨도 있음)을 찾아 뵙고, 정중히 목적지를 말한 후 이에 따른 돈을 지불해야 한다(어떤 도시에서는 내릴 때 내기도 한다). 여기 계신 안내양들은 불친절한 경우가 많기 때문에 잘 모셔야 한다. 그런데 상하이는 베이징과는 조금 다르

다. 상하이에는 2층 버스가 있는데(물론 다른 도시에도 있다) 이곳에서
는 안내양을 무시하고 2층이든 어디든 앉고 싶은 자리에 가서 앉으면
된다. 그러면 안내양이 2층까지라도 올라와 기어이 돈을 받아낸다.

 쏭핑은 일반 버스를 이용하는데, 그녀가 매달 지불해야 하는 버스
요금은 월 정기권인 위에피아오(月票)를 이용할 경우 40위안 정도이
다(다행히 그녀는 정기권 하나로 세 버스를 다 탈 수 있다). 이걸 우리 돈
으로 계산하면 약 6,000원 정도이다. 그런데 직행 버스를 이용하면
월 정기권을 사용할 수 없기 때문에 매달 80위안 이상을 지불해야 한
다. 자, 어떤 생각이 드는가? '그까짓 돈 몇 천 원 때문에 참 복잡하
게 산다'라고 생각하기 쉽다. 그런데 이런 식으로 생각해선 그녀는
물론, 중국의 현실을 제대로 이해할 수 없다. 그녀와 중국이 처한 입
장과 현실에서 그들처럼 생각하고 느껴야 비로소 그들을 정확히 이
해할 수 있다. 1위안은 우리 돈 얼마라는 식의 단순한 계산으론 1위
안의 가치를 제대로 알 수 없는 것이다. 중국에서 1위안은 1위안의
가치를 갖는 것이지, 우리 돈 얼마의 가치를 갖는 것은 아니기 때문
이다. 사실 나도 중국의 현실에 제대로 몸을 담그기 전엔 1위안을 우
습게 여겼고, 버스 요금에 대해 무감각했었다. 하지만 그들처럼 런민
삐(人民幣)를 사용하여 물건을 사고, 버스를 타고, 또 수중에 1위안이
없어 불편함을 겪고 나서야 비로소 그 가치를 알 수 있었다.

 1위안은 우리 돈으로 환산하면 그야말로 푼돈이다. 물론 중국인 중
에도 이를 푼돈으로 여기는 부자들이 많이 있다. 하지만 대부분의 서
민에게 1위안은 푼돈이 아니다. 특히 한 달에 몇 백 원 정도를 버는
많은 서민들에겐 더욱 그러하다. 쏭핑 역시 마찬가지이다. 비록 그녀
의 교통비가 우리 돈 몇 천 원이지만, 그녀에겐 결코 작은 돈이 아니
다. 그녀에게 40위안이 80위안이 되는 것은 우리 돈 몇 천 원이 늘어
나는 문제가 아니라 지출이 배가 되는 일이다. 어찌 부담이 되지 않

다롄(大連)의 귀여운 삼륜 자동차.

겠는가? 중국 국가통계국의 자료를 보면, 2001년 중국의 1인당 GDP
는 1,000달러 수준으로 우리의 1/10 정도이다(상하이, 베이징 등은 대
략 4,500달러 정도). 게다가 우리처럼 빈부격차가 심하기 때문에 대부
분의 인민은 결코 넉넉해 보이지 않는다. 특히 이들의 옷차림새 등은
과거 우리의 어려웠던 시절과 마찬가지로 어둡고 투박하다. 이에 우
쭐대며 중국인을 무시하는, 그래서 중국인은 물론 같은 한국인으로부
터도 지탄 받는 한국인이 없을 리 없다. 제발 정신 차렸으면 한다. 우
린 언제부터 잘 살았다고 이러는지……. 사실 잘 살고 있기나 한가?

돼지고기? 오 노!

한 달여 정도의 과외가 끝난 후 쏭핑과 점심을 같이하기로 했다. 한국 음식을 대접할 생각으로 "한국 음식을 먹어본 적이 있냐?"고 물었더니 없단다. '음, 마침 잘 되었다' 생각하고 근처에 있는 한국 음식점을 찾아갔다. 중국인들이 아는 한국 음식은 샤오카오(燒烤, 불고기)와 파오차이(泡菜, 김치), 그리고 렁미앤(冷面, 냉면) 정도인데, 불고기와 김치는 제법 많이 알려져 있다[중국에는 우리 식의 불고기도 있고, 추안(串, 전형적인 상형문자로 꼬치에 고기가 꿰어져 있는 모습이다) 형태로 구워 먹는 불고기도 있다. 한국 음식이 어떤지 먹어본 사람에게 물어보니 맛도 괜찮고, 한꺼번에 많은 반찬을 공짜로 갖다주는 것이라든지, 쌈을 싸서 먹는 것 등이 재미있단다. 그런데 날 것을 먹는 한국 사람들의 식성은 무척 생소하단다. 중국 사람들은 웬만해선 생으로 된 음식을 먹지 않기 때문이다. 볶고 찌고 튀기고 끓여 먹는 게 일반적이다. 야채까지 이런 식으로 먹는다. 이러다 보니 가정에서 쓰는 콩기름 통이 드럼통 만큼이나 크다(중국식 허풍?)].

약간의 불고기와 함께 나는 돌솥비빔밥, 쏭핑은 김치볶음밥을 먹기

로 했다. 드디어 고대하던 요리가 나왔는데, 그녀는 맛있게 먹을 생
각은 안하고, 숟가락으로 김치볶음밥을 이리저리 뒤집어본다. 그러
더니 햄조각을 가리키며, "이거 혹시 돼지고기 아냐?"라고 물어본
다. 그런 것 같다고 했더니, 한 끼 굶을 듯이 비장하게 숟가락을 내려
놓았다. 그리고는 젓가락으로 반찬만 깔짝대는데…… 다소 기분이 상
했지만 자상한 듯 느끼하게 물었다.

"너 어디 아프니?"
"아니."
"그럼, 왜 그래?"
"난 회족(回族)이란 말야!"

'뭐야! 회족이라고? 그럼, 진작 말할 것이지. 음식이 나오니까 돼
지고기 안 먹는다고? 돈이 넘쳐나는 줄 알아?' 그녀는 중국에 온 이
후 처음 친하게 된 중국인이었는데, 그런 그녀가 회족이란 생각은 꿈
에도 못했다. 쏭핑의 외모가 여느 중국인과 큰 차이가 없었고, 중국인
은 다 그저 중국인이거나 한족인 줄 알았으니 말이다. 결국 돼지고기
가 들어 있지 않은 음식을 다시 주문했다. 그런데 쏭핑은 회족이지만
이슬람교를 믿지 않는다. 그녀의 아버지도 믿지 않는다. 할머니만 믿는
다. 어릴 적엔 돼지고기도 먹어보았는데, 이젠 먹지 않는다고 한다. 특
별히 종교적인 이유 때문이 아니라 그저 습관상의 이유 때문이란다.
　회족의 조상은 아랍, 페르시아 등에서 온 무슬림(Muslim)이다. 이들
은 당나라 때 광둥(廣東)을 통해 처음 중국에 진출한 이후 여러 경로
를 통해 계속해서 중국에 들어왔고, 오랜 기간 한족과 혼혈하고 동화
하면서 이슬람교를 신봉하는 회족 집단을 형성했다고 한다. 지금은
소수민족 내에서 세번째로 많은 인구를 가진 민족으로 성장했는데,

오늘에 이르는 동안 수많은 탄압과 박해를 받아 많은 회족이 목숨을 잃었다고 한다. 이들은 닝샤(寧夏) 자치구를 갖고 있으면서도 전국의 주요 도시에 퍼져 살며 주로 상공업 등에 종사하고 있다. 중국의 인구통계 자료 등을 보면, 이들은 소수민족 중 가장 광범위한 지역 분포를 보이고 있다.

이들의 외모는 한족과 아주 흡사하다. 따라서 얼굴 생김새만을 보고는 이들이 한족인지, 회족인지 선뜻 분간하기 어렵다. 아랍계와의 혼혈 흔적을 찾아보기 어려울 정도로 혼혈과 동화 정도가 심하다. 이런 상황에서 모자는 아주 요긴하다. 한족같이 생겼으면서 챙이 없는 둥근 흰색 모자를 쓰고 다니는 사람은 보기만 해도 회족임을 알 수 있다. 물론 쏭핑처럼 모자를 쓰지 않는 회족은 구분하기 어렵다. 그런데 문제는 이런 흰색 모자를 썼다고 다 회족은 아니라는 사실이다. 흔히 흰색 모자를 쓰고 있으면 회족, 색깔 있는 모자를 쓰고 있으면 위구르족이라 하는데, 반드시 그렇지 않다. 위구르족 역시 회족과 비슷한 흰색 모자를 쓰기도 하고, 회족 역시 흰색이 아닌 회색이나 검은색 모자를 쓰는 경우도 있기 때문이다(이들은 모두 무슬림으로 챙이 없는 모자를 쓰는데, 그 이유는? 무슬림은 기도할 때 땅에 얼굴을 대야 하기 때문이다). 이들간의 구별은 모자보다 외양을 보는 게 더 빠르다. 위구르족은 투르크 계열로 생김새가 한족이나 회족과는 확연히 다르다. 이국적인 냄새가 물씬 난다. 중국을 여행하며 만난 회족과 위구르족은 대개 길가에서 장사하는 사람들이었는데, 이들의 주된 사업은 양꼬치구이 판매다. 먼지와 자동차 배기 가스가 자욱한 길가에서 숯불과 매캐한 연기를 이용하여 꼬치를 구운 후 고추가루 등이 들어간 독특한 향료를 뿌려 파는데 그 맛이 참 좋다. 귀국하면 회사 그만두고 '양꼬치구이 장사 한번 해볼까' 하는 생각이 들 정도로 맛도 좋고 값도 저렴했다(꼬치 하나에 대략 1위안 정도. 지금 서울에서도 이

양꼬치를 맛볼 수 있는 곳이 있다).

　이런저런 이야기를 하며 밥을 다 먹고 계산서를 가져오라 하여 값을 지불했다. 중국에서는 우리처럼 신발끈 매고 나가면서 계산하지 않는다. 앉은 자리에서 점잖게 계산서를 달라 하여 그 자리에서 돈을 지불하고, 이후 영수증과 잔돈을 받는다(물론 그렇지 않은 곳도 있다). 그리고는 그냥 나가기만 하면 되는 것인가? 천만에! 배가 부르지만 고스란히 남아 있는 김치볶음밥을 두고 그냥 갈 수 없지 않은가. 베이징 사람들은 과하다 싶을 정도로 많은 음식을 주문해서 먹는다. 특히 저녁에 그렇다. 그러다 음식이 남으면 그냥 두지 않는다. 이것저것, 심지어 냄비 속에서 끓고 있는 고기까지 건져 싸가기도 한다(이후 상하이에서는 이런 모습을 보기 힘들었다. 돈이 있어 그렇기도 하고, 체면상 그러지 않는 경우도 있다고 한다). 비록 한국 음식점이었지만 여기도 중국인지라 아주 태연히 "따빠오(打包, 싸주세요)"를 외쳤다.

티베트와 위구르

중국 역사는 한족만의 역사가 아니다. 소수민족과 한족이 때로는 대립하고, 때로는 공존하면서 공동으로 발전시킨 역사이다. 또한 한족의 위세가 늘 지배적이었던 것은 아니다. 한족은 소수민족을 막기 위해 만리장성을 쌓아야 했고, 왕소군[王昭君: 중국 4대 미인 중의 한 명으로 원래 전한 원제의 후궁이었음. 당시 한나라는 흉노족과의 화친을 위해 한족 여자를 시집 보냈다고 하는데, 이런 상황에도 왕소군은 화공에게 뇌물을 주지 않았다고 한다. 이에 열 받은 화공은 그녀의 얼굴을 추하게 그려 원제에게 바쳤고, 결국 그녀는 흉노족에게 시집가게 되었다. 떠나는 왕소군을 본 원제가 비로소 절세의 미인인 것을 깨닫고 화공을 참하였다 한다. 중국의 4대 미인은 서시(西施), 왕소군(王昭君), 초선(貂蟬), 양귀비(楊貴妃)인데, 서시, 초선 그리고 양귀비에 빠진 남정네들은 모두 패가망신하였다] 같은 절세의 미녀를 시집보내기도 했으며, 소수민족을 피해 창장(長江) 이남으로 쫓겨가기도 했다. 또한 조공을 바치며 평화를 구걸하기도 했고, 아예 이들에게 중국 전체를 빼앗기고 지배당하기까지 하였다. 이런 과정에서 소수민족은 그들의 독자적인 문화를 발전시키는 동시에 한족의 문화와 결합시킴으로써 풍부하고 다양한 중국 문화를 일궈냈다. 한편 근현대에 들어서는 많은 소수민족이 공산당과 협력하여 제국주의와 봉건주의에 맞섰고, 국민당과의 대결을 승리로 이끌어 결국 1949년 오늘의 중화인민공화국을 창조하였다. 이에 중국 헌법 전문은 "지금의 중국은 바로 모든 민족이 공동으로 이룩한 것"임을 명시하고 있다. 이런 면에서 보면, 소수민족은 변방의 오랑캐가 아니라 중국 역사의 주요 장면을 담당한 주역이라 할 수 있다. 비록 지금은 한족이 지배하는 사회가 되었지만 중국은 결코 한족만의 국가가 아니며, 56개 민족이 공존하는 '민족의 용광로'이다.

그렇다면 그 많은 중국 인구 중 소수민족은 과연 얼마나 될까? 얼마나 소수일까? 2000년에 실시된 제5차 전국인구조사 결과에 따르면, 현재 중국의 공식인구는 대략 13억 가량이다. 이 중 92% 정도가 한족이고, 나머지를 55개의 소수민족이 차지하고 있는데, 소수민족 중 그 수가 제일 많은 민족은 장족(壯族 1,500만 명 정도)이고, 만주족(1,000만 명 정도), 회족(860만 명 정도)이 그 뒤를 잇고 있다(우리 조선족은 약 190만 명 정도로 랭킹 13위). 소수민족 중에는 2,000여 명이 종족의 전부인 소수민족도 있다. 이들 소수민족의 외양을 보면 한족과 확연히 구분되는 민족도 있고, 그렇지 않은 민족도 있다. 또한 같은 한족이라도 지역에 따라, 혼혈 정도에 따라 그 외양이 다르다. 특히 남방 한족은 더욱 그러한데, 이들의 외모는 북방의 한족이나 중원의 한족과는 많이 다르다. 원래 이들의 조상은 한족이 아닌 이 지역의 토착 민족이라고 한다. 그런데 진(秦)이 이곳을 지배하면서 황허(黃河) 유역의 중원 한족이 이주해왔고, 한나라 성립 이후 민족동화가 진행되어 오늘날의 한족계 광둥인이 탄생했다고 한다(하지만 자신의 뿌리가 토착 민족임을 인정하는 광둥인은 거의 없다고 한다. 야만인 소리를 듣고 싶지 않기 때문이란다).

중국은 소수민족에 대한 그 어떠한 차별도 금하고 있으며, 소수민족 자치구 설정과 자치 허용, 고유한 문화와 종교 허용, 민족간부 양성, 경제적 지원 등을 헌법을 통해 보장하고 있다. 그래서 그런지 내가 만난 소수민족 젊은이들은 지금의 상황이 그들에게 크게 나쁘지 않다는 입장을 보였고, 중국이라는 테두리 내에서 먹고 사는 데 지장이 없는 한 민족보다는 국가가 우선이라는 의견을 제시했다[한국과 중국이 축구 경기를 할 때, 중국 동포 젊은이들이 당연히 한국을 응원할 것이라는 기대는 철저히 자기 중심적인 것이다. 무능한 조국 때문에 만주 벌판으로 내쫓기고 조국독립을 위해 싸우던 그들은 이제 중국 국적을 갖고 있다. 많은 중국 동포 젊은이들이 중국을 응원한다 해도 할 말이 없다. 그들에게 동포로서 뭔가를 기대한다면, 먼저 그들에게 저지른 온갖 범죄와 잘못을 반성하고 시정해야 할 것이다. 그런데 옌지(延吉)에서 만난 중국 동포들의 이야기를 들어보니, 어렸을 때는 한족이냐 조선족이냐를 따져 서로 치고 받기도 했다고 한다. 그들은 지금도 한족이 그들을 차별한다고 느끼고 있었다]. 그러나 이러한 중국의 조치는 어디까지나 중국이라는 국가 테두리를 유지하기 위한 것이며, 이를 벗어나려는 소수민족의 저항은 결코 용납하지 않는다. 중국은 오성홍기(五星紅旗, 중국 국기)를 거부하고 독립을 외치는 티베트와 위구르를 무자비하게 진압했으며, 한편으론 회유와 흡수동화정책을 병행하고 있다. 사실 이러한 중국의 소수민족정책이 실효성이 있기도 하고, 장기간의 피지배에 따른 타성과 무기력으로 인해 티베트, 위구르 등의 분리독립 요구 이외에 별다른 민족분리운동은 없는 것 같다.

현재 티베트 민족은 시짱(西藏) 티베트 민족 자치구에 주로 살고 있다. 그런데 이곳의 수도인 라사(Lhasa)에 가기 위해서는 여행허가증을 받아야 한다. 중국 땅이라면서 웬 여행 허가증? 원에 의해 처음으로 중국의 지배를 받은 후 티베트는 청 말에 이르러 독립을 선언한다.

그러나 중국은 이를 인정하지 않고, 티베트에 대한 종주권을 주장하며 급기야 1950년 티베트를 강제 점령했다. 이후 계속된 중국의 탄압에 맞서 티베트 민족은 1959년 독립을 위해 봉기했으나 인민해방군의 무자비한 살인과 약탈, 파괴 등으로 수많은 인명과 소중한 문화유산의 대부분을 잃었다. 또한 그들의 종교적, 정치적 지도자인 달라이 라마는 인도로 내쫓겨야만 했다. 이후 계속된 저항에 대해 중국은 무력으로 이들을 진압하고, 문화와 종교를 파괴했으며, 인권을 유린했다. 14대 달라이 라마와 전세계 인권 관련 단체에 따르면, 중국은 여전히 티베트 민족의 인권을 유린하고, 문화를 말살하고 있다. 그러나 중국은 달라이 라마는 종교의 외투를 걸친 정치꾼이며, 기득권을 유지하기 위해 티베트 인민을 기만하는 반동이라 비난하고 있다. 또한 승려와 귀족의 전제 지배에 신음하던 95%의 티베트 인민은 중국

그 높은 오지의 티베트에도 한국 식당이 있다. 한국인들이 얼마나 많이 오는지 티베트 현지인이 된장찌개, 김치찌개 등을 만들어 판다. 두 젊은 아가씨는 이곳에서 일하는 친구들인데, 매우 낙천적이다.

에 의해 농노의 신분에서 해방되었으며, 중국은 티베트 민족의 문화 유산을 보호하기 위해 다방면의 노력을 기울이고 있다고 주장한다 (중국 젊은이들은 이런 식으로 티베트와 위구르의 역사를 배운다. 따라서 이들 소수민족이 겪는 고통을 제대로 이해하지 못한다. 그저 티베트와 위구르는 역사적으로 당연히 중국 것이라고 생각한다).

티베트의 수도 라사는 고산지대라 이방인들이 적응하는 데 다소의 어려움이 있다. 나는 호흡 곤란으로 티베트 문화에 대한 이해고 뭐고 그저 티베트를 빨리 떠났으면 하는 생각이 간절했다. 하지만 지금 이 곳에는 중국 정부의 여러 지원하에 많은 한족이 이주하여 있고, 이젠 이들이 다수를 차지하고 있다. 한족과 티베트 민족은 나름대로 일정한 거주 지역을 가지고 있는데, 한족이 많이 거주하는 지역은 현대화가 많이 진행되어 있는 반면, 티베트 민족이 주로 거주하는 지역은 여전히 낙후되어 있다. 말이 티베트 민족 자치구의 수도이지, 정치, 경제 등 모든 영역의 실질적인 지배 세력은 한족이다. 이러한 상태는 계속해서 강화될 것이며, 티베트 민족과 그들의 문화는 계속해서 주변부로 밀려날 가능성이 많아 보인다.

그렇다면 티베트의 독립은? 2002년 라사의 풍경은 이전의 살벌한 풍경과는 달리 그저 일상적인 모습이었다. 일상의 삶을 영위하는 데 큰 제한이 없어 보인다. 또한 라사에서 만난 티베트 젊은이들의 모습에서 독립에 대한 가능성과 그들이 이전에 보여준 투쟁의 흔적은 찾아보기 어려웠다. 중국의 티베트 지배가 싫다고 분명히 말하는 젊은 이도 있었지만, 거의 대부분은 이런 정치 이야기를 꺼렸다. 심지어는 현 달라이 라마가 인도에 망명하여 독립투쟁을 전개하는 사실조차 모르는 젊은이들도 있었다. 교육, 언론, 외부 여행 등의 많은 방면에서 그만큼 많은 통제와 압박이 가해진 탓이리라(중국에서 인터넷은 완전한 자유의 바다가 아니다. 티베트 망명 정부의 공식 홈페이지 등 중국에

"오, 이게 디지털 카메라구먼!" 강한 햇볕에 검게 탄 티베트 사람들이 디지털 카메라를 보고 달려들어 구경하고 있다. 이사람 저사람 자꾸만 달려드는 바람에 갈 길 바쁜 관광객은 급기야 난처해 하고……. 이처럼 가난하고, 현대화가 늦은 티베트 민족의 미래는?

불리한 사이트의 접속은 불가능하다). 그들은 현실에 안주하며, 그저 하루하루 살아가는 평범한 젊은이라는 생각이 들었을 뿐이다. 물론 그들의 내면에 잠재되어 있는 욕구는 자세히 파악할 수 없었지만……. 설사 그러한 욕구가 있고, 이것이 조직화된 저항으로 표출된다 해도 그들의 힘은 너무나 미약하다.

국제사회가 이들을 위해 베풀 수 있는 것도 많지 않다. 사실 티베트를 지배하고자 한 것은 중국뿐만이 아니다. 제국주의 영국과 러시아 역시 자국의 이익을 위해 티베트를 손아귀에 넣고자 했던 것이다. 또한 중국의 티베트 침공 당시 UN은 아무런 조치도 취하지 않았다. 국제여론 역시 '국권이 인권보다 앞선다는 중국'의 현실을 근본적으로 바꿔놓기 어렵고, 거대한 중국 시장에 대해 쓴 소리를 할 국가도 많지 않아 보인다. 이게 바로 국제정치의 현실이다. 그나마 다행인 것은 14대 달라이 라마가 노벨평화상을 수상하고, 이를 기반으로 적극적인 독립활동을 펼치고 있으며, 전세계 많은 사람들이 이들의 독립을 지지한다는 사실이다. 또한 미 의회와 부시(J. W. Bush) 행정부가 티베트 망명 정부의 입장을 옹호하고 있으며, 중국 자체의 필요에 의해 중국 역시 전향적인 조짐을 보인다는 사실이다. 2002년 9월에는 9년만에 중국 정부와 티베트 망명 정부 지도자 간의 직접 대화가 재개되어 티베트 지도자들이 중국 주요 지역을 방문하고, 중국의 주요 지도자들과 티베트 민족의 자치에 대해 우호적인 협상을 진행했다고 한다. 비록 완전한 독립과 분리는 아니지만, 달라이 라마의 계획대로 중국 내에서의 실질적인 자치권 확보를 통해 티베트 민족 스스로 그들의 종교와 문화를 보존해나갈 수 있을지…….

충칭(重慶)에서 길을 가다 양고기와 연기 냄새에 이끌려 찾아가니 위구르족 4형제가 양꼬치를 구워 팔고 있었다. 이 친구들은 첫 만남에서부터 "펑이요(朋友, 친구), 펑이요"하며 아주 살갑게 굴었다. 대개의 중국인들, 특히 상인들이 이렇다. 하나라도 더 팔기 위해 이러는 것이겠지만, 불친절한 것보단 훨씬 낫다. 이들과 친해져 며칠 저녁을 양꼬치로만 때우며 이런저런 이야기를 나누었다. 큰 형은 느끼한 맛이 나는 30대 후반이고, 막내 동생은 상큼한 19살이다. 그런데 하는 짓은 똑같다. 양꼬치를 굽다 한족이 지나가면 큰 소리로 "신장(新疆, 새로운 영토라는 뜻) 양꼬치 한번 먹어봐!" 이건 푸통후와(普通話, 표준어)로 말하기 때문에 한족들도 알아 듣는다. 그런데 아가씨가 지나가면 독특한 표정으로 자기들 말을 내지른다. "알리바바 어쩌고 저쩌고……."

"뭔 소리냐?"
"재미있는 말이다."

  사실 그렇게 재미있는 말은 아니다. 음담과 욕이다. 큰형은 큰 소리로 음담을 내지르고, 막내 동생은 지나가는 여자마다 "가슴과 엉덩이가 죽인다는 등"의 품평을 늘어놓는다. 완전 콩가루 집안이다. 그런데 우습게도 한족은 멋도 모르면서 이를 재미있다는 듯 따라한다.

  "너 한족 아가씨들에 대해 이상한 소리를 하는 것 보니 한족에 대해 불만이 많은 것 같다."
  "천만에! 우린 중국인이다. 전혀 불만 없다."

  들자 하니 위구르인은 절대 중국인이라 하지 않고, 위구르인이라고 말을 한다는데, 이 친구들은 그렇지 않다. 속내야 잘 모르겠지만, 강한 어조로 자기들은 중국인이란다. 과거의 무자비한 진압과 억압, 아직도 진행중인 감시와 구속 등 때문에 몸을 사리는 것일까? 아니면 중국인으로 살아가는 게 경제적으로 낫기 때문에 이러는 것일까?
  위구르족은 투르크계 민족으로서 이슬람교를 신봉하고 있다. 이들은 민족, 언어, 종교, 문화 등 모든 면이 한족과는 완전히 다르다. 몽고와 중앙아시아에서 농경과 목축을 주로 하며 부침(浮沈)을 거듭하던 이들은 1876년 청의 침략을 받고 8년간의 전쟁 끝에 결국 1884년 청에 의해 신장 내 중국인으로 흡수 되었다. 그러나 위구르 독립주의자들은 여러 차례 독립운동을 일으켰고, 청 왕조의 몰락과 멸망을 틈타 1944년 동투르키스탄 공화국을 건설하고 5년간 독립을 유지하기까지 하였다. 그러나 1949년 인민해방군이 진주하여 이 지역을 점령하였고, 1955년 신장 위구르 자치구를 성립시켰다. 이후 문화혁명 등의 기간 동안 중국은 위구르 민족의 종교와 문화를 심각히 파괴했고, 이로 인해 위구르인의 반감은 더욱 고조되었다. 비록 중국의 개혁개방 이후 완화된 소수민족정책을 구사하고는 있으나 여전히 위구르인들의 독립에 대한 열망과 무장 투쟁은 계속되고 있으며, 중국 역시 이를 근절하기 위한 갖은 책략과 무력을 동원하고 있다.

우루무치(烏魯木齊)는 위구르족 자치구의 수도이다. 베이징에서 비행기로 3시간이 넘게 걸린다. 베이징과의 시차는 2시간인데, 일상생활과 출퇴근 등은 2시간 느린 신장 시간을 따르고, 비행기 출발 시간 등은 베이징 시간을 따른다. 사실 이곳에 오기 전 꽤나 겁을 먹었고, 떠날 때까지 일말의 불안감을 완전히 떨치지 못했다. 다양한 매체를 통해 위구르 분리독립주의자들의 테러와 이에 대한 중국의 반(反)테러를 알고 있었고, 한족 친구들 역시 나의 안전을 걱정했기 때문이다. 그런데 우루무치에 도착해보니 눈에 띄는 사람은 대부분이 한족이었다. 그럴 수밖에 없는 것이 한족이 전체 인구의 70% 이상을 차지하고 있는 데 반해 위구르족, 회족 등은 30% 정도이기 때문이다(그간의 한족 이주정책으로 인구 구성비가 역전되었다). 게다가 한족이 주요 경제력을 장악하고 있고, 위구르족은 영세업체나 노점상 등을 운영하고 있는 실정이다.

이런 상황에서 여행 안내자는 운 좋게도 위구르족이었다. 그녀를 통해 그들의 생각을 어느 정도 알 수 있었기 때문이다. 쌍꺼풀 진 큰 눈, 오똑한 코 등 중국인이라 하기엔 너무나 거리가 먼, 아가씨 같은 아줌마였다. 그녀 자신도 역시 그렇게 생각한다. 비록 어려서부터 한족이 다니는 학교에서 공부했고, 중국 정부 덕에 좋은 대학에서 한족 친구들과 즐거운 학창 시절도 보낸 엘리트이지만(무슬림이면서 술도 잘 마셨단다), 자기는 절대 중국인이 아니란다. 비록 지금은 한족 밑에서 일을 하고, 한족 친구들도 많이 있지만, 중국과 터키의 축구 경기를 보면 당연히 터키를 응원하고, 위구르족의 분리독립을 적극 지지한단다(그녀는 1998년의 폭탄 테러로 한족 친구를 잃었다). 그녀의 위구르 친구들 대부분이 이런 생각을 갖고 있다고 한다. 특히 위구르족이

투루판(吐魯蕃)에서 만난 위구르 사람들.

다수인 카스(喀什) 지역에선 이런 경향이 더욱 강하다고 한다.

그런데 내가 만나본 위구르인 중에는 그렇지 않은 경우도 많았다. 이들은 대개 한족 관광객을 상대로 돈을 버는 사람들인데, 한족이 주요 관광객인 현실에서 이들과 분리된다면 그들의 경제 상황이 더욱 악화될 것을 우려하는 듯했다. 사실 일반 백성에게 정치와 이념이 뭐 그리 중요할까? 그저 그들의 생활과 종교를 보장해준다면 말이다. 또한 민족의 독립에 대해 모든 사람의 생각이 다 같을 리 없다. 우리도 일제로부터 해방되어 기쁜 사람이 있었던 반면, 두려운 자들도 있었던 것처럼. 지금은 두려워하던 자들이 활보하는 세상이 되었지만.

그럼 위구르의 독립은? 한족이 절대 다수를 차지하고 있고, 중국의 탄압이 심해서 그런지 지금 우루무치는 안전하다고 한다. 최근 몇 년 동안 이전 같은 테러는 발생하지 않았다고 한다. 한족에게 물어봐도, 위구르족에게 물어봐도 현재 큰 문제는 없단다. 중국과 미국에 의해 테러 단체로 지목된 위구르 독립투쟁세력은 자꾸만 힘을 잃어가고 있는 처지인 듯하다. 그렇다면 위구르의 미래는 어찌 될 것인가? 이들에게 주어진 선택지는 많지 않다. 독립투쟁을 통해 독립을 쟁취하느냐, 그저 순응하느냐 하는 정도이다. 갈수록 심해지는 중국의 탄압과 회유로 인해 독립은 요원해보인다. 그렇다고 중국인으로 조용히 살아가는 것도 희망적이지 않다. 한족은 계속해서 이곳을 장악할 것이고, 위구르족의 문화와 삶은 계속해서 주변부화할 것으로 보인다.

이런 상황에서 중국은 진정으로 이들을 중국인으로 대하고, 그들의 종교와 문화를 보장하며, 경제 혜택을 고루 베풀어야 할 것이다. 그러지 않을 경우 위구르인의 박탈감과 상실감은 더욱 심해질 것이고, 결국 그들의 마음에 살아 있는 독립의 불씨는 활활 타오를 것이다. 티베트와 마찬가지로 위구르 문제도 중국이 전향적인 자세를 가지고 진정한 소수민족정책을 구사할 때 평화적인 해결이 가능하다고 본다.

중국은 언제부터 이처럼 많은 인구를 갖게 되었을까? UN 자료 등을 근거로 중국의 인구 증가 추이를 보면, 청(淸) 초인 17세기 중반까지 대략 1억 수준을 유지하던 중국 인구는 18세기 중반 2억 가량으로 증가한다. 이후 19세기 중반에 4억을 넘어섰는데, 청 말까지 대략 이 수준을 유지한 것으로 보인다. 1억이 2억이 되고, 2억이 다시 그 배인 4억이 되는데, 각각 100여 년이 걸린 셈이다. 그런데 중국 인구는 중화인민공화국의 성립과 함께 단기간 내에 폭발적으로 증가한다. 1949년 중국이 성립될 당시 중국 인구는 약 5억 4,000만으로 유럽 전체 인구와 큰 차이가 없었다. 그러나 보건 위생의 개선 등으로 유아 사망률은 낮아지고, 노년층의 식생활 개선과 건강 보호 등으로 평균수명이 늘어남에 따라, 무엇보다 마오쩌둥(毛澤東)의 무분별한 인구정책인 "인구가 곧 국력이다"로 인해 1964년 중국 인구는 7억을 넘어섰고, 1982년 인구조사 결과 드디어 10억을 돌파했다. 이후 1990년에 11억 3,000만을 상회했고, 2002년 현재 13억 수준을 유지하고 있으니 근래 50년 동안 가히 폭발적인 증가세를 보였다고 할 수 있다. 물론 중국 인구가 항상 증가한 것만은 아니다. 청말의 잦은 내란 등으로 인해 일시적으로 인구가 감소하기도 했고, 마오쩌둥의 대약진운동 실패와 기근으로 3,000만 가량의 인민이 굶어 죽기도 했다.

마오쩌둥 사후 중국은 뒤늦게 인구의 양적 팽창을 억제하고 인민의 생활수준을 향상시키기 위해 1가구 1자녀 갖기, 1980년 혼인법 개정을 통한 만혼 장려(남성 22세, 여성 20세) 등의 적극적인 인구억제정책을 전개했고, 어느 정도 인구팽창을 억제하거나 지연시키는 효과를 보고 있다. 물론 마오쩌둥의 집권 기간에도 강제 피임 등의 인구억제정책이 실시되긴 하였지만 문화혁명의 혼란 등으로 그 실효를 보지 못했다.

그런데 1가구 1자녀 갖기 정책은 기본적인 골격일 뿐 그 구체적인 집행 내용은 각 성과 도시, 농촌 등에 따라 다르다. 대체적인 집행 내용을 보면, 기본적으로 도시에서는 한 가구당 한 자녀만을 가질 수 있고, 농촌에서는 첫 아이가 딸인 경우 둘째까지 허용하고 있으며, 소수민족은 이러한 제한에서 비교적 자유로운 편이다. 광둥(廣東)의 가족계획에 관한 조례를 보면, 한족과 소수민족 모두 '1가구 1자녀'를 준수해야 한다. 하지만 첫째가 신체적, 정신적으로 큰 이상이 있으면 둘째의 출산을 용인한다. 또한 농촌은 첫 아이가 딸인 경우 둘째를 허용하고, 아이가 하나 딸린 사람이 자식이 없는 사람과 재혼하는 경우, 재혼 이전에는 자식이 있었지만 재혼하면서 무자식이 되어 버린 부부는 또다시 아이를 가질 수 있다. 또한 독자끼리 결혼한 경우에는 두 명까지 낳을 수 있다. 한편 이를 어기면 해당 지역 주민의 전년 평균소득(도시는 가처분소득, 농촌은 순소득 기준)을 기준으로 이의 3~6배에 이르는 벌금과 기타 벌금을 내야 한다. 결국 돈이 많아 벌금이 아깝지 않고, '종족의지'가 엄청 강한 사람은 자식도 많이 나을 수 있다(돈으로 안되는 것이 없다).

그런데 최근 중국의 인구정책이 실패했음을 주장하고 개선을 요구하는 목소리가 높아지고 있다. 양적인 팽창은 어느 정도 저지되었지만 질적인 차원에서 많은 문제가 발생하고 있다는 것이다. 지나치게 급속도로 진행되고 있는 인구 노령화 문제, 강제 피임과 낙태 등의 인권유린 문제, 남아선호사상에 따른 여아살해 등의 사회 문제가 바로 그것이다(성비는 100대 107로 7명은 장가갈 수 없다). 또한 경제적인 여유가 있는 도시인은 한 명만을 낳게 하는 반면, 경제적인 여유가 없는 농촌은 두 명까지 허용하다 보니 도시와 농촌 간의 빈부격차가 갈수록 확대되고, 교육 받을 기회가 부족한 농촌 아이들은 계속해서 가난을 벗어나지 못하는 빈곤의 악순환을 되풀이하고 있다. 그런데 농촌에서는 두 명도 부족하여 아이를 또 낳고서는 호적에 올리지 않는 경우도 공공연히 있다고 한다. 실제 이런 친구들을 만난 적이 있는데, 딸을 둘 둔 상태에서 그래도 아들을 낳기 위해 동생을 몰래 낳았지만 결국 딸부잣집이 되고 말았단다. "아버지가 무지 실망하셨겠다?"라고 물어보자, 이 친구들은 전혀 그렇지 않다는 답을 했다. 딸이 많아도 속 썩이지 않고, 오히려 돈 벌어 효도하니 이젠 아버지도 기뻐하신다나. 중국이나 한국이나 비행기는 딸이 태워주는가 보다.

그 많은 중국 인구는 저렴한 노동력을 제공한다는 차원에서는 당분간 긍정적일지 모르나 실업 문제, 주택 문제, 환경오염 및 식량부족 문제 등을 생각하면 결코 바람직스럽지 않다. 그 많은 인구를 언제 다 잘 먹이고 잘 입히고, 인간답게 살 수 있는 환경을 제공할지 정말 걱정된다.

푸퉁후와로 얘기해!

중국의 표준어는 베이징 발음을 표준음으로 하고, 베이징 방언을 기초방언으로, 모범적인 현대 구어문을 문법의 규범으로 만들어진 푸퉁후와(普通話)이다. 흔히 베이징에서 사용하는 말이 곧 푸퉁후와라고 생각하는데, 반드시 그렇지는 않다. 베이징어도 하나의 방언이며, 푸퉁후와는 따로 교육을 받아야 제대로 구사할 수 있다. 그래서 CCTV(중국 국영 TV로, 전국에 중계되는 만큼 막강한 영향력을 가지고 있다) 아나운서의 발음이 가장 정확한 푸퉁후와 발음이라고도 한다.

상하이 외국어대학 교정에 있는 푯말. 표준어가 바로 학교의 공식언어임을 나타내고 있다.

언어의 주요한 기능은 의사소통과 반의사소통 기능이다. 같은 말을 쓰는 집단 내에서는 의사소통 기능을 통해 이들을 하나로 묶지만, 서로 다른 말을 쓰는 집단간에는 반의사소통 기능을 함으로써 배타적이게 만들고, 통합을 어렵게 한다. 중국은 각 지역별, 민족별로 서로 의사가 통하지 않는 경우가 많기 때문에 반의사소통 기능의 부작용은 더욱 심각하다. 이에 중국은 중화민국 성립 이후 국민통합과 경제발전을 위해 푸통후와 보급을 강력히 추진했고, 그 결과 지금은 중국인 거의 대부분이 푸통후와를 구사할 줄 안다.

그런데 정부의 푸통후와 보급 노력에도 불구하고 일상생활에서는 각 지역별로 여전히 고유한 사투리를 쓰는 경우가 많고, 이러다 보니 같은 중국인끼리도 의사소통이 안되는 경우가 있다. 상하이에서 있었던 일인데, 한 사람은 북방 사람으로 북방어와 푸통후와를 구사하는 사람이고, 나머지 두 사람은 상하이 토박이로 상하이 방언과 푸통후와를 쓰는 사람이었다. 한 사람이 두 사람을 상대로 흥정을 하는데, 이들간에 의견이 엇갈리면서 분위기가 험악해졌다. 그러자 두 사람이 한 사람에 대해 자기들끼리 상하이어로 "뭐라 뭐라" 떠들어댔다. 이에 화가 난 한 사람 "야! 푸통후와로 이야기해!"

한족과 만주족의 사랑

첫 만남/연상의 한족 여인과 만주족의 사랑은 과연?/펑이요가 되어 그들의 고향에서 설을 보내다/
중국의 살벌한 설 풍속, 임산부는 가라!/귀여운 여인과 귀여운 감탄사/돈 싸들고 다녀야 하는 중국/내가 잠든 사이

첫 만남

마오마오(毛毛)와 지아웨이(佳偉)!

그들은 잊지 못할 펑이요(朋友, 친구)이다. 비록 10살이나 어린 친구들이지만, 중국에 와서 처음으로 사귄 친구이며, 진실하고 순수한 사람들이기 때문이다.

의도적으로 그들에게, 정확히 말하면 마오마오에게 접근했지만, 결국 그들 모두와 친구가 되었다. 당시 나의 의도는 과외선생을 구하는 것이었는데, 마침 눈에 띄는 여학생이 있었다. 순수하고 착해 보였다. 그녀는 남자 친구들과 어울려 농구를 하고 있었다. 그렇다고 현란한 드리블과 돌파를 하는 수준은 결코 아니고, 그저 남학생의 배려에 따라 슛을 던지는 정도이다. 우리 대학의 풍경과는 다르게 중국 대학에서는 농구를 하거나 배드민턴을 치는 여학생들을 꽤 많이 볼 수 있다. 소박한 풍경이다. 우리나라 여학생들은 보는 것은 즐겨도 농구나 배드민턴을 직접 하는 경우는 많지 않다. 반면 스키, 볼링, 수영, 포켓볼 등은 열심히들 배우려 한다. 중국도 머지않아 이런 것을 즐기는 여학생들이 많이 늘어날 것이다. 어쨌든 그녀가 힘에 부쳤는지, 잠시 휴식을 취하기 위해 밖으로 나왔고, 이 틈을 타 말을 걸었다.

이것저것 물어보니 재미있다는 듯 친절하게 잘도 가르쳐준다. '음, 딱이구나' 싶어 과외를 요청했고, 그녀는 흔쾌히 받아주었다. 잠시 후 같이 농구하던 친구들이 몰려왔고, 그들과 함께 이야기하는데, 갑자기 한 녀석이 자기가 그녀의 난펑이요(男朋友)라고 말을 했다. "뭐라고, 난펑이요라고?" 생긴 것을 보아하니 허풍끼가 있는 듯하고, 한편 그녀의 난펑이요라는 것을 믿고 싶지 않았기 때문에 따지듯 물었다.

"난펑이요? 아님 난더펑이요(男的朋友)?"
"난펑이요."

중국에서 난펑이요와 난더펑이요는 글자 한 자 차이지만 실제 의미는 천지 차이다. 전자는 애인을 의미하고, 후자는 그냥 일반적인 남자 친구를 의미한다. 애인이 나왔으니 말인데, 중국어에도 애인(愛人)이라는 단어가 있다(애인의 중국어 발음은 '아이런'이다). 그런데 그 뜻은 우리의 애인과는 다르다. 지금 중국에서 아이런은 남편이나 아내를 가리키는 말이다(부부사이에 쓰는 특별한 호칭은 없다. 상대방의 이름을 부르거나 그들만의 호칭을 쓴다). 중국어를 공부하다 보면 이렇듯 한자는 우리의 것과 똑같은데, 그 뜻은 전혀 다른 단어를 많이 만나게 된다. 중국어 배우기가 한편 쉬우면서도 함정이 많으니 조심해야 한다.

어쨌든 '가급적이면 이 녀석하고는 접촉하지 말아야지'라고 생각했는데, 결국 이 녀석과도 좋은 펑이요가 될 줄이야. 이후 사귀어보니 지아웨이는 낙천적이고, 농담을 아주 잘했다. 필체도 훌륭하여 각종 대회에서 입상했다고 한다. 그의 아버지는 국영 기업체에서 일하는 공산당원인데, 사기업에서 몇 배나 높은 연봉을 제의했지만 거절

마오마오, 나의 회사 동료, 그리고 지아웨이. 설날에 뤄양(洛陽)의 전등축제장에서 찍은 사진인데, 배경은 종이와 전등으로 만든 작품이다.

했을 정도로 열성 당원이라고 한다. 그의 엄마는 아버지가 사기업으로 옮기기를 바랐지만 결국 아버지의 소신에 두 손을 들고 말았단다. 지아웨이는 아버지의 영향을 받아서 어렸을 때는 공산당의 이상을 믿었고, 주위 친구들이 공산당을 비판할 때 옹호 논리로 이들과 맞서기도 했다는데, 지금은 좀 다르단다. 이야기를 나눠보니 그도 현실에서 벌어지고 있는 공산당의 부패와 특권 등의 부정적인 모습을 비판하며 개선을 바랐다.

연상의 한족 여인과 만주족의 사랑은 과연?

처음 만난 다음날부터 마오마오와 함께 공부를 시작했고, 헤어지면서 교습비에 대한 이야기를 꺼냈다. 그런데 그녀는 교습비는 절대 필요 없으며, 내가 중국어를 잘하도록 도와주는 것에 만족할 뿐이라고 했다. 왜? 직접적으로 들은 대답은 "우꽁뿌쏘우루(無功不受祿, 공이 없으면 그 대가를 받지 않는다)." 자기로 인해 중국어를 잘하게 되면 그때 가서 생각해보자는 것이었지만, 사실상 교습비를 받지 않겠다는 뜻이었다. 결국 간청하다시피 하여 교습비 대신 저녁을 대접하기로 했다. 그런데 그녀가 갑자기 가방에서 뭔가를 꺼내더니 선물이라며 주었다. 종이에 시 한 수 써놓은 것 같은데, 그녀의 남자 친구인 지아웨이가 주는 것이란다. '어제 만났는데, 웬 선물?' 게다가 글씨를 보아하니 썩 잘 쓴 글씨도 아닌 듯하고(나중에 알았지만 지아웨이의 필체는 그의 고향에서는 알아준다고 한다). 하지만 고맙게 받았다. 중국에서는 서로 간단한 선물을 주고받는 것이 일반화되어 있다고 한다. 나도 그냥 지나칠 수 없어 지아웨이도 저녁에 초대하기로 했다.

저녁을 먹는 자리에서 이런저런 얘기를 하다 두 가지 재미있는 사

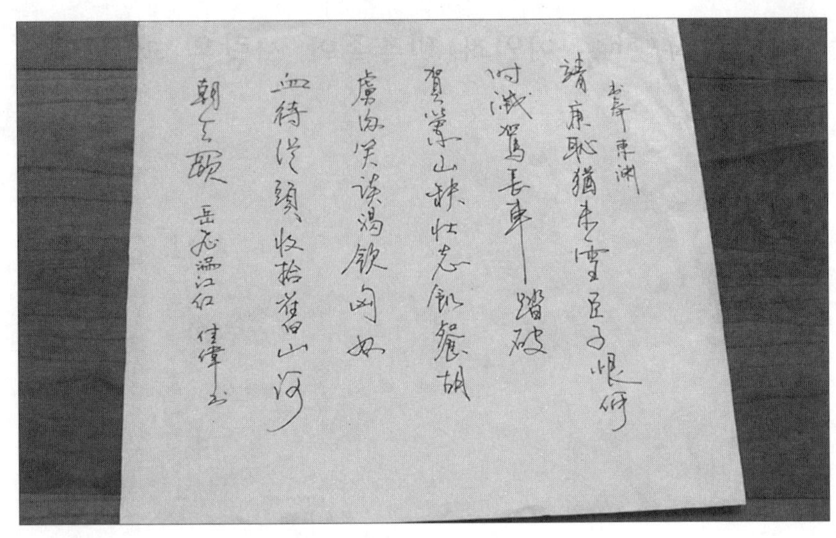

지아웨이가 나에게 선물한 그의 글씨.

실을 알았다. 먼저, 지아웨이보다 마오마오가 한 살 더 많다는 사실. 지아웨이는 스물 하나, 마오마오는 스물 둘. 지금 우리 입장에서 보면 연상의 여인이라는 것이 별로 색다른 것은 아니지만, 중국에서는 어떻게 생각하는지 궁금했다. 물어보니 중국도 우리와 비슷한 것 같다. 나이 든 사람들이야 내키지 않아 하는 경우도 있다지만, 젊은 사람들 사이에서는 별 문제 아니라고 한다(마오쩌둥의 고향에서 들은 소리인데, "女大三, 抱金磚"이라는 속담이 있단다. 아내가 남편보다 세 살이 많으면 부자가 된다는 소리인데, 마오쩌둥의 모친이 부친보다 세 살이 많았다고 한다. 그래서 그런지 마오쩌둥의 집은 부유했다).

다음으로 지아웨이는 한족이 아닌 만주족이었다. 그간 나에게 만주족은 청나라를 건국하여 한족을 휘어잡고 중원을 지배한 위대한 민족이라기보다는 한족에 동화되어 자기네 말을 잃어버리고 사라져버린 화석 같은 존재였는데, 그 살아 있는 화석을 직접 눈으로 보다니 정말 흥미로웠다. 이후 지아웨이 이외에도 많은 만주족을 만났는데 그들의 외모는 한족보다는 우리와 더 비슷했다. 지아웨이를 계기로 만주족에 대해 더 알아보았는데, 만주어는 완전히 사라지지 않았다고 한다. 만주족 친구의 이야기를 들어보니 간혹 TV 드라마 등에서 만주어가 나오기도 한단다.

만주족과 한족이라, 이들의 순수한 사랑이 과연 행복한 결말을 맺을 수 있을까? 듣자 하니 중국의 한족들은 이민족의 며느리는 받아들여도, 이민족에게 딸을 시집보내지는 않는다고 하던데……. 조심스레 물어보았더니 처음 듣는 말이며 연상, 연하와 마찬가지로 이것 역시 큰 문제가 아니라고 한다. 간혹 돼지고기를 먹지 않는 무슬림 등과의 결합을 꺼리거나 따난쯔주의(大男子主義, 남자가 왕이여!)인 조선족 남자와의 결합을 꺼리는 경우는 있다고 한다. 하지만 민족 그 자체는 그다지 중요하지 않단다. 중요한 것은 역시 사랑이란다. 그런데 지아웨이가 마오마오를 더 사랑하는 것 같다. 그는 마오마오에게 꼼짝 못한다. 담배 한 대 피우려 해도 마오마오의 허락이 있어야만 한다. 불쌍한 지아웨이!

우린 두번째 만남에서부터 이런 이야기를 자연스럽게 나눌 수 있을 만큼 서로에게 호감을 느꼈고, 나는 이후 서너 차례 더 저녁을 대접했다. 그들은 저녁 대접을 매우 부담스러워 했는데, 타국에서 고생하는 내가 그들 때문에 돈 쓰는 것을 미안해 했기 때문이다. 참으로 순박한 친구들이었다. 그러면서 한번은 그들도 나를 저녁에 초대했는데…….

펑이요가 되어 그들의 고향에서 설을 보내다

그들이 안내한 식당은 학교 내에 있는 식당이었다. 돈 버는 내가 보기에 비싼 식당은 아니었지만, 그들 수준에서는 성의를 다한 선택이었다. 비록 그들이 초대했지만 그들은 학생이고, 더구나 나는 공짜로 중국어를 배우는 처지라 이번 저녁 값도 내가 내겠다는 뜻을 공손히 비쳤다. 그러자 그들은 "과외비는 무슨 과외비냐?"라며 절대 그럴 수 없다고 했다. 그리고 덧붙이는 말, "펑이요(朋友) 사이에 무슨 돈이 필요하냐?" 이 말을 듣는 순간 다소 혼란스러웠다. 중국에서 펑이요를 사귄다는 것은 정말로 힘든 일이라는데, 이렇듯 쉽게 펑이요가 될 줄은 몰랐기 때문이다. 그들의 말을 액면 그대로 받아들여야 하는 것인지 잠시 당황스러웠지만, 지금까지 그들이 보여준 행동과 눈빛을 보면 그들이 진실로 나를 펑이요로 생각한다는 것을 느낄 수 있었다.

이후 많은 이들이 나에게 펑이요라는 말을 쉽게도 해댔는데, 특히 길거리 상인들이 그러했다. 처음 만나 조금만 말을 해도 금새 펑이요란다. 하지만 이들의 펑이요는 마오마오가 말한 펑이요와는 다르다.

이건 그냥 부르는 말이고, 심하게 표현하면 장사를 하기 위한 속셈에서 하는 말이다. 펑이요라는 말을 하고는 덧붙이는 말이, "다음에 또 와라"라는 것이다. 어떤 암달러상은 원하지도 않았는데 펑이요란다. 그리고는 환전을 종용했는데, 들어주지 않자 "펑이요간에 이럴 수 있느냐?"라며 협박조로 나오기도 했다. 자칫 펑이요라는 말에 현혹되다간 봉변 당할 수도 있으니 특별한 관심이 없으면 아예 관심을 보이지 않는 것이 좋다.

그렇게 우린 펑이요가 되었고, 그들 덕에 사고무친(四顧無親)한 이국 땅에서의 춘지에(春節, 설)를 외롭지 않게 보낼 수 있다. 마오마오가 나를 그들의 고향에 초대했던 것이다. 게다가 그녀의 어머니가 맛있는 음식을 많이 준비하실 것이라 하여 더욱 즐거웠다.

설 다음날 나는 그들의 고향인 뤄양(洛陽)에 도착했다. 지아웨이의 꽌시(關係)를 이용하여 그가 아는 호텔을 아주 싼 값에 이용할 수 있었다(우리나라도 그렇지만, 중국에서는 특히나 꽌시가 중요하다고 한다. 사업도 마찬가지라 꽌시 한번 구축해놓으면, 그 다음부터는 크게 할 일이 없단다. 전화 한 통이면 웬만한 일은 다 해결된다나. 그런데 인맥 등으로 표현할 수 있는 꽌시는 술과 밥으로만 엮어지는 것은 아닌 듯하다. 서로에 대한 신뢰나 개인적인 호감 등 인간적인 측면도 중요한 것 같다. 한편 최근에는 WTO 가입 등의 영향으로 법과 제도 등이 정비되면서 꽌시가 힘을 발휘할 수 있는 여지가 점차 줄고 있단다. 특히 상하이는 이런 경향이 강하다고 한다).

중국에서는 설 첫날과 이튿날은 친가, 외가 식구들과 식사를 하는 것이 일반적이라서 남의 집을 방문할 때는 이 기간 이후에 하는 것이 좋다고 한다. 하루 쉬고 설 연휴 셋째 날에 마오마오의 집을 방문했다. 중국의 가정집을 방문한 것은 이번이 세번째인데, 방문한 집마다 현대식으로 꾸며진 집이라 우리의 일반 주택과 크게 다르지 않았다.

다만 중국인은 입식생활을 하기 때문에 온돌이 없었다(중국 동포는 역시 온돌!). 이날은 마침 주변에 살고 계신 마오마오의 할머니도 와 계셨다. 중국에선 결혼하면 분가하는 것이 일반적이라고 한다. 마오마오의 할머니는 문화대혁명의 아픔을 겪으신 분이다. 마오마오의 할아버지가 반혁명분자로 몰려 갖은 박해를 당하는 바람에 강제로 이혼해야 했고, 마오마오의 아버지는 할아버지의 성인 왕(王)을 따르지 못하고 할머니의 성인 마오(毛)를 따라야만 했던 것이다. 그런데 오늘 이 자리에 지아웨이는 참석하지 못했다. 마오마오의 어머니와 사이가 좋지 않은 것 같아 다소 걱정된다. 민족 문제는 아닌 듯하고, "나이 어린 애들이 벌써부터 무슨 연애냐?" 하는 것 같다. 지아웨이에겐 미안했지만 마오마오의 어머니가 차려주신 깔끔하고 맛있는 음식과 좋은 술을 마시면서 즐거운 시간을 보냈다. 특히 잔이 조금만 비어도 계속 채워주며 깐뻬이(乾杯, 잔을 말려 버려라!)를 권하는 마오마오의 아버지 덕에 거나하게 취해 더욱 재미있었다. 끊었던 담배도 몇 대 피웠는데, 담배를 권하는 마오마오 아버지의 성의를 무시할 수 없었다.

우리나라 사람도 술을 좋아하지만, 중국 사람들, 특히 산동인과 동북인은 술을 참으로 즐겨 한다. 실제 동북 지방에 가보니 대낮에 간단히 면을 들면서도 어김없이 한잔하는 사람이 많았다. 술이 없는 모임은 생각할 수도 없단다. 이런 지경이니 중국의 주당과 사귀려면 몇 가지 주도는 알아야 한다. 중국의 주도나 우리의 주도나 상대방을 존중한다는 차원에서는 별반 다르지 않다. 다만 그 표현 방법이 다른데, 우선 아랫사람이 윗사람에게 잔이 넘치도록 술을 가득 따른다. 술이 뭐 그리 좋은 것이라고, 여하튼 가득 따라주어야 존중하는 뜻이 된단다. 반면 몸에 좋은 차를 따를 때는 부족한 듯 따라야 한다. 술을 마실 때는 아랫사람이 윗사람에게, 주인이 손님에게 먼저 술을 권하며, "깐뻬이"를 외치며 마신다. 혼자서 홀짝홀짝 마시는 것은 바른 주도가 아니다. 깐뻬이를 외쳤으니 마셔야 하는데, 이때도 아랫사람이 먼저 마셔야 한다. 40도가 넘는 그 독한 술을 한 입에 털어넣고는 잔이 비었음을 상대방에게 떳떳이 보여준다. '봤느냐? 너도 얼른 마셔라. 오늘 같이 죽어보자.' 그리고는 상대방이 다 마시는지를 지켜본다. 이런 식으로 연속해서 깐뻬이를 하다 보면 공도동망(共倒同亡)! 그럴 때는 깐뻬이 대신 "쓰웨이이(隨意, 원하는 만큼)"를 외치며 마시면 된다. 그래도 정 마시기 힘들 때는 양해를 구하고, 잔을 들어 입술에 갖다대는 시늉을 하면 된다.

그런데 이런 사람을 보는 주당들의 심정은 우리나 중국이나 마찬가지인 모양이다. 특히 동북인들은 이런 사람을 무시하기까지 한다니, 자칫하다간 술 마시다 죽을 판이다(우리나라에선 술 마시다 죽는 젊은이들이 꽤 있다). 당연한 이야기지만, 중국인이라고 다 술을 잘하는 것은 아니다. 중국인 중에도 빼는 사람이 있고, 술을 못하거나 아예 하지 않는 젊은이들도 많았다. 특히 상하이에서 만난 친구들은 대부분 담배는 피우면서도 술은 거의 하지 않았다. 독주를 마시는 경우는 거의 없었고, 맥주를 마시면서도 깐뻬이를 외치는 법이 많지 않았다. 그러면서도 한 가지는 열심히 했는데, 바로 상대방의 잔이 조금만 비어 있어도 가득찰 때까지 첨잔하는 것이었다. 중국에서는 이게 바른 주도라고 한다.

중국의 살벌한 설 풍속, 임산부는 가라!

다음 날부터 나는 마오마오, 지아웨이와 함께 뤄양(洛陽)의 유명한 곳을 여기저기 돌아보며 재미있는 중국의 설 풍속을 체험했다. 우선 집 대문은 물론이고 상점 입구 등 건물 여기저기에 '福'자와 복을 바라는 그림들이 잔뜩 붙어 있는 것을 볼 수 있었다. 이것은 중국인이 좋아하는 붉은색과 금색으로 장식된 것이 거의 대부분이었는데 (녹색도 있다), 재미있는 사실은 복자가 제대로 붙어 있는 것도 있지만, 상당수가 거꾸로 붙어 있다는 사실이다. 왜 거꾸로 붙어 있을까?

중국어에서 '복이 오다'라고 할 때 '오다'에 해당하는 말은 따오(到)이다. 이와 똑같은 발음을 가진 단어가 있는데, 이것은 '거꾸로 되다'의 의미를 가진 따오(倒)이다. 이 둘의 발음이 같기 때문에 복자를 거꾸로 붙인다는 것이다. 그러면 복이 더 많이 굴러떨어져 들어온다나…… 이와 비슷한 것이 제법 많은데, 주로 금기와 관련된 것이 많다. 예를 들어 괘종시계를 의미하는 쫑(鐘)과 죽음을 의미하는 쫑(終)의 발음이 같기 때문에 괘종시계를 선물하는 것은 피해야 하며 (손목시계는 O.K.), 배를 의미하는 이(梨)와 헤어짐을 의미하는 이(離)

의 발음이 같기 때문에 배를 주고받는 것은 좋지 않다고 한다. 하물며 친구간에 배를 쪼개어 먹으면 어찌 될까? 이건 그야말로 '엎친 데 덮친 격'이란다. 병문안을 갈 때 핑꾸어(苹果, 사과)를 가지고 가면 어찌 될까? 이건 병이 났으니 빨리 죽으라는 뜻이 되고 만단다. 왜냐하면 핑꾸어의 발음과 삥꾸(病故, 병이 나 죽다)의 발음이 유사하기 때문이라는데, 이것은 발음이 꽤 많이 다른 것 같은데도 금기한다고 하니, 불길한 것은 일단 피하고 보자는 중국인의 정서가 대단하다는 생각이 든다.

그런데 이처럼 금기하는 것은 철저히 금기하면서도 길상(吉祥)이라고 하는 것은 또 어김없이 챙기는 민족이 중국인인 것 같다. 대표적인 것이 설날 등 경사가 있을 때 화약을 터뜨리는 것인데, 이건 절대 애들 장난이 아니다. 중국 최초의 사원인 바이마쓰(白馬寺)에 갔을 때는 그야말로 전사할 뻔했다. 마오마오와 함께 이곳저곳을 구경하고 있는데, 갑자기 따발총 소리가 들려 깜짝 놀라 가보았더니, 따발총 총알처럼 한 두름 엮어놓은 화약 꾸러미를 나무 기둥에 걸어놓고 신나게 터뜨리고 있었다. 화약 터지는 소리와 함께 파편들이 여기저기 흩어진다. 정말 위험하다. 종군 기자처럼 사진도 찍고, 기록도 한 후 돌아서 가려는데, "꽝!" 이건 완전 폭탄이다. 귀도 멍멍하고, 땅까지 흔들린다. 도대체 뭘 터뜨리는가 돌아보았더니, 맥주 캔만큼이나 굵직한 화약을 터뜨린다. 화약이 아니다. 다이너마이트나 폭탄 수준이다. 주위에 아무런 안전장치도 없고 사전 경고도 없다. 정말이지 아무 생각 없이 지나다니다가는 굉음과 파편에 전사할 수도 있다. 중국인들이 춘지에 기간 동안 화약을 터뜨리고, 불꽃놀이를 즐긴다는 사실은 대충 알고 있었지만 막상 접해보니 정말 전시 상황을 방불케 한다.

도대체 왜 이럴까? 마오마오에 따르면, 가족의 안녕과 복을 기원하기 위해 사원이나 집 앞에서 이렇게 열심히 화약을 터뜨린다고 한다.

바이마쓰 앞에서 화약을 터뜨리는 모습(좌).　　사람보다 큰 향! 얼마나 많은 복을 받으려고(우).

　그런데 설날에 받는 복만으론 성이 차지 않는 모양이다. 집들이 할 때도 터뜨리고, 개업식 할 때도 터뜨린다. 도심에서도(불법이라지만) 외곽에서도 터뜨린다. 여기저기 온통 지뢰밭이다(윤봉길 의사가 사용했던 도시락 폭탄을 만든 사람이 바로 중국인이란다).

　이런 풍습 이외에 설날 전날은 저녁을 굶고 있다가 설날 새벽이 되면 온 가족이 모여 빠오쯔(包子, 우리의 만두와 비슷)나 면을 먹는 설 풍속도 있다. 또한 전등과 종이로 대형 부처나 동물 등을 만들어 전시하기도 하고, 미아오후웨이(廟會)라 하여 우리의 대목장 비슷한 것도 연다. 그런데 안타까운 점은 우리와 마찬가지로 중국에서도 고유한 설 풍속이 많이 사라져가고 있다는 사실이다. 지금 중국은 급속히 변하고 있는데, 그 방향은 고유한 전통을 지키는 쪽이 아니라 자꾸 잃어버리고, 서구 자본주의를 닮아가는 쪽인 것 같다. 특히 도시는 더욱 그러하다. 경극은 노인네들이나 보는 것이 되었고, 차(茶)는 도시 젊은이들에겐 큰 인기가 없어 보인다. 반면 외국에서 들어온 패스트 푸드점에는 어린 아이, 젊은이가 넘쳐난다. 이들이 중국 돈을 다 긁어가는 것 같아 분통 터질 정도로 장사가 잘된다. 어느 도시든 맥도널드 있는 곳이 곧 시의 중심이고, 우리의 명동이다(우루무치에는 아직 맥도널드가 없다. 맥도널드를 흉내낸 가짜는 있다!). 중국 공산당은 정치를, 인민의 생활과 경제는 맥도널드와 같은 자본이 지배하고 있는 것이 중국의 현실이다.

마오마오의 고향은 아직은 자본의 투입이 활발하지 못한 조그만 도시이다. 과거 수많은 왕조의 수도다운 위용도 찾아보기 어렵다. 다행히 뤄양 외곽에 가면 과거의 영화를 간직한 고적을 만날 수 있다. 우리에게 잘 알려져 있는 소림사, 용문석굴, 관음당, 북망산 등이 그것

청두(成都)의 중심가. 맥도널드와 미국 영화, 그리고 삐앤딴(扁擔, 멜대)을 메고 복숭아를 파는 아저씨, 자전거 인력거 등이 한데 어우러져 있다.

이다. 이 중 소림사와 용문석굴을 구경하고 마오마오와 헤어져 상하이로 향했다. 8개월 후 베이징에서 다시 만날 기약을 하며…….

그렇게 8개월이 흐른 후 베이징에서 마오마오를 다시 만났다. 물론 그간 전화와 이메일로 연락은 했지만 직접 얼굴을 보니 무척 반가웠다. 마오마오는 긴 머리를 자르고 단발머리를 하고 있었고 지아웨이는 여전했다. 마오마오는 9월에 학교를 졸업하고(코스모스 졸업? 우리 식으로 생각하지 마시길. 중국의 학기는 9월에 시작한다), 이미 한 여행사에서 일을 하고 있었다. 3개월간의 수습기간을 거쳐 정식 직원이 된다는데, 그녀가 받는 월급은 수습 기간 동안은 800위안, 이후에는 1,000위안 남짓 된단다. 같은 과 친구는 1,800위안짜리 직장을 얻었다며 무척이나 부러워했다. 그녀가 베이징에서 1,000위안으로 한 달을 살기는 무척이나 버겁다. 이 돈으로 비싼 방세까지 해결해야 하기 때문이다. 사실 월세를 내고 나면 남는 게 거의 없다. 그래서 그녀는 정든 학교 근처를 떠나 베이징의 외곽으로 이사를 했다. 그녀의 고향에선 그래도 있는 집 딸이었는데, 베이징에서는 어쩔 수 없다. 서울과 지방의 격차가 큰 우리의 현실과 별반 다르지 않다.

지금도 잊혀지지 않는다. 내가 귀국하던 날 지아웨이의 자전거를 타고 가며 나에게 손을 흔들던, 그러면서 눈물을 흘리던 그녀의 모습이…….

 펑이요로 만난 중국

그녀는 프랑스 계열의 게임 회사에서 그래픽 디자이너로 일을 한다. 올해 28세. 결혼한 지 일년 정도 된 새댁이다. 취미는 독서, 회사엔 늘 지각한다. 남편은 굶든 말든 출근하기에 바쁘고 자기 아침은 회사에서 먹는다. 그렇다고 저녁을 잘 챙겨주는 것도 아니다. 당연하지만 먼저 오는 사람이 저녁을 한다. 그렇지만 그녀는 귀여운 여인이다. 생긴 것도 귀엽지만 하는 행동은 더 귀엽다. 남과는 다른 독특함이 있기 때문인데, 말을 시키지 않으면 멍하니 있다가도 말만 시키면 큰 눈을 동그랗게 뜨고 즉각적인 반응을 나타낸다. 특히 놀라는 투의 감탄사를 사용할 때 보면 더욱 재미있고 귀엽다. 그녀가 자주 사용하는 감탄사는 "이(咦)"라는 것인데, 이것은 말끝을 올리면서 의외라는 느낌을 표현하는 것이다. 젊은 여자들이 주로 쓰는 감탄사이다.

이외에 중국인들이 자주 사용하는 감탄사로는 "아이야(哎呀, 뭔가를 잃어버리거나 낭패를 보았을 때 또는 긍정적인 의미의 놀람을 표시할 때)", "아(阿, 놀람, 의문을 나타내는 말로 위의 '이'처럼 말끝을 올린다)", "헝(哼, 불만이나 의심을 나타낼 때 쓰는 말로 가볍게 '흥' 하면 된다)", 그리고 "페이(呸, 화가 났을 때 강한 불만을 나타내는 말)" 등이 있다. 한편 "Woops" 등의 영어식 감탄사를 구사하는 상하이 사람도 보았는데, 이런 사람이 갈수록 늘어날 것 같다. 영어 열풍에, 해외 유학 열풍에 세계화와 개방이다 법석을 떠니 말이다. 우리와 마찬가지로 중국 전통의 힘은 갈수록 약해지고 있는 것 같다.

중국의 한국은행(Bank of Korea)에 해당하는 은행은? 중국은행 (Bank of China)? 천만에! 이런 식이라면 우리식으로 중국을 이해 하는 것이다. 중국의 중앙은행은 중국인민은행이다. 그럼, 베이 징 중국은행(중국의 대표적인 은행 중 하나)에서 개설한 통장을 가지고 상하이 중국은행에서 돈을 찾을 수 있을까? 그렇다고 생 각한다면 이것 역시 우리식으로 중국을 이해하는 것이다. 현금 카드가 있다면 모를까, 통장만을 가지고는 찾을 수 없다. 전국적 인 전산망이 완전히 구축되어 있지 않은 듯하다. 이런 사실을 모 르고 통장만 하나 달랑 들고 여행을 다니다간 낭패를 당할 수 있 으니 조심해야 한다(실제로 이런 한국 유학생을 만난 적이 있다. 베이징에 있다가 상하이로 어학연수를 왔는데, 돈을 찾을 수 없어 학교 등록을 못하고 있었다. 말을 배우기에 앞서 중국 문화와 사 회에 대한 기본적인 공부는 해야 할 것이다. 나는 다행히 중국은 행에 다니는 친구를 통해 이런 사실을 미리 알 수 있었다).

베이징을 떠나 상하이에 가면서 중국은행에 예금한 돈을 모두 인출해 짊어지고 떠났다. 상하이에서 구이린(桂林)에 갈 때도 마 찬가지였다. 현금카드는 쓸 수 있다지만, 아무래도 믿기지 않았 기 때문이다. 그런데 이렇게 돈 싸들고 다니는 일은 참으로 위험 한 행동이다.

천하 제일의 경치를 자랑한다는 그 허망한 구이린(桂林)에 갔을 때의 일이다(구이린의 산봉우리는 해저가 융기하여 만들어졌는데, 여기저기 솟아 있는 둥근 봉우리는 매우 색다른 느낌을 준다. 하지만 천하 제일은 아닌 듯하다). 비가 오면 수묵화처럼 더 멋지다는 리장(漓江) 유람을 마치고, 양쑤오(陽朔)에서 구이린으로 돌아오는 소형 버스 안이었다. 피곤을 이기지 못하고 한참을 자다 일어나서는 무심코 뒤를 돌아보았는데, 허름한 차림의 젊은 총각이 돈을 갖고 있다가 나에게 건네주었다. 나는 아무 생각 없이 그저 받았다. 그야말로 내 돈이니까. 그런데 내 바지 주머니는 왜 찢겨져 있는가? 갑자기 그 녀석이 차를 세우더니 내리려 했다. 조용히 물었다(도둑놈 체면을 살려주어야 하니까).

"이게 다니?"
"응, 다다."
"정말?"
"정말."
"그럼 가라."

나와 다른 손님들이 잠을 자느라 자기를 알아주지 않자 묵묵히, 그저 열심히 작업하여 내 바지 호주머니를 칼로 찢었던 것이다. 힘든 작업 끝에 드디어 돈을 빼내는 순간 내게 들킨 모양인데, 참 자연스럽게 돈을 돌려주었고 나도 아주 자연스럽게 돌려받았다. 사실 1~2초만 늦게 발견했어도 거금을 날리고 중국에서 미아가 되었을 것이다.

이 버스는 사람을 한 명이라도 더 태우기 위해 그 좁은 통로에

등받이가 없는 조그맣고 낮은 의자를 갖다 놓았는데, 그는 거기에 앉아 조용히 할 일을 했던 것이다. 중국은행은 돈 싸들고 다니게 하고, 버스 회사는 그 좁은 통로에 낮은 의자를 배치하여 좋은 작업환경 만들어주고, 도둑은 묵묵히 자기 일하고. '이거 혹시 음모 아냐?' 하는 엉뚱한 생각마저 든다.

서울에선 눈 감고 있으면 코 베어간다지만, 구이린에선 바지 주머니 찢어놓는 모양이다. 하지만 이게 어디 중국만의 일인가? 어느 선진국에 가도 겪는 일이고, 우리나라에는 이들보다 더 심하고 뻔뻔한 도둑이 어디 한둘인가? 세금 도둑, 정치 도둑 등. 사실 내가 만난 구이린의 도둑은 좀도둑에 불과하다. 행색을 보아하니 일자리는 없고, 삶은 꾸려가야 하고, 빈부격차는 심한 상태에서 어쩔 수 없이 내몰린 농촌 총각인 듯했다. 사회가 도둑을 만들고 있는 셈이다. 루소(J. J. Rousseau)의 말처럼 우리나 중국이나 사회에 살면 살수록 인간성은 타락하기만 하니……. 그렇다고 돌아갈 자연도, 용기도 없는 듯한 현대인의 비극은 언제나 끝이 나려나.

오, 필승 코리아!

2002년 6월의 그 함성을 머나먼 투루판(吐魯蕃) 주변 사막에서도 들을 수 있었다. 내가 한국인이라고 하자, 낙타 주인인 꼬마는 누구에게 배웠는지 신나게 손뼉을 치며 '오, 필승 코리아!'를 부르는 상술을 발휘했다.

결혼식은 어디서?

중국에는 우리와 같은 결혼식장이 따로 없다. 호텔이나 식당, 교회, 가정 등에서 결혼식을 치른다. 흰색의 웨딩드레스도 입고, 야외촬영도 하고, 꽃으로 장식된 신혼여행차를 타고 밀월여행도 떠난다.

← 홍콩 인민해방군 건물

1997년 영국은 비를 맞으
며 홍콩을 떠났다. 그리고
인민해방군이 홍콩에 진주
했다. 자기 땅이면서도 자기
군대를 주둔시키지 못하던
비극은 이제 사라졌다. 우리
는 어떤가?

↓ 주하이(珠海) 공원의 용 장식

용의 자손이라는 중국인답게 멋지게 꾸며놓
았다. 상하이(上海) 위위앤(豫園)은 담장 윗부
분을 용의 모습으로 장식했는데 그 아이디어
와 모습이 참으로 독특하다.

→ 충칭(重慶) 대한민국 임시정부 청사

중국에서마저 일제에 쫓기고 쫓긴 독립
운동가들이 마지막으로 세웠던 임시정
부 청사. 그들이 원했던 나라는 지금의
나라였을까?

↓ 난징(南京) 대학살의 현장

300,000의 숫자는 무얼 의미하는가? 일제
는 이곳에서 이보다 더 많은 수의 중국인을
무참히 살해했다. 하지만 여전히 반성하지
않고 있다.

산인가, 능인가?

산처럼 보이는 저것이 바로 진시황의 무덤이다. 내부는 발굴하지 않고 있으나 능 주변에서 발굴된 병마용 등을 보면 무덤 내부의 규모와 화려함은 상상을 초월할 것이다. 능 가운데 있는 계단을 따라 76m에 이르는 정상을 오르니 시원한 물과 수건을 공짜로 준다. 진시황의 유일한 은덕인 듯도 하고…….

마오쩌둥(毛澤東)의 고향 농촌 풍경

녹색의 벼가 한창이다.

상하이의 자전거 물결

출근 시간의 모습이다. 선글라스를 낀 사람도 보인다.

비가 오나 눈이 오나 바람이 부나

언제나 자전거 바퀴는 돌아가는 게 중국이다. 비가 오면 자전거용 비옷을 입고, 햇빛이 강하면 우산을 꽂고 자전거를 탄다.

창사(長沙)의 도로 포장 모습

중국 여기저기에서 이런 모습을 자주 볼 수 있다. 그런데 재미있는 것은, 우리 공사장에서 흔히 볼 수 있는 굴삭기 등의 기계를 찾아보기 어렵다는 점이다. 대개 사람의 힘으로 부수고 짓는다.

차와 보온물통

기숙사 생활을 하는 대학생들에게 보온물통은 필수품이다. 학교에서 공짜로 제공하는 따뜻한 물을 받아 차를 우려 마신다. 차를 넣은 물병을 가지고 다니며 수시로 차를 마시기도 한다.

창춘(長春) 시내 한 중학교 풍경
예전에 우리가 입었던 체육복이 생각난다.

박물관?
난징(南京) 사범대학은 2002년 개교 100주년을 맞이했다. 사진은 대학 본관의 모습인데,
고색창연(古色蒼然)한 모습에서 역사의 깊이가 절로 느껴진다.

← **돌팔이 치과**
문화혁명 시절엔 '맨발의 의사'라
하여 일자무식이라도 의사가 될
수 있었는데, 그 시절의 잔재는
아닌지…….

↓ **선양(瀋陽)의 자전거 수리점**
자전거 수리점은 대개 노점상
이다.

중국의 PC방, 왕빠

인터넷 채팅으로 사랑을 속삭였으나/채팅, 디스코, 그리고 낭패/삐삐는 가라!/
중국은 우리 땅, 조신하게 살아야 한다.

인터넷 채팅으로 사랑을 속삭였으나

1987년 중국 최초로 인터넷 시대가 열리고, 1996년 전국적인 서비스를 개시한 이후 2002년 지금, 약 4,000~5,000만 정도의 인구가 인터넷을 이용한다고 한다. 젊은 네티즌들의 아지트인 왕빠(网吧, PC방)는 베이징, 상하이 등의 대도시는 물론이고, 당연히 없을 것 같은 궁벽한 지역에도 존재하고 있다. 또한 대부분의 왕빠마다 젊은 친구들이 가득하다. 이들은 주로 게임과 채팅에 몰두하는데, 밤을 새는 친구도 많다. 어떤 친구는 게임에 몰두하다 죽기까지 하였단다. 그래서 그런지 중국 정부와 부모들은 왕빠를 아주 싫어하는 것 같다. 중국 정부는 왕빠의 유해성, 안전시설 등의 미비를 이유로 왕빠를 단속하고, 폐쇄 등의 행정조치를 취하고 있다. 또한 일부 웹 사이트는 접속 자체를 금지시키고 있으며, 이를 감시하고 있다. 이에 대해 젊은 이들은 간섭과 관리를 그만하라는 식의 반발을 보이고 있다.

여담인데, 중국을 이해하기 위해 인터넷에 있는 자료를 참고하다 중국을 이해하기는커녕 '오해'할 뻔한 경우가 한두 번이 아니었다. 중국에 대한 잘못된, 한참 오래된 이야기들이 인터넷상에 넘쳐나고 있

시골 마을에도 들어서 있는 왕빠. ADSL이 설치된 왕빠라는 홍보 내용도 보인다. 이곳은 시골이지만 관광객이 많아 왕빠가 들어서 있다.

었기 때문이다. 급변하는 중국의 사정에 맞춰 수시로 자료를 갱신해야 하는데, 한번 글을 올리고 나서는 내내 방치하는 경우가 많은 것이다. 이런 현상은 출판물도 마찬가지다. 나는 S 출판사의 중국 여행 책자를 가지고 다녔는데, 이 책은 겉과 속을 컬러(Color)로 아주 그럴듯하게 꾸며 놓았다. 그러나 정작 중요한 여행 정보는 아주 엉망이었다. 1~2년도 아니고 거의 10년 전의 사진과 글, 가격 정보를 올려 놓았다. 그러고는 2001년판이란다. 든 것 없이 무겁기만 하여 미련 없이 버려버렸다.

　현재의 중국을 제대로 이해하기 위해서는 현재에 맞는 자료를 보아야 한다. 마시는 우유의 유통기한만 확인할 일이 아니다. 나는 책을 쓰면서 여러 번 내용을 수정해야 했는데, 그러면서도 지금 수정한 사실이 또 바뀌지는 않았는지 늘 촉각을 곤두세워야 했다. 중국은 복잡하고 다양하면서도 빠르게 변화하는 사회이다. 이러한 변화를 제대로 따라잡아야 중국의 오늘과 내일을 올바로 파악할 수 있다. 중국에 대한 꾸준한 관심이 필요한 것이다.

아래 글은 중국의 채팅 사이트에서 알게 된 한 아가씨와의 채팅 내용을 정리한 것이다. 이를 통해 그들의 채팅 문화를 조금이나마 간접적으로 느낄 수 있다.

I.

上海男人	니하오?(你好, 안녕)
成熟女人	니하오?
上海男人	뭐 하는 분이신지? 나이는?
成熟女人	부동산 회사에서 일해요. 25. 당신은?
上海男人	전 학교에서 중국어 배우고,
	한편 중국 문화를 이해하기 위해 노력하고 있죠.
成熟女人	중국에 온 지는?
上海男人	6개월 조금 더.
成熟女人	그런데 중국어 잘 하나 보네요?
上海男人	조금. 베이징에 있을 땐 정말 열심히 했는데, 상하이에 와서는…….
成熟女人	Do you speak English?
上海男人	yes. 당신은?
成熟女人	조금요. 하지만 영어에 관심이 많아요.
	토요일에는 영어 학원에 다녀요.
上海男人	영어는 배워서 뭐 하게요?
成熟女人	요즘 영어는 기본이죠.
	좋은 직업을 얻을 수도 있고, 친구를 사귈 수도 있고.
上海男人	한국에 대해 관심 많아요?

| 成熟女人 | 한국 TV 연속극은 가끔 봐요. |
| 재미는 있는데, 너무 질질 끄는 것 같아요. |
| 上海男人 | 한국 연예인 누구 좋아해요? |
| 成熟女人 | 안짜이쉬(안재욱), 찐시싼(김희선). |
| 하지만 그렇게 좋아하진 않아요. |
| 上海男人 | 요즘 한류다 뭐다 해서 한국 연예인들 좋아한다고 하던데. |
| 成熟女人 | 좋아하는 애들도 있고, 그저 그런 애들도 있고 그래요. |
| 그런데 한국 연예인들은 다 성형미인이라면서요? |
| 上海男人 | 설마 다 그러겠어요? |
| 중국 여자들도 성형수술하고 야단이면서. |
| 成熟女人 | 한국보단 적어요. |
| 그리고 한국 여자들처럼 진하게 화장도 안 해요. |
| 그런데 중국엔 뭐하러 왔어요? |
上海男人	중국어 배우고, 중국 문화를 이해하기 위해서죠.
成熟女人	왜요? 자비로?
上海男人	회사에서 보내줬어요.
중국에서 사업하려면 중국을 잘 알아야 하니까요.
成熟女人	사진 있어요?
上海男人	없는데, 왜요?
成熟女人	있으면 보내줘요.
上海男人	없는데. 있으면 먼저 보내줘요.
成熟女人	…….
上海男人	뭐 해요?
成熟女人	사진 보냈어요.
上海男人	피아오리앙(漂亮, 이쁘네요).
成熟女人	농담 말아요.
上海男人	농담 아닌데(사실 농담임). 채팅 자주 해요?
成熟女人	매일 해요.

上海男人	채팅해서 뭐 해요? 혹시 만나기도 해요?
成熟女人	그럼요. 채팅 하다 만나는 애들 많아요.
上海男人	만나면 뭐 하죠?
成熟女人	밥 먹고, 술 마시기도 하고, 놀러도 가고 그러죠.
上海男人	한국하고 비슷하네요.
成熟女人	그래요? 아, 오늘은 이만 자야겠어요.
	내일 출근해야죠. 짜이찌앤(再見, 안녕).
上海男人	그래요. 짜이찌앤.

Ⅱ.

成熟女人	니하오?
上海男人	니하오? 반갑군요.
成熟女人	이번 주 토요일에 시간 있어요?
上海男人	여행 가는데, 왜요?
成熟女人	마음이 괴로워요. 그래서 만나 이야기를 나눌까 했는데.
上海男人	왜요?
成熟女人	남자 친구가 있는데, 절 속이는 것 같아요.
上海男人	엥? 남자 친구가 있다고요. 실망!
成熟女人	장난하지 마요. 남자 친구는 캐나다에서 공부하는데,
	이번에 중국에 왔어요.
上海男人	그런데요?
成熟女人	저 말고 다른 여자를 만나는 것 같아요.
	자기는 단순한 오빠 동생 관계라고 하지만…….
上海男人	저런. 그 남자 친구는 어떻게 만났어요? 사귄 지는?
成熟女人	채팅으로 만났죠. 1년간 채팅으로만 이야기하고,
	사랑을 확인했죠.
上海男人	대단하군요. 실제 만나본 적은 있어요?

| 成熟女人 | 지난번에 한 번 만났을 뿐이에요. 그때 한 일주일 같이
있었죠. 그 친구 부모님도 뵙고…….
그런데 결혼할 수 있을지 확신을 못하겠어요. |
| 上海男人 | 왜요? |
| 成熟女人 | 단순한 관계라면 왜 진작 얘기하지 않았을까요?
들키고 나니 그렇게 얘기해요. |
上海男人	그 여자에게 물어보지 그래요? 진짜 오빠 동생 관계냐고.
成熟女人	물어봤어요. 단순한 동생이라고 하는데, 모르겠어요.
上海男人	예전에 연인 관계였어도 지금 아니면 되는 것 아니에요?
成熟女人	모르겠어요.
다음주에 베이징에 있는 그 사람 집에 가기로 했는데,
어떻게 해야 할지…….|
上海男人	글쎄요…….
成熟女人	그 사람이 절 진짜 사랑하지 않으면 갈 필요도 없는데…….
上海男人	잘 알아봐요. 두 사람 관계가 정말 어떤 관계인지.
뭐라 할 말이 없네요. 그 사람이 많이 좋은가 봐요?
1년 채팅하고, 한번 보고 결혼이라?
成熟女人	네. 하지만 솔직히 말해 외모도 별로고,
옷을 잘 입는 편도 아니에요.
上海男人	그럼, 어디가 마음에 들어요?
成熟女人	착해요. 그리고 저하고 비슷한 것도 많고…….
上海男人	비슷? 뭐가요? 생긴 것? ㅎㅎ.
成熟女人	화났어요! 생긴 게 아니라 서로의 사정이 비슷해요.
우리 집 부모님은 이혼했어요.
그 친구네는 부모님간의 사이가 별로구요.
上海男人	저런. 안되었네요.
成熟女人	괜찮아요. 오늘은 일찍 자야겠어요. 내일 일해야 해요. 그럼…….
上海男人	그래요. 안녕.

　　결국 이 친구는 그 남자 친구와 헤어지고 말았는데, 자꾸 좋은 남자 소개시켜달라 해서 곤혹스러웠다. 나중에는 직장에서마저 해고당했는데, 좋은 직업을 소개시켜달라 해서 역시 괴로웠다.

상하이의 후와이하이루(淮海路)는 젊은이들과 외국인들이 많이 찾는 곳으로 백화점이나 고급 매장 등이 많이 들어서 있다. 이곳 젊은이들의 패션을 보면 전혀 다른 중국에 온 느낌이 든다. 고달픈 인생을 사는 젊은이들은 찾아보기 힘들다. 배꼽티, 원색의 원피스, 명품 선글라스, 시원한 옷차림의 키 크고 늘씬한 아가씨, 쫄티에 금목걸이를 걸친 남자들 등.

이곳에 있는 깨끗하고 현대적인 대형 빌딩 안에 들어갔는데, 젊은이들의 주의를 촉구하는 안내판이 눈길을 끌었다. 나이트 클럽으로 올라가는 엘리베이터 입구에 설치해놓은 것인데, 대략적인 내용은 이렇다.

채팅을 통해 안 지 얼마되지 않은 두 남녀가 나이트 클럽에 놀러와 각자의 가방을 동일한 사물 보관함에 보관했단다(중국 나이트 클럽 중에는 입장할 때 가방을 맡겨야 하는 곳이 있다). 그런데 그중 한 녀석이 여자의 가방을 가지고 도망쳤단다. 서로 제대로 알지 못하는 사이라면 각자의 사물함에 물건을 보관하도록 하고, 그렇지 않아 이런 일이 발생하면 그 책임은 각자에게 있으니 주의할 것!

삐삐는 가라!

넘쳐난다, 넘쳐나! 몇 백 위안에서부터 몇 천 위안짜리까지. 내가 휴대폰 판매장을 돌아다니며 조사해보니 한때 제일 비싼 휴대폰은 무려 7,000위안이나 했다. 이는 우리 돈으로 대략 100만 원이 넘는다. 2002년 중국 도시민 월 평균소득이 800위안 정도

이니 이런 휴대폰을 갖는 것은 일종의 멍(夢, 꿈)이다. 사실 얼마 전까지만 해도 휴대폰 자체를 갖는 것 역시 꿈이었다. 하지만 지금은 웬만한 직장을 다니는 웬만한 젊은이는 거의가 휴대폰을 가지고 있을 정도로 많이도 보급되었다. 그럼에도 여전히 후찌(呼機, 삐삐)를 쓰는 친구도 있었고, 아예 이것마저 없는 친구들도 많았다. 돈이 없거나 필요성이 없기 때문인데, 그래도 하나쯤 갖고 싶어하는 마음은 다 같았다(2002년 중국의 휴대폰 보급률은 15% 수준이다).

마오마오(毛毛)를 처음 만났을 때 그녀는 삐삐를 가지고 있었다. 그녀 덕에 중국 땅에서 삐삐 호출도 해보았다. 그녀가 가르쳐준 삐삐 번호는 '95808뤄양(洛陽)28XXX.' 베이징에서 그녀의 고향으로 삐삐를 호출하기 위해 앞 번호 95808을 누르니 웬 여자가 전화를 받는다. 다소 놀랐지만 침착하게 '뤄양28XXX'를 말하고 내 전화번호를 말했다. 과연 얼마 후 그녀에게서 전화가 왔다.

이랬던 그녀가, 여행사에 취직한 이후 소우찌(手機, 휴대폰)를 들고 나타났다. 학교 다닐 때는 큰 필요성이 없었지만, 이젠 사회생활을 하게 되었으니 하나쯤 있어야 할 것 같아 구입했단다. 그런데 한국에 돌아온 이후 그녀의 휴대폰으로 전화를 하니 통화가 되질 않았다. 서너 차례 더 시도하고 나서야 통화가 되었는데, 내 목소리를 알아들은 마오마오가 대뜸 하는 소리,

"찐동위앤(김동연), 너였니? 이상한 번호가 찍히길래 넌 줄 모르고 전화를 받지 않았지."

이상한 번호라도 받으면 안되나? 마오마오는 안된다고 생각한다. 왜? 중국에서는 휴대폰으로 전화를 거는 사람이나 받는 사람이나 다 같이 통화 요금을 내야 한다[다양한 요금체계가 있지만

분당 4, 6마오(毛, 위안의 1/10) 정도]. 쓸 데 없는 전화를 받으면
아까운 돈을 그냥 날리는 것이다. 한술 더 떠 그녀가 말하길, 이
것은 국제전화이니, 국내전화를 받을 때보다 더 많은 요금을 물
어야 한단다. 이 말을 듣고 미안한 마음에 제대로 인사도 못한
채 전화를 끊었다. 정보와 통신의 편리가 넘쳐나는 시대에 살면
서도 그 놈의 돈 때문에 사람 사는 정조차 제대로 나눌 수 없어
안타깝다(사실 국제전화나 국내전화나 받는 요금은 차이가 없다).

중국은 우리 땅, 조신하게 살아야 한다

　중국에 머무른 9개월 동안 정말 우연한 만남을 7번이나 가졌
다. 중국에 도착한 지 이틀만에 군대 동기를 우연히 만났다. 5년
만의 첫 만남이었다. 공군 사관후보생 시절 같은 방을 썼던 친구
인데, 베이징 대학에 유학중이었다. 며칠 후 길을 가다 낯익은 한
사람을 발견했다. 대학 졸업 후 5년 동안 한 번도 만나지 못했던
과 후배였다. 외무 공무원인 그는 나와 비슷한 프로그램에 따라
중국어와 중국 문화를 배우고 있었다. 선전(深圳)에서는 중국 주
재원으로 근무하고 있는 직장 선배를 우연히 만났다. 그 선배는
광저우(廣州)의 LG-TOPS라는 한중합작법인에서 일을 하고 있는
데, 선전에 가족과 놀러왔다고 한다. 상하이에서는 출장 나온 동
료를 우연히 만났고, 청두(成都)의 한 호텔에서는 같이 지역전문
가로 활약하던 동료를 만났다. 하이난(海南)에서는 뤄양(洛陽)으
로 가던중 알게 된 중국인 콩지에(空姐, 스튜어디스)와 짧은 만남
을 가졌다. 공항 활주로에서 마주쳤는데, 마침 그때가 중국 민항
기가 한국에 추락한 직후라 많은 이야기를 나누지는 못했다. 무
척 바쁘고 긴장된 모습이었다. 마지막으로 만난 사람은 상하이

중국 속의 한국, 옌지(延吉)에선 한글 간판이 기본이다.

에서 같이 공부하던 유학생이었는데, 베이징의 거리를 지나다 마주쳤다.

　이 모든 것이 그야말로 우연한 만남이다. 서로 가는 지역이 한정되어 있으니 그럴 수도 있겠다 싶지만, 9개월이라는 기간에 7번의 우연이라? 뭔가 곡절이 있어 보인다. 간단히 말해, 그만큼 많은 한국인이 중국에 들어와 있다는 이야기이다. 2002년 현재 유학, 사업 등의 목적으로 중국에 머물고 있는 한국인이 대략 20만 명 가량이고, 2002년 한 해 동안 중국을 다녀간 한국인 관광객이 170여 만 명이라고 한다. '신라방'에 이은 '한국방'이 베이징, 상하이, 칭따오(靑島) 등에 형성되어 있고, 확산되는 추세이다. 예를 들어 베이징의 왕찡(望京), 우따오커우오우(五道口) 등에는 주재원, 유학생들이 넘쳐난다. 특히 외국 유학생들이 많이 몰리는 위이앤따쉬에(語言大學)는 엄청나게 많은 한국 학생에 의해 점령당했다. 이곳에 다니는 중국 학생조차 "자신들이 마치 이방인인 것 같다"라고 말할 정도이다. 칭따오 공항을 나서자

마자 한글 간판이 죽죽 눈에 들어온다. 버스 기사에게 한국 사람이 많은지 물어보니, 과장하는 몸짓을 하며 "헌뚜어 헌뚜어(很多, 많다 많어)!" 이후 시내에 진입하면 한국 식당, 호텔 한국부 등이 한국 손님을 맞느라 분주하다. 그런데 재미있는 것은 한국인이 많은 곳마다 꼭 빠지지 않는 것이 있는데, 바로 '단란하게 술 마시는 주점'이다.

한편 동북 지역에 가면 ○○밥점, ○○술집 등의 순박한 한글 간판을 많이 볼 수 있다. 특히 옌지(延吉)에는 한글이 넘쳐난다. 한글뿐만이 아니다. 중국 동포들도 넘쳐난다. 중국 동포의 자치주답게 여기가 중국인지, 한국인지 분간하기 어렵다. 한편 상하이, 베이징, 칭따오 등의 대도시에서도 이들의 말과 모습을 접할 수 있는데, 돈을 벌기 위해 고향을 떠나온 중국 동포들이 많기 때문이다. 중국에 있는 우리 동포는 이들만이 아니다. 베이징, 다롄(大連) 등에는 북한 식당이 진출해 있고, 동북에 사는 중국인의 이야기를 들어보면 북한과의 국경이나 동북 지역엔 탈북자들도 많다고 한다. 한 중국 동포에 따르면, 이들은 몰래 숨어 지내거나 돈이 있는 사람들은 불법으로 중국 후커오우(戶口, 일종의 주민등록증)를 만들어 중국인으로 행세한다고 한다. 자기가 실제 위조해준 적도 있다고 한다. 또한 농촌에는 여자가 부족하여 북한 처녀를 사오기도 한단다.

이런 상황이니 중국에서는 조신하게 행동해야 한다. 외국에 나가 내 세상인 듯 행동하다 망신을 당하는 경우가 많은데, 중국은 외국이 아니다. 그러면서도 중국은 철저한 외국이다. 베이징의 일부 유학생끼리 밤 늦게 술을 마시고 놀다 한국인끼리 싸움이 붙었다. 그런데 이 싸움은 중국인까지 말려들면서 폭력 사태로 번지고 말았다(주위 사람에게 물어보니, 이런 일이 심심찮게 벌어진단다. 외국 손님이 많이 묵는 호텔 앞에서 이러니 나라 망신이다). 이에 흥분한 학생들이 말하길, "대사관에 연락해서 저 중국

놈들 본때를 보여줘야 한다.” 중국이 어떤 나라인지 모르는 참으로 철없는 소리이다. 결국 폭력 당사자들은 파출소에 끌려가고 말았는데, 중국어도 제대로 못하는 저들을 누가 보호해줄 것인가? 한국인이 몰려 산다고 한국이 아니다(이러다 보니 한국 유학생에 대한 인식이 좋을 리 없다. 중국의 젊은이나 교수들에게 물어보면, 성실하고 똑똑한 한국 유학생도 많지만 공부는 뒷전이고 술 마시고 노는 데 열심인 유학생도 많단다).

한편 중국 친구들과 이야기하다 보면, 나와의 만남이 한국인과의 첫 만남이라는 친구가 꽤 있었다. 첫인상이 중요한 만큼, 조신한 행동으로 한국에 대한 좋은 이미지를 심어야 한다(그러나 지금까지 중국에서 우리의 이미지는 결코 좋은 모습이 아니었던 것 같다. 돈 좀 있다고 잘난 체하고 중국인과 동포를 업신여기고, 타락한 행태를 일삼고, 일부 한국인 기업가들은 현지인에 대해 구타와 가혹 행위를 저질렀다. 이들의 행위는 중국을 소개하는 서양 책에까지 소개되어 있을 정도이다. 그런데 다행히도 옌지의 중국 동포들 이야기를 들어보면, 요즘은 그래도 많이 나아졌다고 한다. 하지만 여전히 ‘한국놈들’이라 말하는 동포도 만날수 있었다).

나이트 클럽의 젊은이들

살벌하게 흔들어대는 하이난따오의 젊은이들/자유롭게 살고 싶어 가출한 그녀들/
마약은 하지 말고 놀아라, 선전 애들아!/한류를 즐기는 젊은이/서부대개발, 잘돼야 할 텐데/
길을 건널 땐 소심해야 한다

살벌하게 흔들어대는 하이난따오의 젊은이들

중국은 5월 1일 노동절을 기해 대부분의 회사와 학교가 5일에서 1주일간의 휴가를 즐긴다. 공식 휴일은 3일간이지만, 노동절 앞, 뒤 토, 일요일을 일하는 경우 그만큼 더 긴 연휴를 즐길 수 있다. 그렇다면 평소 토요일은 휴일이란 말인가? 그렇다. 중국은 이미 1990년대 중반부터 주5일근무제를 도입했다. 소비를 촉진시켜 내수를 진작하기 위한 의도였다는데, 지금까지는 성공적이라고 한다. 정부의 의도대로 노동절 기간 동안 많은 사람들이 명승지를 찾아 여행을 떠나는데, 나도 그들 틈에 끼여 '중국의 하와이'로 불리는 하이난을 찾아갔다.

하이난따오(海南島)는 비록 섬이지만 중국의 행정구역상 가장 큰 단위인 성(省)의 하나로서 그 크기는 남한의 1/3에 가까울 정도로 매우 크다. 아열대 기후의 풍경과 해변이 아름다운 이곳은 이미 1988년에 섬 전체가 경제개발특구로 지정되어 발전의 꿈을 키웠던 곳이다. 하지만 중앙정부의 정책 변경으로 인해 공업부문의 경제발전은 거의 이루어지지 못했고, 여전히 농업 위주의 산업구조를 가지고 있다. 그

하이난따오의 유명한 해수욕장. 노동절 끝 무렵이라 그런지 사람은 많지 않았다.

나마 관광자원으로 이름이 높지만, 실제 접한 관광시설이나 서비스 수준 등은 기대 이하였다.

하이난의 밤은 어떨까? 매연을 머금은 훈훈한 저녁 바람을 맞으며, 밤 거리를 거닐던중 택시들이 몰려 있는 곳이 있어 쳐다보니 나이트 클럽 앞이다. 많은 젊은이들이 택시를 타고 이곳으로 놀러오고 있었다. 나도 하이난의 나이트 클럽을 구경하고 싶어 그들을 따라갔다. 중국의 디스코 클럽은 입장료를 내야 하는 곳도 있고, 그렇지 않은 곳도 있는데, 이곳은 입장료를 받지 않았다. 평일인데도 젊은이들이 가득하다. 보통 10시 이후부터 젊은이들이 몰려들기 시작하여 새벽 2시가 되어야 각자 해산이다. 연인끼리, 친구끼리, 나 홀로 등 다양한 모습을 볼 수 있다. 무대를 보니 5~6명의 아가씨들이 쇼 프로그램의 백댄서들처럼 춤을 추고 있었다. 우리 나이트 클럽에서는 보기 드문 광경인 듯하다. 이들의 춤이 한바탕 펼쳐지고 나자 초청 가수가 나와 노래를 부른다. TV에서는 절대 볼 수 없는 가수란다. 이 친구 노래가 끝나기 무섭게 빠르고 강렬한 비트의 음악과 현란한 조명이 클럽 안을 휘감는다. 곧이어 하나 둘 무대 위에 올라가 춤을 추는데 정말 살벌하다. 목이 부러져라 위 아래로 흔들어대고, 좌우로 흔들어대고, 360도 돌려대고, 되지도 않는 막춤을 막 춰대고, 하여간 살벌한 광경이 펼쳐진다. 적당히 몸을 움직이며 즐기는 식의 디스코는 없다. 이런 와중에 한 아가씨의 분전(奮戰)은 더욱 놀라웠다. 그녀는 뒤로 묶은 긴 생머리를 풀어 늘어뜨린 채 무대 한구석에 자리를 잡더니 사정없이 머리를 돌려대기 시작했다. 어찌하나 보았더니 무려 20분간이나 쉬지 않고 돌려댔다. 정말 오래 가는 아가씨였다. 잠시 후 귀에 익은 노래가 흘러나오는데, 한국 가수 이정현의 '와'이다. 중국 가수가 중국어로 부르는 '와'에 맞춰 춤꾼들의 몸놀림은 더욱 강하고 빨라졌다. 온몸을 정신없이 흔들어대느라 지칠 법도 하지만 결코 멈추지 않는다. 분위기가 고조되고 무르익자 블루스 음악이 깔린다. 그런데 아직은 붙잡고 춤추는 것에 익숙하지 않은지 대부분 썰물처럼 빠져나가고 몇몇만이 남아 블루스를 춘다.

이때를 틈타 맥주 2병을 더 주문했다. 이곳에는 술 파는 여자들이 따로 있는데, 돈을 먼저 주면 술과 복권을 가져온다. 이들의 급여는 술 파는 성적에 따라 다른데, 한 달에 대략 1,000위안 정도 번다고 한다. 역시 물장사는 돈이 좀 되나 보다. 이곳 하이난의 식당에서 일하는 아가씨들은 대략 300위안 정도 받는다니 말이다. 블루스 타임이 끝나자 사회자가 나와 복권 추첨을 한다. 자전거도 주고, 인형도 주고 이것저것 주었지만, 나의 것은 역시 꽝이었다. 다시 한바탕 춤판이 펼쳐진다. 무대에서 앉은 자리에서 춤은 새벽 2시까지 계속 이어진다. 내가 가본 중국의 나이트 클럽은 대체로 이 모양이다. 물론 여기에 룸(Room)이 따로 있어 아가씨를 데리고 술도 마시고 노래도 하며 놀 수도 있다. 우리의 밤과 별로 다르지 않다.

자유롭게 살고 싶어 가출한 그녀들

그녀의 성은 우(吳)이다. 손님들이 그녀를 부를 땐 우 시아오지에(小姐)라고 부른다. 성 뒤에 시아오지에를 붙여 부르는 것인데, 우리 말로 하면 오양이나 Miss 오 정도 되는 말이다. 그녀는 올해 18살이다. 직업은? 나이트 클럽에서 술을 판다. 다른 아가씨들에 비해 제법 야하게 생겨서인지, 우 시아오지에의 매상이 이 클럽에서 제일 많다. 그러면서 받는 돈은 1,000위안이 조금 넘는다. 술을 팔기 전에는 나이트 클럽 무대에서 춤추는 댄서였는데, 이때는 2,000위안을 넘게 벌었다고 한다. 하지만 워낙 피곤해서 그만두고, 지금은 오직 술 파는 일에 전념하고 있다. 그렇지만 여전히 그녀가 가장 좋아하는 것, 가장 하고 싶은 것, 관심 있는 것은 오직 춤뿐이다. 그녀의 꿈은 예술대학에 진학해서 전문 춤꾼이 되는 것인데, 1년에 1만 위안이 넘는 학비를 감당할 수 없어 이렇게 그저 하루하루 살고 있단다. 몇 년 저축해서 진학하라 했더니 저축할 돈이 없단다. 방값 내고, 옷 사입고, 밥 먹고 놀다보면 남는 돈이 없다고 한다. 그녀는 지금 집을 나와 나이트 클럽에서 만난 지에메이(姐妹, 이들은 친자매가 아닌 의자매이다)와 살고 있다. 그녀 역시 술을 판다. 둘 다 이른바 가출 소녀인데, 그들이 집을 나온 이유는 자유롭게 살기 위해서다. 그렇다고 완전히 집을 나온 것은 아니다. 가끔 집에도 들어간다.

그녀는 겉으로는 자유롭게 사는 것 같다. 술 마시고, 담배 피우고, 낯선 사람과도 거침없이 어울리고. 새벽까지 일하니 당연히 늦게 자고, 또 그만큼 늦게 일어나고. 일어나선 공부 한 자 하지 않고 놀기 바쁘다. 당연히 무식하다. 쓸 줄 모르는 한자도 많고, 읽을 줄 모르는 한자도 많다. 공부엔 전혀 관심이 없어 보인다. 그렇다고 춤꾼이 되기 위해 무언가 노력하는 것도 아니다. 꿈은 그저 꿈일 뿐, 이를 이루기 위한 그 어떤 실천도 하지 않는다. 그저 하루하루 살아갈 뿐이다. 하긴 그녀가 이런 현실을 벗어나고자 해도 뾰족한 방법이 보이지 않는다. 그 월급으로 비싼 학비를 대기도 어렵고, 새로 공부하거나 좋은 직업을 구하기도 불가능해 보인다. 그런데 우리와 마찬가지로 중국엔 이런 젊은이들이 많은 것 같다. 이제 밥 먹고 사는 일은 문제가 되지 않지만, 거기서 거기를 벗어나기가 어려워 보인다. 이들이 과연 이런 삶의 무력감을 떨칠 수 있을지…… 우 시아오지에는 오늘도 자유롭게 담배 연기를 내뿜지만, 그 자유는 이내 사라지고 만다. 왜 사회는 모든 이에게 희망적이지 않을까?

잠시 이런 생각을 하는 사이 그녀의 친구들이 놀러왔다. 남자 한 명, 여자 둘이었는데, 한 여자는 대부분의 중국 아가씨와는 다르게 정말 뚱뚱했다. 지금 중국에서도 다이어트 열풍이 불고 있다지만 솔직히 다이어트 할 만큼 살찐 아가씨는 거의 보지 못했다. 대부분 말라 보인다. 남자 친구 녀석은 술에 취해 엉뚱한 소리나 늘어놓고 있었다. 이 녀석에겐 관심을 뚝 끊고 여자들하고만 이야기를 했는데, 이들은 모두 집을 나와 따로 산다. 부모의 간섭 없이 실컷 놀기 위해 집을 나왔다는데, 뚱뚱한 여자는 남자 친구와 통쥐(同居, 동거)까지 하고 있다. 중국에서도 퉁쮜다 쓰훈(試婚, 결혼하기 전 궁합을 맞춰보는 것)이다 하는 것들이 이미 몇 년 전부터 일부 도시 젊은이들 사이에 유행하고 있다(이에 관한 책을 보니, 퉁쮜는 결혼과는 관계 없는 동거이고, 쓰훈은 궁합이 맞는지 확인하는 일종의 시험으로 이를 통과하면 결혼하고, 아니면 bye bye 한단다). 그녀와 친구들은 거의 매일 이 클럽에 놀러온다고 한다. 입장료가 없고 술은 거의 하지 않으니 공짜로 놀기엔 딱 좋은 곳이다. 그녀에 따르면, 이곳에서 이렇게 노는 아이들이 꽤 많단다. 이 클럽은 이 지역의 사랑방쯤 되는 셈이다. 우리와 마찬가지로 중국도 젊은이들이 건전하게 즐기며 놀 수 있는 공간이 턱없이 부족해 보인다. 이런 상황에선 술집과 나이트 클럽의 불은 더욱더 환하게 그들의 길을 안내할 것이다.

마약은 하지 말고 놀아라, 선전 애들아!

중국공산당의 개혁개방정책에 따라 경제개발특구로 지정되어 발전을 시작한 지 20여 년이 흐른 지금, 선전의 발전은 참으로 눈부시다. 종종 홍콩과 비교되기도 하는데, 도로 등의 사회기반시설 면에서 보면 큰 홍콩이다. 선전은 계획된 신도시가 갖는 현대적인 면을 잘 갖추고 있다. 상하이를 비롯한 중국 대부분의 구도시가 도시 내 지역별 발전 정도가 매우 불균등한데, 선전은 균등한 발전상태를 보이고 있다. 선전에선 중국 특유의 색채가 크게 느껴지지 않는다. 그저 현대화된, 국적 없는 도시라는 느낌이 강하다. 최근 개발된 칭따오(靑島)의 신시가지는 더욱 그러하다.

중국 공산당은 선전을 중국식 사회주의의 발전 모델로 극찬하고 있다. 중국식 사회주의라? 대약진운동의 참혹한 실패, 문화혁명의 수난 등으로 피폐화 된 중국 경제를 재건하고 사회주의 현대화를 달성하기 위해 덩샤오핑(鄧小平)은 농업, 공업, 국방 및 과학기술 분야의 현대화와 생산력 제고를 주창하고, 중국 시장의 대외 개방, 외국 자본의 도입, 시장경제체제의 도입을 적극 추진하였다. 사회주의와 어울

리지 않는 자본주의 경제체제의 도입을 실사구시, 사회주의 초급단
계론, 사회주의 시장경제론 등으로 합리화하면서 중국의 낙후된 경
제 현실을 해방시키는 데 진력하였다. 그런데 중국식 사회주의는 경
제적인 측면에서는 자유경쟁, 사적 이윤 추구, 제한된 사유제 등의 자
본주의 요소를 도입하고 있지만 정치, 이데올로기 분야에서만큼은 여
전히 공산당 일당지배체제, 사회주의 이념을 견지하고 있다. 비록 현
상황이 자본주의로 흐르는 것처럼 보일지라도 이것은 어디까지나 '모
두가 부유해지는 사회주의'로 가기 위한 과도기적 현상일 뿐이라 주
장하고 있다. 선전은 바로 이러한 개혁개방의 성공 모델로서 대대적
으로 선전되고 있다. 과연 그런가?

일단 생산력 제고 차원에서는 대성공이라 평할 수 있겠다. 하지만
자본을 소유한 계급과 그렇지 못한 자들 간에 확대되어가는 엄청난
빈부격차(선전 내에서, 그리고 다른 지역과 비교해서도)는 어찌할 것인
가? 못살았지만 국가가 교육시켜주고, 직장 나눠주고, 주택 나눠주던
시절은 그야말로 옛날 이야기가 되었다. 이젠 힘이 있거나 돈이 있는
사람은 영원토록 잘살 듯이 보이고, 중국 공산당이 대변한다는 농민,
노동자 등의 프롤레타리아는 영원히 프롤레타리아인 시대가 도래한
것으로 보인다. 프롤레타리아 독재는커녕 진짜 프롤레타리아는 다 죽
게 생겼다. 중국 공산당은 이런 문제를 어찌 극복하고 '모두가 잘사
는' 중국식 사회주의를 달성할 수 있다는 것인지, '3개 대표론'이
다 뭐다 하면서 어떤 형태로든 공산당 일당지배체제만을 유지하면
된다고 생각하는 것인지, 진정으로 중국식 사회주의의 비전과 달성
방안을 가지고 있는지 궁금하다.

이러한 의구심은 중국인이라고 없을 리 없다. 공산당이 부패해 있
고 인민을 속이고 있다는 불만을 여러 번 들었다. 또한 공산당 일당
독재는 중국 발전의 장애가 되고 있으며, 개혁개방은 빈부차이만 키

죽음을 무릅쓰고(?) 찾아간 마오쩌둥의 생가. 이리 덜컹, 저리 덜컹, 쿵! 더한 것은 '목숨을 초개(草芥)처럼 생각하는 과속과 추월'이다. 이러니 교통사고가 없을 리 없다. 하지만 차가 밀린다고 고속도로의 갓길을 달리고, 버스전용차선을 달리는 한국분들 보는 것보다 속은 편하다. 문화대혁명 시기 성지가 된 마오쩌둥의 생가는 그저 평범한 모습이다. 중국의 '위대한 붉은 별'이기도 했고, 전제폭군으로 비난받기도 한 그는 점차 젊은이들의 기억에서 사라지고 있는 듯하다.

우고 있다는 비판도 어렵지 않게 들을 수 있었다. 한국이 부패해 있지만, 한국의 민주주의를 부러워한다는 소리까지 들었다. 여하튼 선전의 발전은 젊은이들로 하여금 중국을 지배하는 것은 평등한 사회주의가 아니라 자본이라는 개념을 확실히 심어주고 있다. 중국 젊은이들은 중학교 때부터 마르크스주의 과목을 필수과목으로 열심히 배운다는데, 배워서 시험만 보고 끝인 것 같다.

　선전의 어두운 면을 보자. 선전은 밤이 되면 더욱 화려해진다. 중국의 대도시가 대부분 이렇다. 비록 낮에는 별볼일없어 보이는 곳도 밤만 되면 온갖 조명으로 화려하게 치장을 한다. 중국인들은 야경을 참 잘도 꾸민다. 그래서 중국의 밤은 정말 대단하다. 그렇지만 밝으면 밝을수록 어두운 부분은 더욱 두드러지는 법. 선전의 밤은 놀러다니는 젊은이들의 세상이다. 최신 유행하는 패션에, 짙은 화장에, 이곳은 다른 지역의 중국과는 현저히 다르다. 또한 길가에서의 호객행위는 대낮에도 버젓이 이루어지지만 밤에는 더욱 대담해지고, 넘쳐난다. 선전의 중심 한복판에서 이런 일들이 떳떳이 벌어진다. 호객행위를 하는 사람은 대부분 젊은 여성들, 아줌마, 젊은 아저씨 등의 브로커인데, 이들이 소개하는 아가씨는 놀랍게도 10대들이다. 이들은 낮에는 식당 등에서 일을 하지만 그 돈이 얼마 되지 않기에 저녁에 또다른 돈 벌이를 하는 것이다. 이들은 브로커를 통해 손님을 소개받기도 하고, 호텔 술집이나 나이트 클럽 등에서 직접 손님을 찾는 경우도 있다. 1999년 선전에 처음 갔을 때의 일이다. 호텔 엘리베이터에 같이 탔던 어린 애들이 말을 걸기에 중국어를 하는 직장 선배에게 그 뜻을 물었다. 나보고 같이 놀자는 뜻이란다. "어린 것들이 어디 어른하고 놀려고? 청소년 여러분 밤이 깊었으니 일찍 귀가해서 자라"라고 말하고 싶었지만, 중국어를 하지 못해 그냥 무시하고 말았다.

이번 여행에서는 선전의 밤을 밝히는 나이트 클럽에 들어가보았는데 충격적인 모습을 발견했다. 나이트 클럽 안에는 마약을 엄금한다는 경고문이 적혀 있었다. 중국에서나 한국에서나 이런 것은 처음 보았다. 누군가 마약을 한다는 이야기일 텐데, 아주 쉽게 그 현장까지 보고 말았다. 어두운 나이트 클럽 안에서까지 선글라스를 끼고 춤도 별로 추지 않고, 돈과 힘이 있어 보이게 어깨에 힘 주는 애들이 있어 주목을 했는데, 잠시 후 백색가루를 아주 공개적으로 열심히 흡입하였다. 분명 마약이다(나이트 클럽에서 밀가루를 흡입하는 엽기적인 사람은 없을 것이다). 내가 좀 째려보니 "뭐야?" 하는 식이다. 그렇지만 누구도 신경 쓰지 않는다. 나이트 클럽 안에는 제복을 입은 경찰 같은 사람이 있지만, 이들은 아무런 힘도 없는 그저 피고용인일 뿐이다

(사실 중국에 처음 왔을 때 식당이나 어딜 가나 이런 제복 차림의 사람이 많아 괜히 움찔했는데, 알고 보니 수위였다).

선전이 속해 있는 광둥성(廣東省)은 아편전쟁의 도화선이 된 곳이다. 160여 년 전 선조들은 이곳에서 서구 열강의 침략에 맞서 아편을 불태웠는데, 지금 나이트 클럽의 젊은이들은 돈이 가져다주는 향락에 아편이든 뭐든 열심히 즐기고 있다. 중국의 개혁개방은 나이트 클럽과 매춘 외에 뭘 개방했다는 것인지 궁금해진다.

물론 열심히 공부하는 선전 학생도 많고, 삶의 현장에서 땀 흘리는 젊은이도 많다. 이들이 제대로 대접받는 선전이 되었으면 한다.

한류를 즐기는 젊은이

중국에 오기 전 매스컴에서 하도 '한류, 한류' 하길래 한류 열
풍이 정말 대단한 줄 알았다. 하지만 매스컴에서 말하는 그런 한류를
접할 기회는 그리 많지 않았다. 중국 젊은이들이 한국에 대해 아는
것은 김치나 불고기, TV 연속극, 음악, 영화 등의 연예 분야나 축구
정도였고, 좋아 하는 강도도 열풍이라 하기에는 미흡했다. 아예 한국
에 대해 잘 모르거나 관심 없다는 식의 태도로 나를 머쓱하게 만든
젊은이들도 꽤 있었다. 반면 일본에 대해서는 싫어한다는 입장을 나
타내면서도 비교적 많은 것을 알고 있었다. 중국 여기저기를 돌아다
니다 보면, 일본 자본의 중국 진출이 두드러져 보인다. 식당에서부터
호텔, 자동차, 가전제품 등 많은 분야에서 일본의 위력을 과시하고
있다. 과거에는 무력으로, 이젠 자본으로 중국을 재잠식하고 있는 셈
이다. 우리는 얼마 전 한중수교 10주년을 축하했지만, 일본은 30주년
을 기념했다. 우리는 남북한 대립과 냉전의 영향으로 동서화해의 분
위기 속에서도 1992년에야 비로소 중국과의 물꼬를 텄지만, 일본은
1972년에 벌써 중국과 수교했던 것이다. 남북분단의 원죄가 일제(日

帝)에 있다는 것을 생각하면, 일제의 악령은 아직까지도 중국에서까지 우리의 발목을 잡고 있는 셈이다.

밤 12시가 다 된 무렵, 충칭(重慶)의 최대 번화가 한복판에 사람들이 몰려 있다. 야심한 시각에 무슨 일인가 싶어 보았더니, 온갖 힙합 패션을 입고 두르고 쓴 어린 친구들이 힙합 춤을 추고 있었다. 그 딱딱한 돌바닥에서 헤드 스핀(head spin: 머리를 땅에 박고 온몸을 팽이처럼 돌리는 것)도 하고, 모여 있는 관중이 고맙기라도 한 듯 온갖 자세를 선보인다. 옷 차림새가 그래서 그런지 여느 중국 아이들과는 생김새마저 달라보였다. 중국에도 최신 유행을 좇는 기기묘묘한 옷차림을 하고 다니는 아이들이 간혹 있긴 하지만, 대부분의 젊은이는 수수하고 다소 칙칙한 빛깔의 옷차림새를 하고 다닌다. 그런데 이들은 전혀 그렇지 않았다. 홍콩이나 대만 등에서 온, 좀 노는 아이들인 것 같기도 하고, 미국 물 좀 먹은 애들인 듯도 했다. 어쨌든 '중국에도 참 별 애들이 다 있구나'라고 생각하며 궁금해서 이것저것 자세히 쳐다보았는데, 순간 낯익은 글씨가 눈에 확 들어왔다.

HOT 사랑해요. 서울!

바로 한글이었다!

"너희들 어디서 왔니?"
"우리 충칭 사는데, 너 혹시 한국에서 왔니?"
"응."
"와! 반갑다. 야, 이리 와봐. 여기 한국에서 온 친구 있다."

순간 모든 사람의 시선이 나에게 쏠리더니 힙합 친구들이 '우'하

고 몰려왔다. 반갑다며 온갖 관심을 표시하고, 사진 한 방 같이 찍자
고 야단이다. 중국에선 아직도 유명한 안재욱 부럽지 않은 순간이었
다. 성화에 못이기는 척하며, 되지도 않는 힙합 자세를 취한 채 몇 장
의 사진을 같이 찍었다. 사진을 찍고 나니 이번에는 한국의 연예계
동정에 대해 이것저것 물어본다. HOT, 신화 누구누구의 한국 발음은
뭐냐는 등, 누구 인기는 요즘 어떠냐는 등. 하지만 아쉽게도 그들의
갈증을 제대로 풀어주지 못했다. HOT, 신화 등에 대해 아는 것이 많
지 않았으니 어쩔 수 없었다. 중국의 어린 친구들과 좀더 가까워지기
위해서는 많이 배워야겠다. 이들은 HOT와 신화의 팬으로 20대 초반
이거나 중고등학생이다. 오늘 밤 참가 예정이었던 '힙합 경연대회'
가 취소되어 이렇게 아쉬움을 달래고 있는 중이란다. 그런데 이들은
대부분 오늘 처음 만난 사이다. 하지만 한국 가수와 한국 음악으로
엮어져 이렇게 한데 어울리고 있는 것이다.

한류 열풍의 주된 향유자와 지지자는 바로 이들이라 할 수 있다. 또
한 많은 분야에서 한류를 만들어가고 있지만, 역시 한류의 주된 흐름
은 댄스 음악을 중심으로 한 영화, TV 드라마 등의 연예 관련 산업이
라 할 수 있다. 하지만 아쉽게도, 내가 느끼기엔 한류의 추종자가 이
들 일부분의 젊은이에 국한되어 있는 것 같고, 한류의 내용도 다양하
지 못한 것 같다. 게다가 한류의 본질이 한국적인 것이라기보다는,
결국은 자본에 의해 상품화되고 확산되는 젊은 세대의 문화가 중국
에 하향 전파된, 일시적인 것에 불과한 것이 아닌가 하는 부정적인
느낌도 든다. 그렇지만 많은 경우에 있어 우리에게 한류는 긍정적이
다. 한류를 즐기는 친구들을 보면서 느낀 것은 이들이 한류를 통해
한국을 알게 되고, 좀더 잘 이해하게 되고, 심지어는 한국을 사랑하
게까지 된다는 사실이다. 한국 음악을 즐기고, 한국 영화를 재미있게
보면서 자연스럽게 한국을 알아가고 긍정적으로 바라보는 것이다. 더

구나 이들이 대개 젊은 세대임을 생각하면 한류를 통한 국가 홍보는 장기간의 효과를 볼 수 있는 국가 사업이라 할 수 있다.

사실 우리와 중국은 일본과는 다른 의미에서 '가깝고도 먼 나라'이다. 양국은 1992년 국교 수립 전까지 40여 년 간 계속된 교류의 단절로 인해 서로에 대해 많은 것을 모르거나 잘못 알고 있다. 중국 친구들은 한국에 대해 제대로 배운 적도 없고, 아는 것도 거의 없다. 더욱 큰 문제는 그나마 알고 있는 것도 편협한 것이거나 부정적인 것이 많다는 사실이다(상하이에서 만난 한 친구는 한국에서 개고기 주스가 유행하고 있다는 터무니없는 이야기를 사실로 믿고 있었다). 우리의 상황도 중국인과 별반 다르지 않다. 우리는 중국에 대해 많이 아는 듯하지만, 현대 중국의 실정보다는 무협지나 현실과는 부합하지 않는 흘러간 중국을 더 많이 알고 있다. 한참 오래전에 죽은 '비단 장수 왕서방'이 아직도 살아 있는 줄 알고 있는 것이다. 이런 판국에 양국의 편협한 언론매체가 가세하여 서로의 편향된 시각을 조장하는 경우가 많다. 상호이해의 증진은커녕 오해만 갈수록 깊어지고 있는 것 같아 우려된다. 내가 글을 쓴다고 하자 중국의 어느 대학 교수가 다음과 같은 말을 해주었다. "한국 사람들은 중국을 잘 모르면서 욕하는 것 같다. 중국인도 마찬가지다. 김 선생님은 중국을 제대로 알릴 수 있는 글을 썼으면 좋겠다."

결론적으로 한류의 향유자와 내용을 지속적으로 확대, 발전시키는 것은 우리의 국가이익을 위해서도, 양국의 이해를 증진시키는 데 있어서도 매우 중요한 일이다. 특히 사업을 하는 사람의 입장에서 볼 때, 한류로 인한 반사이익은 엄청나다. 한류는 직간접적으로 한국 기업과 제품의 이미지를 홍보하는 데 유리한 환경을 조성하고 있기 때문이다. 국가 차원에서도 마찬가지이다. 따라서 온 국민이 힘을 모아 한류를 잘 키워나가야 하는데, 현재 우리 연예계나 사회가 보여주고

있는 저급한 수준으론 어림도 없다. 한국의 문화 수준을 더욱 높이
고, 투명하고 깨끗한 세력이 주축이 되어 당장의 이익만이 아닌 장래
의 국익을 생각하고 한류를 발전시켜야 한다.

서부대개발, 잘돼야 할 텐데

중국의 웬만한 도시에 가면 어디나 '개발구'가 넘쳐난다. 신기술 개발구, 문화관광 개발구, 국가급 개발구, 성급 개발구 등 다양하다. 그런데 중국은 아예 서부 지역 전체를 개발하겠다는 야심하에 2000년부터 서부대개발을 진행중이다. 그냥 서부개발이 아니다. 서부 지역에 갔을 때 서부개발이라 말했더니, 한 친구가 말하길, 반드시 '대(大)'를 집어넣어야 한단다. 그만큼 서부대개발의 사업 규모나 성과에 대한 기대가 크다는 말이리라.

건국 초기 군수 산업에 치우쳤던 서부의 발전은 덩샤오핑(鄧小平) 이후 동부 지역의 선부론(先富論)에 밀려 소외되었고, 지금 그 격차는 크게 벌어져 있는 실정이다. 주중한국대사관이 제시한 자료를 보면, GDP 규모(동부가 전체의 65% 수준, 서부는 15% 수준), 연평균성장률(동부 13% 수준, 서부 9% 수준), 인프라투자비율(동부에 60%, 서부에 20%), 대외수출비중(동부 90% 이상), 외자도입실적(서부 실적은 전체 도입 액의 5% 수준) 등에서 서부는 동부에 비해 비교도 안되는 상황이다.

서부대개발에 포함되는 지역은 싼시(陝西), 간쑤(甘肅), 칭하이(靑海), 쓰촨(四川), 구이저우(貴州), 윈난(雲南)의 6개 성과 닝샤(寧夏), 신장(新疆), 시짱(西藏), 네이멍구(內蒙古), 광시(廣西)의 5개 자치구, 그리고 충칭(重慶) 직할시이다. 중국은 이 지역을 개발하여 동부와의 경제적 균형을 달성하고, 중국 전체의 경제건설을 촉진하여 전반적인 사회안정을 도모하고자 한다. 또한 이 지역은 소수민족이 주로 거주하고 있으며(티베트, 위구르 등), 많은 주변 국가와 국경을 이루는 지역이어서 소수민족의 저항이나 영토분쟁의 소지가 많다. 따라서 이 지역의 경제발전과 현대화를 통해 소수민족을 끌어들이고, 정치적 안정을 꾀하고자 하는

도로 포장 후의 창사(長沙) 시내. 한 여성의 말을 들어보니 불과 2~3년 전
만 해도 울퉁불퉁한 비포장 도로였다고 한다. 1년간 고향을 떠났다 돌아와
보니 자기도 모르게 이렇게 변해 있더란다. 그만큼 중국은 빠르게 변하고
있다.

의도도 가지고 있다. 서부대개발은 2050년까지의 장기계획으로
이미 서부 이곳저곳에서 주요 프로젝트가 완료되었고, 진행되고
있다.

나는 서부대개발의 3대 핵심인 시안(西安), 청두(成都), 충칭(重
慶)을 모두 돌아보았는데, 이 지역은 기존의 발전 위에 새로운
발전을 거듭하고 있었다. 하지만 개발이 발전으로 이어지지 못
하고 방치되거나, 그 실적이 보잘것없는 경우도 있었고, 한 도시
내에서 중복 개발을 하다 보니 어느 한 쪽은 별볼일없는 상태가
된 곳도 있었다.

청두의 보세구(保稅區)로 가는 길은 시원하게 뚫려 있다. 주변
에 공항이 있고, 연계 도로도 잘되어 있는 편이다. 하지만 보세
구 내부마저 시원하다. 입주한 공장도 없고, 입주할 가능성도 없

어 보인다. 시안의 기술 개발구는 당초 계획과는 다르게 그 성과
가 보잘것없다. 남한 크기만한 충칭은 계속해서 고급 주택과 새
로운 건물을 짓고 있다. 하지만 누가 그것을 다 소화할 것인가?

위와 같은 문제는 비단 서부만의 문제가 아니다. 동부 역시 마
찬가지인데, 동부의 경제특구 중 산터우(汕頭), 하이난따오(海南
島)가 대표적이다. 산터우는 경제특구로 이름을 날렸지만, 밀수
천국으로 불리며, 인프라 구축에 소홀히 한 지금 산터우의 보세
구는 황량한 벌판으로 내팽개쳐져 있다. 하이난따오 역시 마찬
가지다. 하이난따오의 발전은 중앙 정부의 일관성 없는 정책으
로 정체되어 있고, 주민들은 이에 불만을 가지고 있다.

이상에서 알 수 있듯, 서부대개발은 물론 중국 전체가 지속적
으로 발전하기 위해서는 중앙 정부와 각 정부의 일관성 있고 계
획적인 개발전략과 집행이 절실히 필요하다. 일단 벌려놓고 보
자는 식의 개발은 결코 성공할 수 없다. 거점 거점에서 성공을
거둔 후 이를 주변 지역으로 확산 발전시키는 전략이 유효하다.
아울러 성공한 지역의 사후관리에도 많은 노력을 기울여야 할 것
이다.

길을 건널 땐 소심해야 한다

중국어 소심(小心)의 우리 의미는 조심이다. 길을 건널 땐 아
주아주 소심해야 한다. 자동차, 자전거, 오토바이, 사람, 인력거
등 조심해야 할 것이 한두 가지가 아니다. 게다가 사방팔방에서
튀어나오기 때문에 더욱 조심해야 한다. 신호등이 녹색이든, 빨
간색이든 무조건 조심해야 한다. 신호등이 중요한 것이 아니라
차가 있느냐 없느냐, 섰느냐 멈추었느냐가 중요하다. 우리도 그

렇지만 중국에선 특히나 차가 우선이다. '녹색등이고, 더구나 내가 가는데 네가 어쩔 것이냐?'라는 식으로 길을 건너다가는 죽는다. 먼저 차를 보내드리고 갈 길을 가야 한다. 그런데 홍콩과 마카오는 중국 본토와는 다르다. 이곳에선 보행자가 우선이다. 그래도 조심해야 한다. 차량이 우리와는 반대 방향으로 통행하기 때문이다.

기숙사가 곧 집인 청춘들

1의 학창시절/고달픈 인생이여!/학생식당에서 공짜로 즐겨야만 했던 칵퉤일!/근무도 공부도 낮잠은 자고 해야

그의 학창시절

쉬에칭차오(薛淸超)는 상하이 차이징(財經) 대학 대학원에서 통계학을 전공하고 있다. 올해 27살의 순박하고 성실한 친구이다. "여자 친구 있냐?"라고 물어보니 아직 없단다. 사실 여자 친구를 사귈 만한 숫기도 없어 보인다. 졸업 후 장가를 가야 하는데, 공부도 더 해야 하고 무엇보다 돈이 없어 아직은 계획이 없다고 한다. 이상형의 여성은 공손하고, 밥도 할 줄 알고, 옷도 꿰맬 줄 아는 참한 여자라고 한다. 그러면서 한국 여자들은 이렇다는데 한 명 소개시켜달란다. 글쎄……. 맞벌이에 대해 물어보니 지금은 요리를 못하지만 맞벌이를 대비해 요리를 배울 용의가 얼마든지 있고, 그래야 하는 것 아니냐고 반문한다.

그의 고향은 정저우(鄭州)인데, 그는 고향에 있는 대학을 졸업하고, 상하이의 차이징(財經) 대학 대학원에 진학했다. 이유는? 대학은 좋은 대학이 아니었기에 대학원만큼은 좋은 학교에서 제대로 공부하고 싶었고, 그래야 좋은 직업을 구하기도 쉽고, 유학을 갈 때도 유리하다고 판단했기 때문이란다. 대학 진학시 정말 열심히 공부했지만 입시

성적이 좋지 않아 어쩔 수 없이 고향에 있는 대학에 진학했다고 한다. 그럼, 그는 얼마나 열심히 공부했을까?

그의 고향은 정저우 시내에서 조금 떨어진 농촌이라 시내에 있는 추쫑(初中, 중학교)에 진학하면서 부모님과 떨어져 살기 시작했다. 기숙사 인생이 시작된 것인데, 그때부터 지금까지 무려 13여 년을 기숙사에서만 살고 있다. 중국에서는 이렇게 기숙사에 모여 사는 젊은이가 무척 많다. 일단 대학생은 대체로 기숙사에 거주하고 있고, 따꿍(打工, 아르바이트)하기 위해 도시에 올라온 친구들은 고용주가 제공하는 집에 여럿이 모여 사는 경우가 많다(이것 역시 기숙사라 부른다). 그런데 학생들이 모여 사는 기숙사는 우리나라에서 한때 유행했던 스파르타식 기숙사를 능가한다. 학교인지 군대인지 구분이 가지 않을 정도로 관리가 엄격하다. 일단 학교에서 학생의 안전과 생활에 대한 관리 책임을 져야 하고, 많은 학생을 좋은 상급학교에 진학시켜야 하기 때문이란다.

그의 중학교 3학년 때의 하루 생활이다.

4시 30분 기상
5시 30분까지 공부
5시 30분에서 6시까지 구보
6시부터 7시까지 공부
밥 먹고, 8시에 수업 시작
11시에 점심 먹고, 우씨우(午休, 점심을 먹고 한 시간 정도 낮잠을 잔다는데, 학교 이외에 아직도 이런 곳이 있다)
5시 30분 수업 끝. 그러나 끝이 아니다.
밥 먹고 10시까지 자습을 하거나 수업을 받는다.
10시 되면 완전 소등. 군대처럼 평등하다. 불 켜놓고 더 공부할 수 없다. 자라면 자!

다 같은 시간에 일어나 같은 시간에 잠을 자야 하기 때문에 완전한 평등 경쟁인 듯 보이지만, 돈이 있는 곳에 어디 평등이 있겠는가? 있는 집에서는 주말마다 아이들 과외를 시킨다는데, 역시 어려운 수학, 영어, 화학, 물리가 주 대상 과목이다. 시간당 10위안에서 30위안 정도인데, 쉬에칭차오는 돈도 돈이지만 시간 낭비라 생각하여 배워본 적도 가르쳐본 적도 없다고 한다.

어렵게 까오쫑(高中, 고등학교)에 들어가면 이제는 죽도록 공부해서 좋은 대학에 가야 한다. 중국에서도 좋은 고등학교는 역시 일류대학 진학률이 높은 학교이다. 이런 고등학교에 들어가기 위해 학생은 물론 부모까지 극성이다. 지역마다 차이가 있겠지만, 상하이나 베이징 등의 대도시에서는 그 바람이 우리를 능가하는 듯하다.

정저우의 한 고등학교에 들어간 쉬에칭차오의 하루 생활이다.

5시 기상
5시 30분까지 구보(겨울에도 쉬지 않는다)
7시까지 공부
8시에 수업 시작
9시 50분부터 10시 20분까지 30분간 체조
11시 점심 먹고 우씨우(중학교 3학년 때는 교실에서 그냥 엎드려 잤는데, 고등학교 때는 기숙사에 가서 잤다고 한다. 여름에는 대개 2~3시까지 잔다고 한다)
2시 수업 시작
5시 30분 수업 끝. 저녁 식사
이후 10시까지 자습
10시에 전원 소등, 취침

이런 생활이 고3이 되면 더 심해진다고 한다. 물론 모든 학생이 기숙사에 거주하는 것은 아니다. 시내에 집이 있는 학생은 집에서 학교를 다니기도 하고, 기숙사가 없는 학교도 있다. 이렇게 힘든 고교 과정을 마치고 이젠 대학에 가야 하는데, 그는 우리의 수능과 비슷한 전국 단위의 입학 시험을 치렀다고 한다. 시험을 본 후 진학하고 싶은 대학과 학과를 선택하고 성적에 따라 진학한다. 엿을 사주는 일은? 없다.

요즘 젊은이들이 선호하는 학과는 무역학과, 특히 컴퓨터 관련 학과이다. 역시 취업 전망과 대우가 좋기 때문이다. 그런데 요즘은 너무 많은 사람이 졸업하고 있어 이것 또한 문제라고 한다. 직업 구하기가 그만큼 어려워지기 때문이다. 그런데 IT 분야에 종사하는 젊은 친구들 중에는 고소득자가 많다고 한다. 이들은 주로 30대로서 신흥 고소득자로 부상하고 있다. 기술의 발전이 사회변화를 이끌며 새로운 부유층을 탄생시키고 있는 것이다. 그럼 의대나 법대는? 중국은 우리나라처럼 의대를 나와 병원 개업하여 떼돈 버는 나라가 아니다. 의사는 대개 병원에 속해 있으면서 일반인보다 조금 더 버는 수준이라고 한다. 중국 국가통계국이나 세무국 등에서 발표하는 자료를 보면, 중국에서 소득이 가장 높은 계층은 역시 개인 사업가이고, 이외에 국유기업 경영자, 증권업 종사자 및 주식투자자, 부동산 중개업자, 패션 모델 등의 연예인, 프로 축구 등의 스포츠 관계자, IT 관련 종사자, 광고업자, 회계사, 세무사, 변호사 등이 고소득자로 분류되어 있다. 의사는 보이지 않는다. 우리 같으면 세무 당국에서 많은 관심을 가지고 돌보는(?) 계층이지만, 중국에선 그렇지 않다. 그럼 변호사는? 아직은 우리나라처럼 고시 한 방에 인생이 바뀌지는 않지만, 그래도 고소득자로 분류되어 있고, 최근 WTO 가입 이후 변호사 시험에 응시하는 젊은이들이 크게 늘고 있다고 한다. 하지만 아직도 중국의 대학 도서관에 가보면 우리처럼 법전 펴놓고 고시 공부하는 학생은 찾아보기 어렵다. 대개 영어책이나 전공 관련 서적을 펴놓고 있다. 그러나 중국 대학도 곧 변호사 양성기관이 될까 두렵다.

그럼 대학생활은 어떤가? 역시 기숙사 생활의 연속이다. 대학생에 대한 관리 책임은 부모에게도 있지만, 대학에도 있기 때문이다. 이건 외국에서 온 언어연수생도 예외가 아니다. 처음 언어연수를 온 학생은 기본적으로 기숙사에 거주해야 한다. 자유분방한 대학생활에 익숙해 있는 우리에게 이런 규정은 선뜻 받아들이기 어려운 낯선 것이다. 내가 차이징 대학에 언어연수 과정을 등록하며 기숙사가 아닌 외부에 거주하겠다고 하자 담당자는 난색을 표하며, 일정한 중국어 실력(HSK 3급, HSK는 외국인을 대상으로 하는 중국어능력평가시험)과 거주 지역의 치안 허가증을 요구했다. 하지만 내가 누구인가? HSK 시험은 본 적도 없는 사람이다. 내세울 것은 오직 30이 넘은 애 아버지라는 사실과 그래도 HSK 3급 정도의 중국어는 무난히 구사할 수 있다는 사실뿐이었다. 어린 유학생들이야 학교에서 돌보는 게 학교와 학생에게도 득이 되겠지만 곧 학부모가 될 나는 다르지 않은가? 학교에서도 이런 사정을 알고 나서야 비로소 외부 거주를 허락했다. 그럼 중국 대학생들은 이런저런 간섭에 대해 어찌 생각할까? 그들도 불만이 없을 리 없다. 쉬에칭차오도 당연히 불만은 있었지만 규율 있는 생활도 나름대로 의미 있다고 판단하여 참고 지냈다고 한다.

쉬에칭차오의 대학생활이다.

6시 30분 기상
7시까지 구보(겨울에는 체조)
8시에 수업 시작
12시 점심(역시 또 한잠 자야 한다)
2시 경 수업 시작

5시 수업 끝 (1, 2학년은 우리처럼 공강이란 것이 거의 없다고 한다.
3, 4학년은 좀 다르지만……)
이후 개별적인 교양 수업을 듣거나 휴식
10시에 소등. 전원 취침

쉬에칭차오의 이야기를 들어보면 집이 가까운 친구도 거의 대부분 기숙사에 거주했다고 한다. 왜냐하면 6시 30분에 실시하는 체조는 집에서 거주해도 참가해야 했고, 8시까지 출석하기가 쉽지 않았기 때문이다. 물론 학교의 이러저러한 간섭과 통제를 피해 몰래 외부에 거주하며 여자 친구와 동거하는 친구들도 있었다고 한다. 이에 반해 지금 그의 대학원 생활은 비교적 자유롭다. 아침 체조나 10시 전원 취침 등이 없기 때문이다. 이상은 물론 쉬에칭차오의 개인적인 경험담이다. 하지만 내가 만난 중국 친구들의 대학생활 역시 쉬에칭차오의 경험과 크게 다르지 않았다.

고달픈 인생이여!

상하이의 한 식당에서 자주 만났던 아가씨가 생각난다. 그녀는 대형 마트(Mart) 내에 있는 이 음식점에서 일을 했는데[중국엔 까르푸(Carfour), 월마트(Wall Mart), 우리의 이마트(E Mart) 등이 이미 진출해 있다. 가전제품도 전세계 메이커가 총 출동해 있다] 그녀 역시 기숙사에 거주했다. 그녀는 식당 주인이 제공하는 주택에서 같이 일하는 동료 두 명과 함께 거주했다. 그런데 기숙사에 있다 보니 시도때도 없이 일을 해야 하기도 했다. 퇴근 시간이 제대로 지켜지지 않는 문제점이 있는 것이다. 그렇다고 잔업수당이란 게 있을 리 없다. 예전에는 한 공장에서 일을 했는데, 돈은 조금 더 벌었지만 몸이 견딜 수 없을 만큼 힘들어 식당 일을 택했다고 한다. 그런데 이 일도 그리 편하지는 않아 보인다. 하루종일 서 있어야 하고 손님을 끌기 위해 이런저런 소리도 내질러야 하고……. 게다가 휴일은 일주일에 하루뿐이다. 휴일은 종일 집에서 TV나 보며 대충 흘려보낸다. 주중에 내내 시달리다 보니 피곤하여 놀러 나갈 기력도, 특별히 갈 곳도 없기 때문이다. 같이 놀러 갈 사람마저 없으니 더욱 쓸쓸하다.

단신으로 상하이에 올라왔기에, 단신으로 중국에 온 나에게 동병상련의 정을 느끼며, 유달리 밥을 많이 퍼주던 그녀가 어느날인가부터 보이지 않았다. 아무런 말도 하지 않고 무심히 떠난 듯하여 아쉬워 하던중 한 달 후 우연히 그녀를 다시 만났다. 근처의 또다른 식당에서 일을 하고 있었다. 주인은 예전에 일하던 식당의 그 주인이란다(좋은 동네에 알짜 식당을 두 개나 가진 부자지만, 인색하기 그지없고, 엄하기 이를 데 없단다). 그동안 어디서 무엇을 했는지 물었더니 공장에 다니고 있단다. 식당에서 일하면서 웬 공장? 주중에는 공장에 다니고, 주말에는 이 식당에서 일을 하고 있다는 것이다. 일주일 내내 하루도 쉬지 않고 몸 바쳐 일만 하는 셈이다. 탄식이 절로 나온다. 그러고 보니 주하이(珠海)에서 한 아가씨가 내뱉은 탄식이 떠오른다. 그녀 역시 기숙사에 살며, 휴대폰 판매장에서 일을 했는데, 원래 퇴근 시간은 밤 10시다. 그날은 10시 퇴근과 함께 친구와 만나기로 했다는데, 문 닫을 시간에 손님은 계속 들어오고, 주인은 붙들고, 결국 약속은 물거품이 되고 말았다. 집에서 거주하며 아르바이트하는 친구는 10시에 맞춰 퇴근했는데, 이 친구는 11시가 넘어서야 겨우 퇴근을 했던 것이다. 조바심이 결국 포기로 변하자 그녀는 긴 탄식과 함께 어깨를 늘어뜨렸고, 그녀의 등을 두드리는 동료와 함께 기숙사로 돌아갔다. 기숙사는 그 매장 바로 뒤에 있는 서민 아파트이다. 늦게까지 일해도 참 안전한 나라다.

이들은 노동자를 위한 노동절에도 쉬지 못한다. 국영기업이나 대기업 등 좋은 직장에서 일하는 사람들은 노동절을 잘도 쉬는데(일주일 정도씩 여행을 다니는 등 야단이다. 해외여행도 갈수록 늘고 있다), 이들에게 이런 날은 더욱 힘들다. 우린 '몸이 재산'이라지만, 중국에선 몸은 재산 중에 정말 값어치 없는 재산이다. 먹이고 입혀야 하는 부담스러운 존재인 경우가 많다. 사람이 흔해터지다 보니 몸으로 때우는 일은 고달프기만 하다. 가진 것이 아무것도 없기에 몸 하나 가지

충칭(重慶)의 한 번화가에서 비를 맞으며 일을 하는 짐꾼. 삶의 힘겨움에 허리가 부러질 지경이다. 바로 앞에 우뚝 솟아 있는 인민해방비는 너무나 높아 보인다.

고 일을 하는데, 이놈의 몸이 별 도움이 되지 않는다. 거대하고 현대 화된 빌딩을 짓기 위해 밤새 12시간 막노동을 하는 충칭(重慶)의 젊은 막노동꾼이 받는 일당이 25위안이란다. 우리식의 개념이 아닌 중국 식의 개념을 가지고 이해해도 이 돈은 그 고생에 비해 정말 적은 돈 이다. 일반적인 중국 식당의 요리 한두 접시에 해당하는 돈이다. 그 나마 임금을 제때 주지 않는 경우도 많고 사업주가 돈을 갖고 도망가 는 경우도 많단다. 중국엔 이런 돈을 받는 인생이 널려 있다.

중국 국가통계국의 2002년 4월 발표 자료를 보면, 중국 주요 도시 민의 월평균소득은 대략 800위안 정도이다(빈부격차가 심한 중국에서 평균소득이라는 것은 정말 무의미하다). 이것도 서부 내륙 도시와 발전 된 동부 해안 도시의 격차가 매우 큰데, 심한 경우 서부 도시의 소득 은 동부의 1/3 정도이다. 농촌과 도시의 차이 역시 이런 수준이다. 한 편 개인별 소득의 불평등도 심각한데, 고소득자로 분류되는 사람들의 소득은 대개 월 6,000위안이 넘는다. 그 이상 훨씬 많이 버는 사람도 많다. 전체 인구의 대략 4~5% 수준이다. 지금 중국의 지니(Gini)계수는 심각한 불평등 상태를 의미하는 0.5에 육박해 있다(사실 지니계수와 같은 건조한 숫자로는 그 불평등의 실상을 제대로 표현할 수 없다). 홍콩의 ≪사우스 차이나 모닝 포스트(South China Morning Post)≫ 2002년 8월 8일자에는 이러한 상황을 강력히 경고하는 중국 사회문제 전문가들의 견해가 소개되어 있다. 이들에 따르면 중국에 만연되어 있는 부정의와 불평등 문제를 제대로 해결하지 못하면 중국은 또다시 천안문 사건을 경험하거나 인도네시아식의 사회혼란을 겪게 될 것이라 한다.

중국 인구로 볼 때, 그야말로 한줌도 안되는 사람들의 손에만 너무 많은 것이 쥐어지고 있는 게 중국의 현실이 아닌가 싶다. 1930년대 외국인과 그 밑에서 일하던 상하이 사람의 차이가 1광년 거리였다는 데, 지금 그 외국인의 자리를 차지하고 있는 소수의 부자와 가난한 자의 거리도 그쯤 되는 것 같다. 더욱 안타까운 것은 그 격차가 좁혀지기는커녕 갈수록 확대되고 있다는 사실이다.

이런 면에서 보면 우리의 현실도 중국과 별반 다르지 않다. 외환위기 이후 빈부격차는 더욱 심각해지고 있고 중산층은 붕괴되고 있다. 하지만 정치(政治)는 이를 바로잡지 못하고, 정치계급만의 소일거리로 전락해버렸다. 보수언론은 편협한 잣대를 가지고 정치 무관심을 조장할 뿐, 그 어떤 대안도 제시하지 않는다. 이들은 언론의 자유가 마치 언론사의 자유인 양 왜곡하고 그들의 의견이 국민의 여론인 양 호도하고 있다. 과거 민주화를 이룩한 운동은 민주화 이후 동력을 상실한 듯하고, 시민 사회의 기반은 취약하다. 이런 와중에 낡은 정치를 청산하고, 빈부격차를 해소하겠다는 노무현 정권이 등장했다. 재벌, 언론, 정치의 보수 구조가 공고한 이 사회에서 그가 얼마나 많은 것을 할 수 있을지…… 우리 모두 힘을 보태야 할 것이다.

중국의 음식 값은 천차만별이다. 식당 아가씨들의 한 달 월급을 몇 시간만에 뚝딱할 정도의 일반적인 음식(일반적인 이유는 이런 음식점이 널려 있기 때문이며, 일하는 아가씨들의 월급이 그만큼 적기 때문이다)이 있는가 하면, 우리 돈 몇 백 원으로 한 끼 해결이 가능한 음식도 널려 있다.

그런데 중국 요리는 혼자 먹기에는 그 양이나 가격이 다소 부담스럽다. 요리 하나 밥 하나 시키기도 그렇고, 그렇다고 요리를 서너 개 시키기에는 양도 많고 가격도 꽤 비싸다. 이럴 때는 면이나 간단한 세트 메뉴를 찾는데, 매번 면만을 먹을 수도 없는 일이고 세트 메뉴를 파는 식당은 찾기도 어렵다. 이런 경우 대학 내에 있는 학생 식당을 이용하면 저렴한 가격으로 입맛에 맞는 음식을 골라 먹을 수 있다. 하지만 문제는 위생. 아주 깨끗한 대학 식당도 경험해보았지만 대부분의 식당은 나의 위생 관념을 충족시키지 못했다.

한번은 베이징의 한 대학 식당에서 밥을 먹을 때였다. 맛있게 먹고 있는데, 바로 옆에서 빗자루로 청소하던 아주머니가 갑자기,

"칵, 퉤에!"
"윽!"

'밥 먹는데, 이 무슨? 청소하는 것도 마땅찮은데…….' 그런데 아주머니 한 번 더,

"칵, 퉤에!"

배 고픈데 그냥 갈소냐. 넘어오려는 것을 간신히 참고, 차분한 마음으로 다시 먹기 시작했다. 그런데 아주머니 세 번 정도는 기본이라는 듯이 한 번 더,

"칵, 퉤에!"

젓가락을 놓았다!
중국에 온 지 얼마 되지 않아 겪은 일이라 황당했는데, 주변 학생들은 별로 대수로운 일이 아니라는 듯 그저 열심히 먹고만 있었다. 잠시 주위를 돌아보니 식탁 위에는 먹다 남은 음식이 지저분하게 널려 있고, 바닥에는 쓰레기가 많이 있었다. 이것을 치우기 위해 아주머니는 빗자루로 쓸고 걸레로 닦고 야단이다. 그렇지만 아무도 뭐라 하지 않는다. 그저 밥을 먹는 사람은 먹을 뿐이고, 청소하는 사람은 청소할 뿐이다. 밥을 먹다 담배를 피우다 찌꺼기나 재를 그냥 바닥에 떨어뜨린다. 휴지통이나 재떨이가 없기 때문이다. 그러니 한편에선 밥을 먹는데, 한편에선 수시로 쓸어야 한다. 이런 것은 조금만 신경 쓰면 고칠 수 있는 일인 것 같은데……

길을 다니다 보면, 인민들에게 위생에 대해 신경 쓸 것을 주문하는 관공서 표지판을 간혹 접할 수 있다. 그렇지만 이런 표지판은 도시의 먼지에 바래 있을 뿐이다. 시안(西安)에서 겪은 일인데, 그 더운 시안의 여름철에 관광버스 에어컨이 고장이 났다. 차 안에서 비지땀을 흘릴 수밖에 없었다. 그런데 운전기사는 고장 난 게 아니란다. 나오는데 성능이 좀 약할 뿐이라나. 우리 같았으면 난리났을 것이다. 비싼 돈 들여 관광하는데, 에어컨을 제대로 점검하지 않고 운행하다니…… 그런데 같이 다닌 중국인들은 별로 신경 쓰지 않는다. 참다못해 한마디 했더니, 기사와 안내양은 "한국 사람들은 참 까다롭다"는 반응을 보인다(상하이 사람들

도 우리와 비슷해서 욕을 많이 먹는 것 같다). 어이없었지만 한국인의 인상을 더 이상 구기고 싶지 않아 그냥 참았다. 창문을 열자니 매연에 죽을 것 같고, 닫자니 더워 죽을 것 같고. 그런데도 별 불만 없는 중국인들을 보며 '세상에서 제일 무던하고 독한 사람들이 중국인이다'라는 생각을 해보았다. 문제가 있으면 불만을 표시하고, 바로 잡을 수 있도록 해야 발전이란 것이 가능하지 않을까? 그런 모습이 별로 보이지 않는다. 나에겐 그 심각한 매연도 그들은 이젠 습관화되어서 그런지 괜찮단다.

근무도 공부도 낮잠은 자고 해야

점심 먹고 낮잠 자는 사람은 학생뿐만이 아니다. 공무원들도 직장인들도 이런 경우가 있다. 점심 시간 이후 두세 시간은 아예 문을 잠가버린다. 충칭(重慶)의 출입국관리소는 11시부터 무려 3시까지 문을 잠갔다. 겨우 10분이면 끝날 일 때문에 찾아왔다가 문 열리기를 기다리느라 하릴없이 여기저기 쏘다니던 기억도 난다. 공공기관의 근무시간은 지역에 따라, 계절에 따라 차이가 나기 때문에 그 지역의 사정에 익숙하지 않는 한 낭패를 보기 쉽다. 그나마 안전한 시간은 오전 9시~11시, 오후 3시~5시인 것 같다. 물론 이와 반대로 바쁘게 움직이는 곳도 있다. 베이징에 있을 때 알고 지낸 은행원은 점심 시간에 주로 햄버거를 사먹었는데, 주어진 1시간 동안 얼른 밥을 먹고 교대를 해야 했기 때문이다. 일요일에도 영업하는 은행, 평일 저녁 8시 이후에도 손님을 받는 은행도 보았다. 그렇다고 그 은행의 모든 지점이 다 그런 것은 아니다. 같은 도시 내에서도 지역의 특성에 따라 탄력적으로 운영하는 듯한데, 참 혼란스럽다. 진시황은 정말 중국을 통일했을까?

달고 쓴 젊은이

단 젊은이/쓴 젊은이1/쓴 젊은이2/군대 가고 싶어 병역 비리를 저지르다/위조지폐와 암달러 상/
중국에서 가장 겁나는 일

단 젊은이

우리는 남에 대해 좋은 말보다는 부정적인 말을 자주한다. 안주가 부족해서 그런지 남은 칭찬의 대상이 아니라 대부분 '씹을 거리'가 되고 만다. 다른 나라에 대해서도 "어느 나라는 도둑이 많고, 어느 나라는 사람들이 지저분하고 게으르다"는 등의 이야기를 자주한다. 중국에 대해서도 마찬가지다. 우리는 흔히 중국 사람을 '떼놈'이나 '짱깨'라 부르고, 지저분하다는 등의 좋지 않은 이야기를 많이 한다. 이러다 보면 중국 사람 전체가 아주 이상한 사람이 되고 만다. 하지만 어느 나라나 좋은 사람도 있고, 나쁜 사람도 있기 마련이다. 중국에서의 내 경험도 마찬가지다. 젊은 친구들을 놓고 이야기하자면, 바람직스럽지 못한 젊은이도 만났고, 훌륭한 젊은이도 많이 만났다. 마오마오처럼 한사코 사례를 거부하며 중국어를 가르쳐준 친구, 길을 물어보자 짐을 둘러맨 상태에서도 목적지까지 길을 안내해준 난징(南京) 출신의 대학생, 첫 만남에도 연락처를 건네주며 어려운 일이 있을 땐 꼭 연락하라는 친구, 중국에 온 손님이라며 술과 밥을 사주던 친구, 말이 통하지 않자 손을 이끌고 먼 길을 걸어 걸어 목적지까지

안내해주었던 홍콩 아가씨(그녀는 푸퉁후와도, 영어도 못한다. 오직 광둥어만 한다. 서로 말이 통하지 않으니 그냥 걸을 수밖에), 이메일을 통해서까지 중국 문화를 자세히 가르쳐주던 친구들, 내가 중국 음식을 먹는 데 서툰 모습을 보이자 손수 음식을 떠주며 먹는 법을 자세히 가르쳐주던 식당 주인과 종업원, 정말이지 다시 묵고 싶을 정도로 친절하고 세심하게 배려해주던 호텔 친구들 등 참 좋은 젊은이를 많이도 만났다.

그중 창춘(長春)에서 만난 한 친구를 소개하고 싶다. 이름은 왕웨이쩡(王維正)으로 창춘 이공대학 3학년이다. 창춘역에서 기차표를 사려다 우연히 만났다. 그는 창춘 이공대학에 입학하기 위해 각지에서 모여든 신입생들을 환영하고, 학교까지 안내하는 일을 하고 있었다. 새벽 5시에 시작해서 저녁 7시에 끝나는 고된 일이었다. 이 친구에게 인상적이었던 것은 남에 대한 배려였다. 그야말로 착한 학생처럼 생겼고, 하는 행동도 그랬다. 바쁜 와중에도 내 이야기를 잘 받아주었고, 하루종일 왔다갔다 하느라 다리가 아플 텐데도 옆에 있던 낯선 사람에게 자기 의자를 양보했다. 이런 친구들은 뭔가 제대로 배운 친구들인데, 이런 친구들이 갈수록 많아지길 기대해본다.

지금 이 친구는 일년 학비로 대략 1만 위안을 쓴다고 한다. 웬만한 사람 일년 급여를 몽땅 배우는 데 쓰고 있는 셈이다. 얼마 전에는 누나까지 대학에 다녔다고 한다. 그럼 이 많은 돈을 누가 댈까? 행복하게도 부모님 호주머니에서 나온다고 한다. 부모님께서 자기를 대학에 보내기 위해 오랜 세월 아끼고 아껴 학자금을 마련하신 것이다. 얼마 전 어머니가 실직하셨지만, 졸업 후 직장에 다니고 있는 누나가 일부 보태주고 있어 크게 어렵지 않다고 한다. 따라서 다른 친구들처럼 학자금 대출은 받지 않았다고 한다(돈 없는 학생은 학자금을 대출 받아 공부하고, 졸업 후 갚는다). 그와의 이런저런 이야기 끝에 그가 한반

도의 통일을 간절히 바라고 있다는 사실을 알게 되었다. 왜일까? 그의 고향은 압록강변인데, 그는 남북이 통일되면 분명 그의 고향이 크게 발전할 것으로 기대하고 있었던 것이다. 똑똑한 친구이다. 하지만 인민의 염원대로 움직이는 세상이 아니라서 어찌 될지……

쓴 젊은이 1

달면 삼키고 쓰면 뱉는다 했던가? 이젠 쓴 젊은이의 이야기를 뱉어보겠다. 애정을 갖고 중국을 이해하려 해도 일부 중국인들이 보여주는 그릇된 언행과 불친절, 사기에 가까운 상술, 무질서 등을 여러 번 당하고 나면 중국에 대한 정이 뚝 떨어진다. 특히 불친절과 무질서는 중국에 와서 원없이 느껴봤는데, 이것은 중국을 대표하는 가장 좋지 않은 모습이 아닌가 싶다. 대부분의 중국인들은 참으로 친절한데, 당연히 친절해야 할 서비스업에 종사하는 사람들이 불친절해서 문제이다. 손님에게 큰소리 치고, 다그치고, 물건을 툭툭 던지고, 자기 편한 대로 손님의 요구를 묵살하고, 거짓말을 한다. 더욱 문제인 것은 외국인과 직접 부딪치는 호텔, 항공사, 쇼핑센터 등에 종사하는 사람들마저 이런 경우가 있다는 사실이다. 단기로 중국에 온 외국 관광객들이 만나는 중국인은 거의가 이런 서비스업에 종사하는 사람들일 것이다. 따라서 이들이 불친절하다면, 중국인은 다 불친절한 사람이 될 가능성이 크다. 물론 친절한 중국인도 많지만, 이들을 접할 기회가 거의 없을 테니 어쩌랴. 더구나 남의 땅에서는 조금만 서운함을

느껴도 '내가 살던 나라에서는 안 그랬는데……'라는 식으로 비교하는 게 인지상정(人之常情)인지라 모든 것이 중국만의 잘못인 양 여겨지고 중국이 싫어지게 되는 것이다.

지금 우리는 중국의 발전에 대해 매우 낙관적인 듯하다. 서구인들의 시각도 마찬가지다. 중국에 관한 책을 봐도 비판적인 입장에서 중국을 바라보는 책은 그리 많지 않다[과격하지만 제스퍼 베커(Jasper Becker)의 『중국은 가짜다』와 고든 창(Gordon G. Chang)의 『중국의 몰락』은 읽어볼 만하다. 한편 조나단 스펜스(Jonathan D. Spence)의 『현대중국을 찾아서 1, 2』는 중국의 근현대사를 균형감 있게 그리고 있다]. 물론 그간 중국이 보여준 발전 정도는 매우 놀라운 것이다. 하지만 현재 상태를 볼 때 중국의 발전은 아직도 멀었다. 중국의 경제수도라는 상하이만 해도 그렇다. 상하이를 포장하는 온갖 미사여구와 그 화려한 조명, 멋진 건물이 상하이의 전부가 아니다. 참기 힘든 환경오염, 심각한 빈부격차, 지속적인 발전 등 시급히 해결해야 할 문제가 한두 가지가 아니다. 비단 물질적인 것뿐만이 아니다. 더욱 중요한 공공질서의식, 서비스 의식, 특히 상대방에 대한 배려 등의 문화적 소양은 크게 뒤떨어져 있고, 따라서 무엇보다 시급히 제고해야 한다.

어디서든 줄을 서서 표를 사려 하면 사기 힘들다. 여기서 불쑥, 저기서 불쑥 끼어들며 무조건 돈을 내민다. 버스와 전철을 탈 때 줄을 서는 사람이 거의 없다. 특히 상하이 전철이 이 모양인데, 종점역이자 시발역에서 전철이 서면 내리는 사람은 내릴 수조차 없다. 문이 열리기 무섭게 빈 자리를 향해 '우우' 밀며 돌진하기 때문이다. 이때 이들의 동작을 보면 '중국 사람이 만만디(慢慢地, 천천히, 느긋하게)라는 게 순 거짓말이구나' 할 정도로 정말 잽싸다. 외지인은 결코 자리를 차지할 수 없다. 상하이 버스도 마찬가지다. 사소한 이익 앞에 중국인이라고 느긋하겠는가? 비행기를 탈 때도 마찬가지다. 여기

낡은 차에서 뿜어져나오는 저 시커먼 매연, 공장에서 배출되는 오염 물질, 공사장에서 날아오는 온갖 먼지로 인해 중국의 도시는 늘 흐리다.

서 끼어들고, 저기서 새치기하고. 줄 서라고 하면, "비행기가 곧 떠난다는 등, 일행이 먼저 나가 있어 어쩔 수 없다"는 등의 말을 둘러댄다. 알고 보면 다 거짓말이다. 여행지에서 만난 서양 친구들의 말을 들어보면, 새치기 때문에 정말 피곤하다고 한다. 한 씩씩한 영국 여성은 새치기하는 사람을 보면 무조건 팔로 밀치고, 옐로 카드(Yellow Card)를 꺼낸단다. 참다 참다 그렇게 한다는 것이다. 나는 처음에 일종의 노이로제에 걸렸었다. '혹시 누가 끼어들면 어쩌나, 끼어들려는 사람이 있는 것은 아닌지' 늘 긴장하였다. 결국엔 화병이 되었다.

그런데 이런 증상은 동북 지역에 가서 조금 나아졌다. 남방은 시끄럽고 제멋대로인 반면, 동북은 비교적 조용하고 서두르는 기색이 덜했다. 사람들이 예의가 있는 듯하고, 새치기하는 경우에도 남의 양해를 구하기도 했으며, 노약자에게 자리를 양보하는 경우도 꽤 있었다. 남방에서는 이런 모습을 거의 보지 못했다. 동북의 젊은이들에게 이런 이야기를 하자, "네가 동북에서 오래 살지 않아 그렇지 동북에도 줄을 안 서는 경우가 많다"라고 대답했다. 그래 물었다.

"너 남방 사람들이 어떤지 본 적 있니?"
"없는데……."

그들은 잘 모르겠지만, 이곳저곳 돌아다닌 나는 안다. 분명 정도의
차이가 있다. 또한 노약자에게 자리를 양보하는 것은 동북에선 보편
적이라는 이야기를 하는 친구도 있었다. 동북의 한 할아버지는 동북
이 비록 남방에 비해 경제는 낙후되었지만, 사람들이 의기가 있으며
친절하고 남을 배려할 줄 안단다.
　대체로 중국에서 남방인을 평할 때, 그들은 영리하고 이해타산에 밝
으며 이기적이라고 한다(특히 상하이 사람). 이에 비해 북방인은 선이
굵고 열정적이며 보수적이라고 한다. 어느 정도 맞는 말인 것 같다.
최근의 경제 상황은 이런 현상을 더욱 부추기는 듯한데, 남방의 도시
는 빠르게 발전하고 있는 만큼 늘 바쁘고 혼잡하다. 일자리를 찾아
많은 사람이 몰리고 있고, 먹고 살기 위해 빨리빨리 움직여야 한다.
이들이 굴리는 자전거 바퀴도, 돈 많은 사람들이 굴리는 자동차 바퀴
도 너무나 빠르게 돌아간다. 방관자인 나마저 덩달아 조급해진다. 하
지만 북방의 도시는 그렇지 않다. 경제가 정체되어 있다 보니 몰려드
는 사람도 많지 않고, 길을 가는 사람도, 자전거를 탄 사람도 그리 조
급해 보이지 않는다. 그런데 동북에 대해 비판적인 사람의 이야기를
들어보면, 동북은 아직도 개혁개방 전의 낡은 시대 감각을 가지고 현
재를 산다고 한다. 그렇지만 나에게 동북은 아늑하고 조용했다. 예전
의 한가한 우리 농촌이나 차분한 중소도시 같은 느낌을 주었다.
　그런데 비록 남방과 북방의 차이는 있지만 대체적으로 새치기가 일
반화되어서 그런지 중국인들간에는 밀치거나 경고하는 경우가 드물

다. 하지만 새치기는 나를 불편하게 하고, 나의 권리를 빼앗는 행위이다. 따라서 중국인들끼리도 다투는 경우가 없을 리 없다. 티베트에서 겪었던 일인데, 그곳은 유난히 새치기가 심했다. 그런중에 어떤 군인이 새치기를 하자 한 친구가 냉정히 나무란다. 그런데 잘못한 녀석은 반성하기는커녕, "너 너무하는 것 아냐?"라는 식의 반응을 보이며, 한판 붙을 듯한 자세를 취했다. 이에 그를 나무란 친구 역시 화를 냈는데, 안타깝게도 '기'에서 딸렸는지 흐지부지해지며 결국 새치기를 허용하고 말았다. 안타까운 순간이었다.

새치기 하나를 놓고 보면, 홍콩도 중국인가 싶다(1국가 2체제이니 중국은 중국이다). 홍콩에서 본 인상적인 풍경 중 하나가 버스를 타기 위해 길게 줄을 선 모습이었는데, 중국 본토에서는 이런 모습을 찾아볼 수 없다. 사실 국가는 하나이지만 2체제로 운영되고 있고, 여러 면에서 수준 차이가 나는 현실을 생각하면 홍콩은 홍콩이라는 생각도 든다.

그런데 문제는 불친절이나 새치기뿐만이 아니다. 많은 사람들이 아주 태연하게 아무 데나 휴지와 담배꽁초를 버리고 침을 뱉고 공공장소에서 멋대로 떠들고, 큰 소리로 휴대폰을 사용하는 등 야단이다(위구르족 친구 이야기를 들어보니, 한족은 자기들에 비해 목소리가 크고 시끄럽단다. 언뜻 들으면 싸우는 듯하단다). 그런데 이런 것은 특별히 그렇게 생긴 분들만의 문제가 아니다. 왜 이럴까? 아직도 먹고 살기 바쁜 중국이기에 '그럴 수도 있겠다' 싶다. 하지만 여전히 이해하기 힘든 것이 있다. 바로 이런 나쁜 모습을 바로 잡거나 최소한 본인은 그러지 말아야 할 젊은이들마저 이렇다는 사실이다. 점잖게 넥타이를 맨 친구나, 이쁘게 화장한 젊은 여성이나, 책 가방을 둘러맨 어린 학생과 대학생까지도 아무렇지 않게 이런 식으로 행동하고 다닌다. 학교나 가정에서 도대체 뭘 가르치고 배우는지 궁금하다.

　물론 한국의 젊은이 중에도 이런 사람이 많다. 지하철 출입문이 열리기 무섭게 자리를 찾아가는 젊은이도 있고, 길거리에 담배꽁초를 태연히 버리는 정신 나간 젊은이도 많은 게 우리의 현실이다. 중국 젊은 분이나 한국 젊은 분이나 거기서 거기라고 할 수 있다. 하지만 분명 정도의 차이는 있다. 우리는 남의 눈을 의식하고 그래도 가능하면 질서를 지키려 하는 듯한데, 이곳 젊은이들은 특별히 그런 생각이 있는 것 같지 않다. 남이 뭐라 하든(뭐라는 사람도 거의 없다) 내가 편한 대로 한다. 부모들이 하나뿐인 자식이라고 소황제처럼 떠받들며 키워서 그런 것인지, 학교에서 배우지 않아서 그런 것인지, 어쨌든 참으로 안타깝다는 생각이 든다. 왜 이럴까?

　의식 있는 중국 친구들에게 물어보니 이게 다 결국은 문화적 소양이 부족하기 때문이란다. 그런데 2000년에 실시된 전국 제5차 인구조사 결과를 보면, 중국인의 80% 가량이 초등학교 이상의 교육을 받았거나 받고 있으며, 고등교육은 14%, 대학교육은 4% 정도가 받았다. 이들은 어릴 적부터 공중도덕, 질서의식, 바른 몸가짐과 노약자 공경 등에 대한 품성교육을 필수과목으로 배운다고 한다.

　위 통계 자료에 따르면, 젊은 사람들은 거의 대부분 이런 도덕 교육을 받았다는 이야기인데, 왜 배운 대로 실천하지 않을까? 우선, 중국에는 사람이 너무 많다. 특히 제대로 배운 사람보다 그렇지 않은 사람이 너무 많다(우리도 마찬가지다). 이런 사람들이 대도시로, 특히 남방의 주요 도시로 몰리고 있다. 하지만 지금의 경제발전 수준과 한정된 사회 자원은 결코 이들 모두를 만족시킬 수 없다. 버스나 지하철의 좌석은 한정되어 있고, 길거리의 휴지통은 턱없이 부족하다. 따라서 자리 다툼이 치열할 수밖에 없고, 질서를 지켜서는 내 자리를 차지하기 어렵다. 또한 이런 것을 지키다 보면 이만저만 불편한 게 아니다. 휴지통 찾아다니며 담배꽁초를 버릴 사람이 얼마나 되겠는가? 휴지통이 옆에 있어도 아무데나 버릴 정도로 편한 대로 하고자 하니 어쩔 수 없다. 결국 사회구조적 문제와 젊은이 개인의 자질 문제가 이런 무질서를 만들어내고 있는 셈이다.

또한 사회 수준이 아직도 문화대혁명 등의 폐해에서 벗어나지 못하고 있는 것 같다. 1966년부터 10년간이나 중국 인민의 이성을 마비시키고, 사회질서와 전통을 철저히 파괴시킨 문화대혁명의 악령이 여전히 많은 사람의 사고와 행동을 지배하고 있는 듯하다. 그 10여 년 간 공중도덕, 교양에 관한 교육과 사회 전통은 철저히 배격되었고, 교육자와 지식인들은 반혁명분자로 몰려 산간벽촌으로 내쫓기고 온갖 박해를 받았다. 이에 반해 사회무질서와 혼란은 오히려 미덕으로 간주되기까지 하였으니 이 시기를 겪은 사람들에게 지금의 새치기는 어쩌면 정상적인 일일지도 모른다. 그런데 시대가 변했음에도 불구하고 이들의 사고와 행동은 당시의 오류를 극복하지 못하고 젊은이들에게까지 악영향을 끼치고 있는 듯하다. 아이를 제대로 가르쳐야 할 부모들이 아이가 보는 앞에서 아주 태연히 휴지를 버리고, 침을 뱉고, 새치기를 하니 아이는 자연스레 따라 하며 학교에서 배운 것은 깨끗이 잊어버리고 마는 것이다. 이러다 보니 전반적인 사회분위기가 무질서에 대해 무감각해졌고, 누구도 개인의 그릇된 행동에 대해 뭐라 하지 않는다. 이러니 그저 나만 편하면 된다는 식이 되어버린 것이다. 이런 풍조는 개혁개방 이후 만연된 배금주의, 부정부패에 대한 무감각 등에 의해 더욱 조장되고 있다. 나쁜 짓 하지 말라고 그렇게 가르쳐도 나쁜 짓 하는 분들이 수두룩한 우리의 현실을 생각하면, 그 많은 인구의 중국이 앞으로 어찌 될지 걱정된다.

그런데 젊은 친구들은 너무 걱정하지 말란다. 이런 문제는 경제가 좀더 발전하면 자연스레 해결될 일이고, 자신들은 부모 세대와는 다른 교육을 받고 있으며, 배운 대로 행하고 기성세대의 잘못을 지적하며 바로 잡기까지 한단다. 실제 내가 아는 중국 친구들은 대부분이 이런 젊은이들이었다. 그러나 안타깝게도 그렇지 않은 젊은이들을 더 쉽게, 더 자주 볼 수 있었다. 자발적인 준수는커녕 타율적인 준수마저 제대로 이루어지지 않는 경우도 있었다. 상하이에서 목격한 광경인데, 교통경찰이 바로 앞에 있는데도 버젓이 무단횡단을 한다. 귀에 이어폰을 낀 젊은 친구였는데, 보아 하니 대학생인 듯했다. 교통경찰이 말리자 재수 없다는 듯 화를 낸다. "왜 하필 나에게만 이러냐?"라는 식이다. 맞는 말이다. 법과 질서를 어기는 게 일반화된 사회에서 나만 처벌받는 것은 억울하다. 또 나만 지킨다면 자꾸 뒤쳐지고 손해를 보는데, 법과 질서를 지키는 미련한 짓을 왜 하나?

　이런 면에서 보면 우리 사회의 후진성도 중국과 다를 바 없다. 돈 있고 힘 있는 자들이 앞장서 세금을 포탈하고, 병역비리를 일으키며, 부동산 투기를 하고, 일반 국민들도 이에 뒤질세라 열심히 법을 어기는 상황에서 누가 깨끗해지려 하겠는가? 견리사의(見利思義)를 열심히 외워 시험만 잘 보면 그만이고, 현실에서는 그야말로 '이로움을 보면 의로움을 죽이며[見利殺義]' 출세하고자 하는 게 우리 사회이다. 이런 사회에서는 누구를 국민의 종으로 뽑아도 청렴성과 도덕성 시비는 끊이지 않을 것이다. 자기 집에 있는 더러운 것은 '광장'에 내다 버리고, 광장에 있는 좋은 물건은 다 자기 집으로 가져가는 세상, 국민의 종이 주인인 국민보다 더 돈이 많은 세상은 언제나 바뀌려나……

쓴 젊은이 2

지금까지 제기한 중국 젊은이의 그릇된 행동은 나에게 돌아오는 피해가 크지 않고, 우리 일이 아니기 때문에 큰 상관은 없다(사실 기분은 엄청 나쁘다). 하지만 억지 주장을 해대고, 바가지를 씌우려는 젊은 친구들 때문에 기분 상한 경우가 여러 번 있다. 난징(南京)에서 겪은 일인데, 오토바이로 사람을 '퀵 서비스' 하는 젊은 친구였다. 중국에는 온갖 종류의 교통수단이 다 있다. 2층 버스, 전차, 전철 등에서부터 인력거, 노새가 끄는 수레 등까지 버젓이 도로를 누비고 있다. 하여간 굴러다닐 수 있는 것은 다 굴러다닌다고 보면 된다. 오토바이 퀵 서비스는 택시보다 빠르고 값이 싸다. 그런데 안전이 문제가 되기 때문에 자주 이용하지는 않았다. 하지만 그날은 마땅한 수단이 없어 이용하기로 하고, 목적지를 이야기하자 그 친구는 그곳을 잘 안다고 했다. 그래서 가격을 흥정하고 출발했는데, 도착해보니 그곳이 아니었다. 다른 사람에게 물어보니 목적지는 반대편이었다! 당연히 다시 목적지에 데려다 줄줄 알았는데, 이 친구는 원래 출발했던 자리에 와서는 나더러 내리란다. 그 자리는 난징역으로 손님이 많은 곳이

고 그의 주된 활동 무대였다.

"무슨 소리냐, 네가 그곳을 안다고 해서 돈까지 지불했는데, 네가 잘못해놓고는 나보고 내리라고? 그렇다면 돈을 돌려달라."
"줄 수 없다. 택시 타고 가라. 난 모르겠다."
"넌 나를 나의 목적지까지 데려다줄 의무가 있다. 너의 잘못 때문에 왜 내가 돈 낭비하고, 시간 낭비 해야 하는가? 데려다 주든지 아니면 돈을 달라."
"그건 네 사정이다. 네가 가자는 곳엔 오토바이가 갈 수 없다. 난 모른다."
"오토바이가 갈 수 없다는 게 말이나 되냐?"
"하여간 갈 수 없다."
(나중에 알고 보니 완전 거짓말이었다.)

한참을 티격태격하다 파출소에 가자 할까 하다 그만두었다. '가재도 게 편일 테고, 한국이 어디 힘이 있어야지' 하는 생각이 들었다. 당연히 주었던 돈을 돌려받아야 했지만 그러지 못했다. 결국 "너 다음부터는 절대 이런 식으로 장사하지 마라. 젊은 사람이 자기 잘못도 인정하지 않고, 한 푼도 손해 보지 않겠다는 식으로 장사하면 지금은 좋을지 몰라도 갈수록 안 좋아질 것이다"라는 말로 끝을 맺었다. 이런 비슷한 일을 겪을 때마다 이런 말을 해주었는데, 이렇게 하면 그들의 자세가 변할지도 모른다는 소박한 기대를 했기 때문이다. 먹고 사는 것도 중요하지만 그래도 어느 정도의 상도는 지켜야 할 텐데, 걱정이다.

그런데 이런 일 때문에 매번 화를 내서는 중국에서 살 수 없다. 중국에선 금방 잊고 풀어버려야만 편히 살 수 있다. 그러지 않으면 화

상하이 한 전철역 앞의 오토바이 퀵 서비스. 헬멧을 쓴 아저씨들이 손님을 기다리고 있다.

병 난다. 웬만하면 화내지 말고, 침착하게 조목조목 따지는 자세가 바람직스럽다. 이렇게 따져대면 그들이 잘못한 경우엔 약해지는 모습을 보이기도 한다.

지금까지 중국 젊은이들의 잘못된 모습을 문제삼았지만, 중요한 것은 이들의 행동을 통해 우리의 행동을 돌아보고 개선하는 것이다. "황금 보기를 돌같이 하라"는 말이 있다. 하지만 '남의 산에 있는 돌(他山之石)'은 황금 보듯 해야 한다. 나부터 반성한다. 우리 모두 반성하도록 하자. 중국을 여행한 후 다시 한국에 와서 살아보니 참으로 부끄러웠다. 어쩌면 더 무질서하고 이기적인 한국 사회에 살면서 중국을 비판하다니 가당찮다는 생각이 들었기 때문이다. 지하철을 타고 출퇴근해보라. 자신은 물론 남의 고막까지 찢어지게 할 정도로 이어폰 음량을 크게 해놓은 젊은이들이 수두룩하다. 소리 좀 줄이라고 하면 되레 성을 낸다. 한편 자기가 내리기 편한 지점을 골라 혼잡한 지하철 안을 돌아다니는 사람도 부지기수이다. 그저 자신의 편리와

이익만을 생각할 뿐 남이 겪을 불편과 손해는 전혀 고려하지 않는다
(못하는 건가?). 이런 상황에서 내가 중국의 무질서에 대해 왈가왈부하
는 것은 '똥 묻은 개가 겨 묻은 개를 욕하는 꼴'이다. 하지만 나는
중국을 비난하고 욕하기 위해 이 글을 쓴 것이 아니다. 똥 묻은 개와
겨 묻은 개가 모두 깨끗해지길 바랄 뿐이다.

내가 살았던 아파트 단지의 길 하나를 건너면 서민들이 사는 주택 단지인데, 이 곳은 아파트 단지와는 천지 차이가 난다. 아파트 단지 내와 주변에는 대형 마트와 피자 헛, KFC 등이 들어서 있는 반면, 이곳에는 오염된 한 줄기 하천과 노천 시장, 허름하고 조그만 가게와 식당뿐이다. 이곳 식당 중의 사장 한 명과 알며 지냈는데, 그는 원래 꽤 큰 음식점에서 일하던 요리사였다. 최근 몇 달간 실업자로 놀며 지내다 얼마 전 아예 가게를 차렸다. 우리 돈으로 한 200만 원 들었는데, 식탁이 서너 개 정도 되는 아주 영세한 식당이다. 우리의 시골 대포집 수준이라고 할까.

비록 가게는 볼품없고 이 친구 생긴 모습도 그렇지만, 문자 속은 참으로 기특하다. 무엇보다 책과 신문을 많이 읽고, 나름대로 분석하기 때문에 여러 방면에 해박하고 깊은 지식을 갖고 있다. 한국에 대해서도 마찬가지다. 중국 젊은이들이 한국에 대해 아는 것은 연예인, 축구, 드라마, 음식 몇 가지 정도이다. 중국 젊은이들은 우리가 기대하는 만큼 한국에 대해 잘 알지 못한다. 우리는 중국의 역사를 너무 많이 알지만, 그들은 거의 배우지도 않는다. 하지만 이 친구는 한국에 대해 잘 안다. 특히 정치에 대해 관심이 많다. 많이 아는 만큼 말도 많아 이런저런 이야기를 잘도 늘어놓는데, 어쩌다 보니 중국의 병역제도에 대해 이야기를 하였다.

중국의 병역제도는 의무병제도를 골간으로 사관제도를 운영하는데, 우리의 병역제도와 큰 차이가 없는 듯하다. 일반적으로 18세 이상의 청년은 누구나 2년간 국방의 의무를 수행해야 한다. 그런데 말이 의무이지 실상은 그렇지 않은가 보다. 현재 중국의 군대 규모가 대략 250만 정도이니 13억이나 되는 인구를 생각하

중국 친구가 식당을 연 허름한 주택가.

면 의무병제도대로 징병을 하기란 불가능하다. 따라서 현실적으로는 지원병제를 준용하여 필요한 병력을 충당하고 있다. 즉 어느 지역에서 병력 수요가 발생하면, "누구 누구 군대 와!"라고 지정하는 것이 아니라, 징병 공고를 내고, 이에 응하는 사람을 대상으로 적격 여부를 판단하여 징병하는 것이다. 이때 할당된 수를 채우지 못하게 되면 비로소 의무병제도의 본색을 드러낸다는데……

농촌이나 못사는 지역에서는 군대 복무를 마치면 직업을 알선해주는 등의 혜택이 있어 할당된 수를 채우지 못하는 경우는 거의 없다고 한다. 오히려 경쟁이 치열하기 때문에 군대에 가기 위해 뒷돈을 대고, 꽌시(關係)를 동원한 병역비리까지 발생한다고 한다. 실제 자기 사촌은 공부를 못해 직업을 구하기 어렵자 뇌물을 주고 군대에 갔다고 한다. 그런데 돈 있고 힘 있는 집 자제들은 편한 군대에서 놀고 먹으며 제대 후에도 좋은 직장을 배정 받지만, 그렇지 못한 젊은이들은 고생은 열심히 하면서도 결국은 좋은 직장을 배정받지 못한다고 한다.

한편 상하이를 비롯한 있는 동네에서는 군대 가는 것을 기피하기 때문에 필요한 병력을 징병하지 못하는 경우가 있다고 한다. 실제 상하이 친구들에게 물어보면 대학생은 물론이고 거의 대부분이 군대 가기 싫다는 반응을 보였다. 좋은 직업 있고, 돈 있는데 군대 가서 고생할 이유가 없다는 투이다. 또한 자식이 하나뿐인 부모들은 애지중지 키운 자식을 군대에 보내려 하지 않는다고 한다. 이러다 보니 자기 자식이 징병되지 않게 하기 위해 꽌시를 이용하고, 뇌물을 찔러주고 하는 한국형 병역비리가 발생하고 있단다(마오쩌둥의 큰 아들은 한국전쟁에 참전하여 목숨을 잃었는데……). 물론 자식을 강하게 키우기 위해 일부러 군에 보내는 집도 있다고 한다. 여자도 마찬가지. 그런데 이들은 대부분 집안이 좋다 보니 군 생활도 편하단다

10여 년 전 징병 신체검사를 받던 때가 생각난다. 그땐 군대는 당연히 가야만 하는 것인 줄 알았는데……. 하긴 그때도 간장 한 병 마시고 온 친구가 있긴 있었다. 그러면 혈압이 높아진다나. 그렇다고 간장을 한 병이나 마시다니, 돈 몇 푼 집어주면 될 일을. 하여간 없는 사람은 몸이 피곤하다. 나는 집어줄 돈도, 마실 간장도 없어 그냥 군대에 갔다.

위조지폐와 암달러 상

중국의 한 식당에서 밥을 먹고 돈을 냈는데, 이 친구가 이리저리 지폐를 쳐다보고, 만져보고 흔들어본다. 그러더니 하는 소리가 "찌아더(假的)." 가짜란다. 그럴 리가? 자세히 보니 인쇄 상태가 어째 정상이 아닌 것 같았다. 그렇지만 믿고 싶지 않다는 표

정을 짓자, 이 친구 금고를 열더니 위조지폐식별기를 꺼낸다. 진짜 돈, 가짜 돈 몇 장을 가지고 실험을 해봤는데, 결국 가짜였다!

중국에서의 위조지폐 문제는 우리와는 비교가 되지 않을 정도로 심각하다. 웬만한 가게는 거의 대부분 위조지폐식별기를 갖고 있으며, 최소한 육안이나 손으로 진위 여부를 확인한다. 이러다 보니 중국에서 돈을 주고받을 때 불안하기까지 하다. 그나마 이런 불안을 덜 수 있는 방법은 은행을 통해서만 환전을 하는 것이다. 중국에는 암달러상 역시 많다. 좋은 환율을 제시하며 유혹하기도 하고, 노골적으로 강요까지 하는데, 이들이 건네주는 돈 중엔 가짜가 있을 가능성이 높다. 소탐대실하지 말아야 한다(어떤 암달러상은 자기 호주머니에 있는 돈이 아닌, 내가 보는 자리에서 인출한 은행돈을 주겠다는 제안을 하기도 했다).

이후에도 주변에서 위조지폐 문제가 발생하는 것을 여러 번 보았는데, 티베트에서 경험한 것은 가히 충격적이었다. 티베트의 라사에 있는 스노 랜드 호텔(Snow Land Hotel)에 가면 티베트 음식은 물론 한국 음식도 먹을 수 있다. 이곳에서 밥을 먹고 종업원들과 이런저런 잡담을 즐기는데, 그 친구들 하는 소리가 방금 전 내 옆에서 밥을 먹은 여자들이 가짜 돈을 주고 갔다는 것이다. "그럼, 받지 말아야지?" 어쩔 수 없단다. 그들은 여기저기 다니면서 100위안짜리 가짜 돈을 주고 물건을 사는 악명 높은 애들이란다. 경찰에 신고하면 어떨까? 그랬다간 정신은 나가고 몸만 좋은 형님들이 몰려온단다(조폭의 폐해가 심각한데도, 우리 연예계는 조폭을 소재로 먹고 사는 사람들이 참 많다. 조폭으론 모자라 조폭 마누라에, 조폭 친구에 참 가관이다).

가능하면 참아라! 특히 큰 것이라면…….

중국은 빠르게 변하고 있지만 여전히 정체되어 있는 곳도 많다. 그중 대표적인 곳이 화장실이다. 일반적으로 중국 화장실 하면 떠오르는 것이 문이 없다는 것인데, 사실 이런 화장실을 자주 보았다. 대도시의 한 복판에 있는 화장실도 이런 경우가 있다. 문이 있어도 높이가 아주 낮아서 눈 가리고 아웅하는 격인 것도 있고, 문을 열어놓고 일을 보는 사람도 많다. 그 큰 일이 이루어지는 현장을 적나라하게 볼 수 있다. 처음엔 화장실을 뛰쳐나올 정도로 놀랍고 당황스러웠지만, 습관화되다 보니 그런 모습을 보면 웃음까지 나왔다.

중국의 화장실은 거의 대부분 유료이다. 돈을 받는 사람이 하루종일 화장실 앞에 앉아 적게는 2마오(毛, 1마오는 1위안의 1/10)에서 1위안까지 돈을 받는다. 작은 것 전용, 큰 것 전용을 구분해놓고, 작은 것은 선심을 쓰는 곳도 있다. 이렇게 관리를 하는 곳은 어느 정도 괜찮지만 그렇지 않은 곳은 기가 막힌다. 나오던 것이 도로 들어갈 지경이다. 문제는 관광지나 공공장소가 이런 경우인데, 이곳을 이용하는 외국인들이 중국에 대해 좋은 인상을 가질 리 없다. 최소한 이런 곳만은 서둘러 개선을 해야 할 것 같다. 사실 베이징도 이런 사정을 잘 알기에 개혁개방 이후 1982년부터 화장실 개조 작업을 벌여 그나마 지금은 나아졌다고 한다. 하지만 아직도 멀었다. 이런 상황에서 공짜로 깨끗한 화장실을 이용한다면 얼마나 좋을까? 꿈이 아니다. 그 많은 맥도널드나 KFC, 고급 백화점 등에 가면 된다.

그놈의 영어가 뭔지

영어, 영어, 영어!/영어를 마시는 잉글리시 카페/영어로 세상 시름을 잊는 데보라/
택시에서 내릴 때 영수증은 반드시 챙겨야/돌다리 두들기기

영어, 영어, 영어!

중국 젊은이와 이야기할 때 자주 등장한 화제는 월드컵 이야기,
한국 연예인 이야기, 그리고 영어에 관한 이야기였다. 내가 한국인이
라고 하면 남자들은 제일 먼저 월드컵에 관한 이야기를 끄집어냈다.
면전이라 그런지는 모르겠으나 대체적으로 한국 축구의 실력을 칭찬
하고 4강 진출을 축하했다. 그러면서도 심판 문제에 대한 나의 견해
를 물어보았는데, 아예 노골적으로 심판에 대한 의혹을 제기하는 친
구도 간혹 있었다. 그때마다 나는 "너희 언론이 보도하는 대로 뒷거
래가 있었다면 큰 문제지만, 그런 증거가 있는가? 물론 심판 판정에
문제가 있긴 했지만, 그것이 실수라면 어쩔 수 없지 않은가? 전체적
으로 심판 판정은 비교적 공정했으며, 한국 축구의 4강 진출은 분명
실력에 의한 것이다. 유독 중국만이 이를 인정하지 않는 이유를 모르
겠다"라고 맞섰다. 이에 대해 그들은 별다른 반론을 제기하지 않았
으며, 대체로 나의 말에 수긍하는 듯한 자세를 보였다.

젊은 여자들은 주로 한국 연예인에 대한 관심을 표명했다. 누구를
좋아한다는 등, 누구의 인기는 한국에서 어떠냐는 등의 이야기를 해

댔다. 그렇다고 이들이 한국 연예인을 엄청 좋아하는 수준은 아닌 것 같다. 한국 TV나 영화 등이 재미있어 좋아하고, 이를 통해 알게 된 한국 연예인에 대해 이런저런 관심을 보이는 정도이지 충칭(重慶)에서 만난 그런 열광적인 팬은 많지 않았다. 10대나 20대 초반 젊은이들 중에는 한국 연예인을 열성적으로 좋아하는 친구도 있지만, 조금 나이가 들면 그저 그렇단다. 그런데 한국 노래를 배우기 위해 한국어를 배울 정도로 적극적인 친구도 있었다. 이런 친구 중 재미있는 친구가 있는데, 그녀의 이름은 '괜찮아'이다. 호텔 프런트 데스크(front desk)에서 일하는 그녀는 내가 한국인이라고 하자 어설픈 한국어로 이것저것 물어보았다. 그녀는 한국어를 공부하고 있다는데, '은행'을 '은핸'이라 발음하는 초보 수준이었다(많은 중국 친구들이 은행을 은핸이라 발음했다). 그러니 존칭어를 알기나 하겠는가? 이것저것 가르쳐주던중 손님인 내가 사소한 실수를 해서 미안하다고 하자, 대뜸 하는 소리가,

"괜찮아!"

순간 화내는 표정을 지으며, 농담조로 몇 마디 던졌다.

"뭐야? 손님에게 반말을? 이런 방자한 것 같으니……."

그녀가 알아듣지 못하고, 멀뚱해 하는 모습이 참 재미있었다. 이후로 그녀의 이름은 '괜찮아'가 되었다. 그녀의 중국어 이름은 모른다.
그런데 남자나 여자나 젊은 친구들이 제일 많이 언급한 것은 "너 영어 하니? 하면 얼마나 하니?"이다. 특히 개방화가 많이 진전된 동남부 해안 도시의 젊은이들이 주로 이런 질문을 하였다. 아무래도 외

국인을 많이 접하기 때문인 것 같다. 영어 조금 한다고 하면 아예 영어로만 말을 건네는 친구도 많았다. 나는 중국어를 하고 싶은데, 그들은 그저 영어만 쓴다. '너 잘 만났다' 하는 식이다. 선전(深圳)에서 만난 데이비드 송(David Song)과는 처음부터 영어로 말을 나누었고, 결국 영어로만 말을 하는 친구가 되어버렸다. 나중에 그 친구의 아내를 소개 받았는데, 그녀와도 주로 영어로 대화를 나누었다. 아예 한국인을 평가하는 기준을 영어에 두는 친구도 있었다. 자기 주변에는 한국 친구가 많은데, 그들의 영어 실력이 별로라는 등의 이야기를 하며 영어 하나로 그들의 전부를 평가절하했다. 한국인이 중국에서 마저 영어 때문에 수모를 당해야 하다니 놀랍고 씁쓸했다. 상하이에서 친하게 지내던 소학(小學, 초등학교) 친구들마저 영어할 줄 아냐고 물어보길래, "너희들은 어떠니?"라고 반문한 적이 있는데, 영어 때문에 힘들고 골치 아프단다. 그러면서도 "Good Morning. How are you?" 하며 야단이다. 머리 아프지만, 이들은 미국이 망하지 않는 한 영어를 배워야 한다.

대도시 서점에는 영어 관련 서적이 넘쳐나고, 외국어 전용 서점도 많다. 매스컴에 소개되는 각종 영어 관련 세태를 보면 중국인들의 영어 열풍 역시 우리와 별반 다르지 않다. 좋은 학교에 가기 위해 죽도록 영어를 공부해야 하고, 대학을 졸업하기 위해서는 일정한 수준의 영어 실력이 있어야 하고, 졸업 후에는 좋은 직장을 구해야 하고, 갈수록 늘어가는 추세인 해외 유학도 가야 하고, 외국 친구도 사귀어야 하고 이래저래 영어가 엄청 필요하다. 얼마 전 'Crazy English'라는 광풍이 중국에 몰아치고 우리나라에도 상륙한 듯한데, 미친 영어 때문에 미치는 불쌍한 나라가 많은 것 같다. 하긴 중국에서 만난 영국, 미국 친구들도 어디를 여행하다 한국인을 만났는데, 영어를 잘했다는 등, 한마디도 못했다는 등의 이야기를 해대는 판이니 중국이나 한국 젊은이나 다같이 미칠 노릇이다. 중국에서 만난 일본 젊은이들도 미치기는 매한가지이다. 이들에게 영어 한두 마디 해대면 영어한다고 호들갑이다. 홍콩 사람들은 더욱 불쌍하다. 이들은 광둥어를 구사해왔기 때문에 중국 표준어를 구사하지 못하는 사람이 많다. 그렇다고 영어를 잘 하는 것도 아니다. 홍콩에서 일하는 한 인도 친구마저 홍콩 사람을 우습게 안다. 홍콩인들은 영국 밑에서 150여 년 동안이나 있었으면서 영어도 안 배우고 뭐 했는지 궁금하단다. 인도인은 영어를 잘 한다나, 글쎄?

영어를 마시는 잉글리시 카페

윤봉길 의사의 의거로 유명한 상하이 홍커오우(虹口) 공원은 중국 근대화의 아버지 루쉰(魯迅)을 기념하는 곳으로 현재의 공식 명칭은 루쉰 공원이다. 대부분의 공원이 그렇듯 루쉰 공원 역시 상하이 할아버지, 할머니의 체력 단련장이자 젊은 연인들의 거침없는 '애정의 무대'이다. 특히 밤이 되면 더욱 그러한데, 다른 지역보다 상하이 남녀의 애정 표현이 더욱 노골적이다. 남의 시선은 별로 신경 쓰지 않는다. 그건 그렇고, 사실 도시 전체가 대기 오염으로 뒤덮여 있는 상하이에서 공원이라고 별 수 없지만, 그래도 수목이 우거진 곳이기에 그나마 휴식을 취하러 몇 번 들러보았다. 그런데 넓은 공원을 돌아다니던중 공원 내에 있는 까페를 하나 발견했는데, 이름이 'Sun Flower English Cafe'였다. 까페 이름에 English가 들어가는 것은 처음 보았기에 신기하다 생각하면서도 그냥 지나쳤는데, 이후 한 일본 친구를 통해 이곳에서 벌어지는 일을 체험하였다.

매주 토요일 오후 6시가 되면 이 까페는 본색을 드러낸다. 평일에는 그저 'Sun Flower Cafe'지만, 토요일 오후 7시에는 간판 그대로 'Sun

잉글리시 카페. 모임을 끝낸 회원들이 자전거를 끌고 나가고 있다. 이날이 마침 모임을 시작한지 1주년이어서 뒷풀이로 술도 마시고 노래방에서 노래도 하였다.

Flower English Cafe'가 된다. 7시쯤 되면 영어에 관심 있는 이런저런 사람들이 모여든다. 초등학교에 다니는 어린 학생, 중고등학생, 대학생, 직장인, 학교 영어 선생, 40대 아저씨, 아주머니, 영어와는 전혀 무관해 보이는 친구 등 연령이나 직업 등도 아주 다양하다. 하루 저녁에 대개 30~40명 정도 모이는데, 우선 다같이 간단한 게임을 즐기면서 영어를 익히고, 이후 서로 원하는 사람끼리 자유롭게 영어로 이야기를 나눈다. 팝송도 부르고, 낱말 맞추기도 하고. 주문한 차는 식어가지만, 영어에 대한 열기는 점차 더해간다.

사실 이 모임은 다소 산만한 분위기이고, 참가하는 사람들의 영어 실력도 그다지 뛰어난 편은 아니지만 모두들 나름대로 집중력과 자신감을 가지고 영어를 구사한다. 맞든 틀리든 열심히 자기 생각을 말한다. 이런 면에서 영어에 대한 이들의 태도는 우리와는 다르다. 우리는 소극적인 면이 강한데, 중국 젊은이들은 그렇지 않다. 'Good'

을 '구뜨'로, 'm'을 '에므'로 발음하면서도(주로 베이징 사람들) 자기 발음이 진짜 영어 발음이라 우길 정도이다. 이렇게 하다 보면 밤 10~11시 경이 되고, 모임은 끝이 난다. 이 모임을 주관하는 친구는 직장인 리키(Ricky)와 2명의 젊은 여대생이다. 리키와 친구들이 이 모임을 주관한 지는 1년이 갓 넘었는데, 상하이에 진출하는 외국인이 갈수록 늘고 있고, 앞으로는 여러 방면에서 영어가 필수적이기 때문에 서로의 영어 실력을 증진하기 위해 이 모임을 시작했다고 한다.

이런 종류의 모임은 국내 언론에도 소개되었는데, 상하이 여기저기에 꽤 많다고 한다. 상하이 영자 신문에는 언제, 어디에서, 어느 주제로 영어 모임을 개최하니 희망자는 참석하라는 광고가 자주 나와 있다. 비단 상하이만이 아니다. 선전, 시안 등의 대도시에도 이런 모임이 꽤 있다. 현대인에게 영어와 컴퓨터는 기본이란다. 중국 성립 이후 악마로 내몰리며 철저히 배척당했던 외국인과 그들의 언어가 이젠 중국인들의 기본이 되는 시대가 되었다.

영어로 세상 시름을 잊는 데보라

데보라는 베이징의 3성급 호텔에서 일하는 20대 초반의 여성이다. 그녀가 처음 나에게 다가왔을 때 데보라라는 이름으로 다가왔기에 한동안 그녀의 중국어 이름은 알지 못했다. 짜오후웨이(趙輝, 데보라의 중국어 성명)는 영어에 엄청난 관심을 가지고 있다. 그래서 중국어 이름보단 영어 이름을 자주 사용한다. 그녀 역시 호텔 앞 기숙사에 사는데, 특별한 삶의 즐거움이 없다. 일주일에 한 번 할머니 댁을 방문하는 정도이다(아버지는 아들을 원했는데, 딸이라 섭섭해 하셨단다. 지금은 아버지와의 관계가 많이 좋아졌다고 한다). 그래서 그런지 더욱 영어에 관심을 기울이고, 외국인만 보면 영어를 쓰려 하고, 근무하는 중에도 영어책을 펴놓고 공부한다. 이러다 보니 주위 동료들도 그녀를 따라 영어를 공부한다. 그녀는 독학으로 영어를 공부했지만 누구보다 영어를 잘한다. 특히 표현하고 싶은 내용을 거침없이 이야기하는 장점을 가지고 있다.

영어를 배우는 환경도 좋다. 호텔에서 근무하는 데다가 마침 이 호텔 주변에는 서양 유학생이 많기 때문에 영어를 쓸 기회가 많다. 데보라는 성격이 쾌활하고, 사교적이며 적극적이기 때문에 이들과 자주 어울린다. 그래서 그런지 더욱 빠르게 영어를 배운 것 같다. 나는 그녀가 근무하는 호텔에 한 달 정도 머무르며 이런저런 이야기를 나누었는데, 그녀의 꿈은 오스트레일리아로 유학을 가는 것이다. 그래서 더욱 열심히 영어에 매달린다. 하지만 안타깝게도 그녀가 현재 받는 월급(1,000위안이 안된다)과 넉넉하지 않은 가정 형편을 생각하면 불가능해보인다. 꿈은 이루어진다고? 진정으로 그 꿈을 이루고자 하면 어디든 길은 있다고? 글쎄, 있긴 있을 것이다. 하지만 자본주의 사회에서 그녀처럼 자본 없는 이들이 그 길을 찾기란 '낙타가 바늘 귀를 통과하는 것만큼'이나 어렵다. 그녀에게 물었다.

"정말 유학을 갈 수 있다고 생각하니?"
"네가 보기엔 가능하니? 불가능하지. 꿈이 아니라 그저 공상이야. 오스트레일리아 남자와 결혼하면 모를까, 내 형편에 유학은 무슨……."

2002년 상하이 인력연구센터의 자료에 의하면, 상하이 출신의 자비 유학생이 10년 전에 비해 10배가 늘었다고 한다. 이들이 선호하는 지역은 일본, 뉴질랜드, 영국, 미국, 오스트레일리아, 캐나다 등이며, MBA 자격증을 얻으려는 젊은이들이 가장 많다고 한다(중국 전체적으로는 매년 2만 5,000명의 젊은이들이 해외 유학을 간다고 한다. 반면 국제결혼을 통한 해외 진출은 그 수가 점차 줄고 있단다. 예전에는 중국인의 사위가 세계 도처에 있다고 할 정도였다는데……. 이런 면에서까지 중국과 우리는 많이도 닮아 있다. 우리도 얼마 전까지 국제결혼을 통해 해외에 진출하려던 아가씨들이 많지 않았던가. 지금은 상황이 역전되어 후진자본주의 국가의 많은 며느리들이 우리나라에 시집 오고 있는 판이다).
6개월 후 다시 데보라를 만났는데, 멋진 중국 남자 친구도 생기고,

근무 부서도 바뀌어 있었다. 예전에는 호텔 프런트 데스크에서 일을 했는데, 이젠 기업 고객을 상대로 객실 영업을 담당하고 있었다. 예전에는 하루 종일 서있느라 몸은 힘들어도 머리는 복잡하지 않았는데 지금은 몸은 편하지만 머리가 아프단다. 하지만 승진에 대한 욕심이 있기에 버티고 있단다. 그런데 변한 것은 그녀뿐만이 아니었다. 호텔 바로 옆에 있던 부속 건물은 형체도 없이 사라져버렸고, 지금 그 자리엔 새로운 건물이 들어서고 있었다. 지금 중국에선 사람이든 뭐든 빠르게 변한다는 생각이 다시 들었다.

귀국 후 2003년 1월, 베이징 출장 길에 그녀를 다시 만났다. 예전처럼 영어를 재잘대던 데보라의 모습은 찾기 어려웠다. 호텔 객실 영업이 힘든 모양이었다. 나를 반기면서도 LG 고객을 많이 소개해달라는 부탁을 주로 했다. 이젠 영어에 대한 관심이나 유학에 대한 꿈도 하루하루의 삶에 많이 퇴색한 듯했다.

상하이에는 여러 회사의 택시가 손님을 실어나르고 있다. 그런데 이곳 사람들이 이야기하는 것을 들어보니 그중 따쭝(大衆) 택시가 가장 좋다고 한다. 따쭝은 주룽지(朱鎔基)가 상하이 시장으로 있을 때, 외국인들의 택시에 대한 불만을 듣고, 상하이 택시에 대한 좋은 이미지를 심기 위해 육성한 회사라고 한다. 그래서 그런지 차량도 깨끗하고, 운전기사가 입은 제복도 깔끔하다. 더 좋은 점은 운전 기사들이 매우 친절하다는 사실이다. 이 때문에 나도 가능하면 따쭝을 이용했는데, 기본 요금은 보통 10위안이다(심야 할증은 12위안부터). 그런데 택시에서 내릴 때 잊어서는 안되는 것이 있는데, 바로 영수증을 받는 일이다. 목적지에 도착하면 영수증은 바로 자동으로 찍혀 나오고, 기사가 반드시 승객에게 건네주도록 되어 있기 때문에 그냥 챙기기만 하면 된다. 혹 물건을 놓고 내렸을 때, 바가지 요금을 썼을 때 이 영수증은 매우 유용하다.

부서지더라도 두들기고 건너야 한다. 이건 중국에서는 금과옥조가 아닐까 한다. 똑같은 길인데도 이 사람에게 물어보면 이쪽이라 하고, 저 사람에게 물어보면 저쪽이라 한다. 한두 번 당한 게 아니다. 중국 속담에, "길을 알고자 하면, 그 길을 여행해본 사람에게 길을 물어라"라는 속담이 있다. 역시 가장 좋은 방법은 그 길을 가본 사람에게 묻는 것이다. 하지만 현실적으로 이런 사람을 찾기가 쉽지 않다. 이럴 땐 한 사람의 말만을 순진하게 믿을 것이 아니라 더 많은 사람에게 물어보고, 여러 정황을 고려하여 길을 가야 한다. 비단 길에 관한 것만이 아니다.

홍콩에서 중국 본토 비자를 받는데, 홍콩 여행사 서너 곳을 돌아다니면서 물어도 나에게는 1개월 체류 비자만 가능하단다. 서너 곳이나 그러기에 이번에는 정말 그런 줄 알았는데, 동일한 조건이었던 동료 중 한 사람은 한국 여행사를 통해 무려 6개월짜리 비자를 받았다. 한국 여행사가 수완이 좋은 걸까? 또 한번은 청뚜(成都)에서 티베트에 들어갈 때였는데, 여행사 직원이 아주 진지하게 말하길 "티베트에 들어가기 위해서는 허가증을 신청해서 받아야 하는데, 4~5일 정도 소요된다." 4일 이상을 기다려야 한다니, 뭔가 의심쩍은 듯 하여 다른 여행사에 물어보았다. 오늘 신청하여 내일 티베트에 들어갈 수 있단다. 결국 그렇게 하루만에 티베트에 들어갔다.

중국인이라고 중국 사정에 아주 밝은 것은 절대 아니다(우리도 마찬가지다. 한국에 살고 있지만 한국을 제대로 알고 있는가?). 중국인들에게 "어느 지역의 어느 문화에 대해 아느냐" 물어보면 아주 잘 안다는 듯이 말을 한다. 그럼 "가본 적이 있느냐"라고 물어보면, 들은 소리란다. 중국인이 평생 못하는 네 가지 중의 하나가 '중국 땅을 다 가보는 것'이라고 하니 중국인이라고 중국에 정통하다고 생각하면 오산이다. 그들도 중국의 사정에 대해, 심지어 바로 자기 주변의 사정에 대해서조차 잘못 알고 있는 경우를 종종 보았다.

한편 비록 잘 알고 있다 하더라도 자신들의 이해관계에 따라 전혀 다른 답을 가르쳐주는 경우도 많았다. 특히 장사하는 친구들이 그렇다. 고급 호텔의 종업원들도 매한가지이다. 호텔에서 제공하는 서비스에 대해 잘 모르는 것인지, 귀찮은 것인지 제대로 가르쳐주지 않는다. 손님인 내가 미리 알고 이것저것 물어야만 비로소 챙겨주었다. 결국 중국인의 말을 순진하게 그대로 믿어서는 안된다. 내가 중심을 잡고, 상황 판단을 정확히 해야 한다. 우길 것은 우기고, 따질 일은 따져야 한다. 그런데 다시 안 볼 사람이라면 모를까 너무 심하게 따지면 안된다. 꽌시를 해치지 않는 선에서 상대방 체면을 살려주며 적당히 해야 한다. 나중에 언제, 어디서 다시 만날지 모르는 게 인생사 아닌가.

미니스커트와 자전거

자전거가 곧 중국 서민의 자가용/미니스커트를 입고 자동차를 타면 이상한가?/속옷 노출과 체면/
'갖은자'도 배워야 한다/이얼싼쓰를 손가락으로/졸을 졸로 보지 마라

자전거가 곧 중국 서민의 자가용

중국을 이야기할 때 빼놓을 수 없는 것이 자전거가 아닐까 싶은데, 피부로 느끼기엔 13억이나 되는 인구보다 자전거가 더 많아 보인다. 자전거 도로는 물론이고 일반 도로마저 점유한 채 도도히 흐르는 자전거 물결도 있고, 정말 무질서하고 위험하게 대로를 건너다니는 자전거도 부지기수이다. 이들의 질서를 바로잡고자 베이징, 청뚜(成都) 등은 신호등에 자전거 표시까지 추가해놓았다.

남녀노소를 가리지 않고 자전거를 굴린다. 비가 오면 자전거 전용 비옷을 입고 눈이 오면 눈을 맞고, 햇볕이 따가우면 자전거에 우산을 꽂고 팔이 그을리지 않도록 팔 가리개를 한다. 먼지 바람이 불면 망사를 뒤집어 쓰고, 미니스커트를 입었으면 입은 대로 자전거를 탄다.

그런데 중국이라고 어느 지역에나 자전거가 많은 것은 아니다. 광둥(廣東)에는 자전거보다 오토바이가 많은 듯하다. 충칭(重慶)이나 다롄(大連)의 시 중심에서는 자전거를 찾아보기 힘들다. 특히 충칭은 언덕이 많고 경사가 심하기 때문에 누가 봐도 자전거 타기가 힘들어 보인다. 그래서 자전거가 거의 없다. 한편 다롄은 충칭에 비하면 양반

햇볕 때문에 자전거에 우산을 꽂고 달리기도 한다.

인데도(사실 우리 지형에 비하면 평평한 것이나 다름없다), 자전거가 많지 않다. 그 이유를 물어보면 역시 언덕이 많아 자전거 타기가 힘들기 때문이란다. 선전(深圳)에 가보니 시 중심은 물론이고, 주택가 등에도 자전거가 거의 없었다. 칭따오(靑島)도 마찬가지다. 개략적으로 이야기하면 언덕이 많거나 새롭게 개발된 도시에는 자전거가 많지 않다. 그런데 그 많은 자전거 중에서 새 자전거를 찾아보기는 쉽지 않다. 왜일까?

중국인이 직접 쓴 『중국인도 다시 읽는 중국 사람 이야기』에 보면, 광둥인들은 새 자전거를 사려 하지 않고, 새로 사도 햇빛을 쏘이고 비를 맞혀 고물처럼 만들고 나서야 자전거를 탄단다. 도난의 염려가 있기 때문이다(특히 광둥 등 남부 지방에 가면 집 외부를 철창으로 휘감아 마치 새장처럼 만든 집을 볼 수 있다. 1층이야 도둑의 침입이 쉬우니 그렇다 해도 3층, 4층까지 새장처럼 만드는 것은 이해가 되지 않아 주위 친구들에게 물어보았는데, 그 대답이 걸작이다. "1층, 2층이 있는데, 3, 4층은 못 올라가겠니?" 생각해보니 정말 그렇다. 우리도 배수관을 타고 고층 아파트를 자유자재로 오르락내리락했던 스파이더맨 같은 도둑이 있지 않았던가).

영화 '북경 자전거'는 자전거 도난 사건을 중심으로 힘 없는 사람들의 서글픈 삶을 그리고 있다. 돈이 없어 상급학교 진학을 포기하고, 북경에 올라와 자전거를 이용한 배달 업체 사원으로 취직한 주인공이 등장한다(나도 자전거 배달 서비스를 이용해본 적이 있는데, 베이징 시내에서 두 시간이 넘게 걸렸다). 어느날 그는 삶과 희망을 싣고 달리던 자전거를 도난 당하고 이를 찾기 위해 안간힘을 쓰지만, 얻어터지고 협박을 당하면서 결국 타협할 수밖에 없는 처지에 내몰린다. 분명 자기 것이지만 도둑과 자전거를 공유해야 했던 소극적이고 기구한 행복도 잠시, 주인공은 그 자전거로 인해 또다른 이들에게 철저히 짓밟힘을 당한다. 하지만 이번엔 참을 수 없었다. 바로 그의 눈 앞에서 철저히 짓이겨지는 그의 자전거는 곧 그의 삶이었던 것이다. 큰 행복도 없는 막연한 삶이지만 그는 결코 삶의 본능을 저버릴 수 없었던 것이다. 그는 분연히 일어나 마침내 돌로 그들을 내려쳤고, 억압과 폭력, 차별로 얼룩진 중국 사회는 그렇게 쓰러지고 만다. 그는 망가질 대로 망가진 그 자전거를 다시 어깨에 짊어진다. 그리고는 자동차가 내달리는 삭막한 도로를 담담히 건너가고 영화는 막을 내린다. 그의 마지막 모습은 격변의 역사 속에서 짓밟히고 착취 당하면서도 끝내 자전거를 버리지 않고 꿋꿋이 오늘을 이뤄낸 중국인들의 저력을 떠올리게 한다.

한편 중국에서도 자동차 구입에 대한 관심이 갈수록 높아지고 있다. '자동차 드림'이라는 말까지 있다. 여전히 비싼 운전면허(대략 2,000~3,000위안으로 도시민 월평균소득의 3~4배)를 따려는 젊은 친구들도 꽤 있었고, 내 친구 중 한 명은 어느날 갑자기 30만 위안짜리 자동차를 샀다며 나를 놀라게 하기도 했다. 대도시에서는 은행 대출을 통한 자동차 판촉 행사가 심심찮게 열린다. 내가 살던 아파트 단지에서도 이런 식의 자동차 판촉 행사가 주기적으로 개최되었는데, 그래서인지 많은 가구가 자동차를 보유하고 있었다(원래 돈이 많은 동네이다). 사실 이미 베이징이나 상하이 등의 대도시에는 자동차가 많이도 굴러다니고 있다. 중국산뿐만 아니라 엄청난 고가의 수입 외제차도 많다. 수입 외제차에 대한 관세는 2002년 10월 기준으로 배기량 3,000CC 이상은 43.8%, 3,000CC 이하는 50.7%로 어마어마하게 높다(WTO 가입에 따라 2006년까지 25%로 낮추어야 한다). 그럼에도 외제 자동차는 여전히 많이도 굴러다닌다. 이런 차 중에는 해외에서 훔쳐 밀수한 것도 많다고 한다.

그런데 이상의 이야기는 중국의 이야기가 아니다. 중국에서 웬만한 차 한 대 사려면 10만 위안은 주어야 한다. 좀 되는 것은 보통 20만 위안 이상이다(물론 몇 십만 위안 짜리도 많다). 이것은 웬만한 서민들 집 값과 맞먹는다. 십 년을 꼬박 모아도 넉넉하지 않다. 물론 월평균 6,000위안이 넘는 고소득자에겐 그리 큰 부담이 아닐 수도 있겠지만. 현재 중국의 자동차 보급 대수는 1,000명당 10대 수준이라고 한다(우린 250대 정도). 그만큼 발전가능성이 많아 보이긴 하지만, 빈부격차가 심각한 중국에서 아직도 대부분의 사람에게 자가용은 저 먼 남의 나라 이야기이다. 이들에겐 그저 자전거가 바로 자가용이다! 자전거는 시간에 구애받지 않고 내 맘대로 쓸 수 있어 좋다. 또한 고맙게도 중국 대부분의 도시는 지형이 아주 평평하다.

자가용이나 다름없는 자전거, 아무 제약 없이 타고 다닐 수 있을까? 물론 그렇지 않다. 그렇다고 면허 시험에 합격해야 하는 것은 아니지만, 자동차와 같은 몇 가지 조건을 갖추어야만 자전거를 몰수 당하거나 벌금을 내지 않고 마음 편히 탈 수 있다. 우선 자전거를 사면서 자전거의 고유번호(자동차의 차대 번호와 유사)를 자전거에 새겨야 하며, 자동차의 번호판과 같은 자전거 번호판을 매달아야 한다. 다음으로 자전거 면허증을 발급 받아야 하는데, 여기에는 자전거 고유번호, 자전거 번호판 번호 등이 기재되어 있다. 이걸 구비했으면 마음 놓고 자전거를 타도 된다.

그런데 이런 것은 아무것도 없고 오직 배짱만 있는 친구들이 있다. 나의 중국 친구 중 한 명도 이렇게 다녔는데, 결국은 경찰에게 걸려 자전거를 몰수당했다. 마침 그 기간이 대대적인 무면허 단속 기간이었다. 다음번에 보니 새 자전거를 구입하였는데(말이 새 자전거지 우리식의 새 자전거는 아니다), 이번에는 겁이 났는지 갖출 것을 다 갖추었다. 그런데 자전거도 자동차와 다름없다 보니 세금도 내야 하고, 시내 일부 지역에서는 주차비도 내야 한다. 게다가 고장나면 수리도 해야 하고, 타이어에 바람 넣는 것마저도 돈을 내야 하는 경우가 있는 등 유지비가 솔솔 나간다. 그야말로 자동차와 다를 바 없다. 이렇게 본다면 반드시 규제해야 하는 것이 있는데, 바로 자전거를 타면서 휴대폰을 사용하는 행위이다. 아주 위험해 보인다. 그리고 한가지 더! 미니스커트를 입고 자전거를 타는 것은 어떨까?

미니스커트를 입고 자동차를 타면 이상한가?

그다지 이상하지 않을 것이다. 그럼 미니스커트를 입고 자전거를 탄다면? 내가 생각하기엔 전혀 이상하지 않다. 왜냐하면 위에서 언급한 것처럼 중국인들에게 자전거는 자동차나 다름없으니 말이다. 따라서 미니스커트를 입고 자전거를 타는 것은 자동차를 타는 것과 같으므로 전혀 이상한 일이 아니다. 억지 논리처럼 들릴지라도 받아들이시길. 왜냐하면 지금 중국엔 미니스커트를 입고 자전거를 타는 젊은 여성들이 적지 않지만, 이를 이상하게 여기는 중국인은 거의 없으니까.

그런데 사실 나도 지금에야 별로 이상하다는 생각을 하지 않지만, 처음 이런 광경을 보았을 땐 무척 낯설었다. '참 야릇하고 이상하다. 교통사고 방지를 위해서라도 규제해야 하는 것 아닌가?'라고 생각했는데, 시간이 지나면서 습관화되다 보니 이젠 아무렇지도 않다. 게다가 '보일 듯이 보이지 않기' 때문에 결국은 지쳐 흥미를 잃고 만다. 그럼 중국 남자들은 어찌 생각할까? 중국 남자들은 어렸을 때부터 보아왔으니 완전히 무감각해질 법도 한데, 그렇지도 않은 것이 '남지

미니스커트를 입고 자전거를 타는 모습.

상정(男之常情)'인가 보다. 상하이 부동산 4인방(뒤의 '젊디젊은 부동
산 4인방' 참조)에게 물어보니 때론 야한 생각도 든단다. 하지만 크
게 신경 쓰지 않는다고 한다. 어떤 친구는 보기 안 좋다고 말하기도
했다.

 노출 이야기가 나왔으니 말인데, 중국 여자들의 노출은 미니스커트
입고 자전거 타는 것에 국한되지 않는다. 그들이 앉아 있는 모습을
보면 속옷이 보이는 것에 크게 신경 쓰지 않음을 쉽게 알아차릴 수
있다. 볼 테면 보라는 식인지, 보이지만 일부러 쳐다보려 하면 가만
두지 않겠다는 뜻인지 모르겠다. 우리나라 여성들은 멋 내려고 짧은
치마를 입었으면서도 자리에 앉을 때는 '치마가 찢어져도 뭔가는 절
대 보여주지 않겠다'라는 비장한 각오로 그 짧은 치마를 잡아당겨
늘이는 경우도 있는데, 중국에선 이런 모습을 찾아보기 어렵다. 이런
현상은 비단 노출에만 국한된 것이 아니다. 결국 여성의 몸가짐에 대
한 이야기인데, 중국의 분위기는 우리와는 사뭇 다른 것 같다. 중국

여자들은 몸가짐에 대해 크게 신경 쓰지 않는 듯하고, 이를 가지고 뭐라 하는 사람도 없는 것이 중국의 분위기인 것 같다. 많은 여자들이 바지를 입으나 치마를 입으나 그저 몸 가는 대로, 편한 대로 앉고 눕는다. 잠옷을 입고 집 근처나 시내를 나돌아다니는 젊은 여자들도 어렵지 않게 보았고(사실 잠옷은 화려한 레이스도 있고 해서 잘 때만 입기엔 아깝다), 집 밖에 널어놓은 온갖 속옷은 너무나 많이 봐서 자연스럽다. 상하이에서는 거의 예외없이 빨래를 밖에 내다 말리는데, 날씨가 습하기 때문이기도 하고, 우리식의 베란다가 있는 곳이 많지 않기 때문이기도 하다. 속옷 역시 빨래이기 때문에 밖에 내다 말리는데, 창문 앞에 낚싯대를 드리운 듯 늘어놓은 대나무에 주렁주렁 매달거나 심지어 길거리 전봇대에도 매달아놓는다. 그저 뭐든 어디든 말려야 하고 마르면 그만인 듯하다. 가옥 구조나 기후 조건을 생각하면 '그럴 수도 있겠다' 싶지만 교양의 문제로 바라보면 선뜻 이해가 되지 않는다.

도대체 왜 이럴까? 여자들에게 이 문제를 물어보기가 참 민망했는데, 대답하는 그들의 태도를 보니 더욱 민망했다. 그들은 "웬 봉창 두드리는 소리인가?"라는 식의 반응이거나 무덤덤한 반응, 심한 경우 "너 변태 아니니?" 하는 식의 태도를 보였다. "이미 습관화된 일이라 아무렇지도 않은 것을 왜 물어보느냐?"라는 반응도 있었고, 어떤 친구는 "우리가 그렇게 살고 있는가?"라며 새삼스럽다는 반응을 보이기도 했다. 하지만 젊은 친구들 대부분은 이 문제를 '교양의 문제'로 생각했고, 나의 집요한 질문에 성실히 답해주었다. 주요한 질문은 역시 "왜 이렇게 되었는가?"였다.

그들이 지적한 주요 원인은 무엇보다 교육의 부재였다. 학교는 물론이고, 가정에서도 몸가짐에 대한 교육을 제대로 받은 적이 없기 때문에 이에 대해 별다른 신경을 쓰지 않는단다. 맞는 말인 것 같다. 아이에게 상대방에 대한 예의를 가르치는 부모는 본 적이 있지만, 치마를 입은 여자 아이에게 바른 몸가짐에 대해 이야기하는 부모는 본 적이 없다. 부모들은 여자 아이가 어떻게 앉든 신경 쓰지 않고, 아이들은 그저 편한 대로 앉는다. 물론 교양 있는 집에서는 몸가짐에 대해 주의를 시킨다고 한다. 그런데 이런 집이 많지 않은 것 같다. 왜 이럴까?

대부분의 친구가 경제 발전 수준과 연관하여 이를 해석했다. 즉 중국이 개혁개방을 통해 발전하기 시작한 지 얼마 되지 않았고, 따라서 아직은 물질적인 면이 충분하지 않기 때문에 거기까지 신경 쓰기가 어렵다는 것이다. 앞으로 경제가 더욱 발전하고 사람들 수준이 높아지면 이러한 문제는 자연스럽게 해결될 것으로 전망했다. 종합하면, 교양의 문제가 물질적인 여유의 부족과 이에 따른 교육의 부재로 인해 소홀히 다루어지고 있다는 말이다.

한편 최근 WTO 가입 등으로 중국에서도 '국제 에티켓(Etiquette)'과 여성의 몸가짐에 관한 책이 많이 나오고 있는데, 이런 책을 보면 "배워야 교양을 안다", "여자는 다리를 벌리고 앉아서는 안된다"는 등의 내용을 볼 수 있다. 이런 영향을 받아서인지, 어떤 친구는 딸을 낳으면 짧은 치마를 입고는 절대 자전거를 타지 못하게 할 것이라 했으며, 어떤 친구는 짧은 치마를 입었을 땐 아예 자전거를 타지 않는단다. 또한 갈수록 많은 젊은이들이 이런 문제에 신경을 쓰고 있다고 한다.

그런데 중국 여성의 몸가짐에 대한 부주의는 남녀평등, 여성해방의 차원에서도 해석이 가능하다. 즉 "여자는 이래야 한다"는 식으로 여자를 옭아매는 우리 사회에서는 여성의 몸가짐이나 밥 짓고, 옷 꿰매는 등의 교육이 강조되겠지만, 중국 같이 일찍이 남녀평등을 강조해온 사회에서는 여자를 여자답게 교육시키고 옭아맨다는 것은 모순이 아닐까? 우리가 물질적으로 중국과 비슷한 수준일 때나, 조금 나아진 지금이나 여성에 대해 억압적이고, 여성의 몸가짐을 강조하는 것을 보면 물질적인 부족에 따른 교육의 부재만이 전적인 원인은 아닌 듯하다. 물론 과거 중국에서도 여성의 몸가짐은 중요한 사항이었다. 유교 문화의 발상지가 바로 중국이 아니던가? 린위탕(林語堂) 같은 이는 신문화 운동, 5·4운동 등으로 여성해방, 남녀평등이 강조되던 시기에도 여성의 몸가짐과 순결을 강조하였고, 현모양처를 이상적인 여성상으로 표현하였다.

그러나 이러한 주장은 당시의 대세를 거스르는 보수적이고 낡은 것으로 반박당했고, 여성해방의 거대한 조류는 여러 방면에서 여성의 속박을 제거했다. 특히 중화인민공화국의 창설과 이후의 급진적인 사회 변화는 여성에 대한 기존의 낡은 관념을 상당 부분 타파하였다. 성별에 따른 역할의 구분이 사라졌고, 여자와 남자가 동일한 복장을 하고, 동일한 태도를 갖는 것은 당연한 것으로 여겨졌다. 특히 대약진운동, 문화대혁명의 혼란은 이러한 경향을 더욱 부채질했고, 유교 전통 및 여성에 대한 억압을 타파하였다. 이러한 사회 분위기로 인해 중국 여성들은 몸가짐에 대한 보수적 관념과 제약으로부터 자유롭게 되었고, 오늘에 이른 것이라 할 수 있다. 개인의 의식은 결국 그 사회가 규정한다고 할 때, 남녀평등과 여성해방이 특히 강조되던 중국 사회의 특수성으로 인해 중국 여성들은 몸가짐을 편히 하는 것이 부끄럽고 교양 없는 행위라는 생각을 크게 하지 않은 것 같다.

그러나 과거 중국 사회가 어쨌든 간에 지금은 사회가 변하고 있다. 중국 친구들도 지적하듯, 여성이 몸가짐을 주의하지 않는 것은 교양 없는 일이고 아름답지 못한 모습이다(물론 남자도 마찬가지다). 따라서 이젠 시대에 맞게 이런 모습도 변할 것으로 기대된다. 실제 내가 만난 중국 여자들은 이런 부분에 많은 신경을 쓰고 있었다. 그런데 한국인 중에 중국 여성의 속옷 노출을 떠벌리며, 이를 여성해방과 교양

다닥다닥 붙어 있는 집들과 좁은 골목. 창문을 열면 앞 집은 물론 옆 집도 잘 보이는 주택가이다. 이런 상태에서 이것저것 조심하며 살기엔 너무나 힘겨워보인다. 게다가 한 집에서 여러 세대가, 방 한 칸에서 여러 명이 엉켜 살아야 하는 힘들고 쓰린 시대를 살았던 이들에게 사생활이나 교양은 사치스러운 것은 아니었을까?

도 구분하지 못하는 몰상식한 행위라고 비난하는 사람이 있는데, 이는 참으로 쓸 데 없는 짓이다. 우리와 아무런 이해관계도 없는 이런 일로 중국인의 미움을 사지 말고, 오히려 우리의 후진적인 남녀평등 수준을 반성하고 시정하도록 하자.

마지막으로, 자전거는 그야말로 생활 필수품이다. 특히 자전거를 타고 출퇴근하는 사람들에겐 더욱 그러하다. 어렸을 때부터 치마를 입은 채 자전거를 탔고, 커서는 출퇴근하기 위해 자전거를 타는 젊은 여자가 짧은 치마를 입은 날엔 버스 타고 출퇴근해야 할까? 현실적으로 그러기가 쉽지 않을 것이다. 출퇴근 이외의 다른 경우도 마찬가지다. 이런 현실적인 생활의 필요로 인해 짧은 치마를 입고 자전거를 타는 여자가 많은 것은 아닐까 생각해본다. 더구나 짧은 치마를 입는 것이 하나의 유행이 되어버린 상태에서, 또 그렇게 자전거를 탄다고 해서 뭐라 하는 사람도 없고, 다들 그렇게 하는 상황에서 무엇이 문제가 되겠는가? 속옷을 내다 말리는 문제도 마찬가지다. 이것은 우리식의 베란다가 없는 가옥 구조와 습한 기후에 적응하기 위한 생활의 필요에 의해 어쩔 수 없이 그리 된 것으로 이해할 수 있다. 대부분의 중국인들이 먹고 살기 바쁜 상태에서는 무엇보다 실용성이 강조될 수밖에 없었다고 본다.

속옷 노출과 체면

중국인이 그토록 중시한다는 체면은 무엇일까? 우리가 생각하기에 여자가 속옷을 내보이는 것은 참으로 교양 없고 체면 없는 행동인데, 중국에선 속옷 노출과 체면을 어떤 식으로 바라볼까? 린위탕(林語堂)은 1935년 발간된 『中國人』이란 책에서 체면을 정의하기는 어렵지만, 그 구체적인 사례를 드는 것은 쉬운 일이라며 몇 가지 사례를 들어 체면을 설명한다. 그런데 그가 설명하는 체면은 대부분 부정적인 것으로 관료주의와 권위주의, 특권과 관계가 있다.

규정 속도를 무시하고 과속으로 달리다 사고를 낸 관리가 경찰관에게 "나 이런 사람인데"라는 식으로 명함을 꺼냈을 때, 그리고 무사히 다시 내달릴 수 있을 때 그의 체면은 높아진다. 만일 경찰관이 그의 체면을 세워주지 않는다면, "당신 우리 아버지가 누구인 줄 알아?"라고 큰소리 치며 한껏 체면을 세운다. 그래도 체면을 세워주지 않으면(중국에선 남의 체면을 세워주지 않는 행동은 아주 버릇없는 짓이다), 경찰국장에게 전화하여 자기 아버지가 누구인지도 모르는 경찰관을 파면하게 만든다. 그럼으로써 그의 체면은 한껏 높아진다.

상하이의 한 장군은 자신의 권세와 체면을 이용하여 허용된 중량 이상의 짐을 비행기에 싣도록 했고, 그것도 모자라 기장에게 명하여 환송 나온 사람들 앞에서 자랑스럽게 활주로를 한바퀴 돌도록 했다. 이러다 보니 기장은 긴장할 수밖에 없었고, 그래서인지 이륙 후 추락하고 말았다. 결과는? 그 장군은 다리 한 쪽을 잃고 말았다.

린위탕은 이 외에도 유사한 사례를 들면서 결론적으로 이런 체면이 없어져야 중국이 진정한 민주국가가 될 수 있다는 주장을 한다.
한편 루쉰(魯迅)에 따르면, 사람은 누구나 그 신분에 따른 체면을 가지고 있다고 한다.

신분이 낮은 사람이 길가에서 웃통을 벗고 있는 것은 큰 문제가 되지 않으며, 체면과는 관계없는 일이다. 하지만 돈 있는 사람이 이렇게 한다면 그는 체면 없는 사람이 되고 만다. 그런데 신분이 낮은 사람이라도 남의 지갑을 훔치다 들키면, 그 역시 체면을 잃게 된다. 이렇게 보면 체면은 결코 나쁜 것이 아니다. 오히려 체면 때문에 자신의 나쁜 행동을 제어할 수 있으니 체면은 좋은 것이라 할 수 있다. 그런데 문제는 지나치게 체면에 집착함으로써 잘못된 일을 저지르는 경우가 많다는 사실이다.

따라서 중국인에게 체면이 있는 것은 좋은 일이지만, 지나치지 않도록 경계해야 한다는 것이 루쉰의 생각이다. 그런데 내가 보기엔 루쉰이 말하는 체면에는 한 가지 문제가 있다. 신분을 나누는 기준도 문제지만, 길가에서 웃통을 벗는 일은 신분의 높고 낮음을 막론하고 체면 없는 행위로 간주해야 하는데, 그렇지 않다는 것이다. 루쉰을 비롯한 대부분의 중국인이 이렇게 생각해서 그런지 아직도 여름에 웃통을 벗고 다니는 중국인들을 적잖이 만났다(베이징에선 이런 사람들 망신주기 캠페인을 벌이기도 했다). 한편 일반인이 새치기를 하는 것도 같은 맥락에서 그냥 넘어갈 수 있다. '일반인은 그럴 수 있어. 어떻게 보면 정상이야'라고 별수롭지 않게 넘어가는 것이다. 그런데 이런 식으로 신분에 따라 체면을 다르게 적용하는 것은 바람직하지 않다. 누구에게나 새치기는 체면 없는 행위라는 인식을 갖게 해야만 공공질서가 더욱 잘 지켜질 수 있지 않을까?

린위탕이나 루쉰 등 중국인마저 정의하기 어려워 한 체면을 이방인들은 어떻게 이해하고 있을까? 1960년대 중반부터 중국을 비롯한 아시아에 거주하며, 기자와 사업가로서 다양한 활동을 하고 있는 프레드 슈나이터(Fred Schneiter)의 *Getting Alone with the Chinese*를 보면 체면에 관한 다양하고 실용적인 사례를 많이 접할 수 있다.

> 문을 들어가고 나설 때 중국인 주인이 먼저 들어가고 나갈 것을 권하면 어찌해야 할까? 고맙다는 표시를 하고 먼저 들어가면 되는 것일까? 중국에선 그렇지 않다. 일단 사양하고, 주인이 먼저 들어가도록 권유해야 한다. 그럼 주인은 손님에게 먼저 들어가도록 다시 권할 것이다. 당신은 사양하고 다시 한 번 권해야 한다. 이런 식으로 한두 번 가벼운 실랑이를 하다 주인이 세 번째 권하면 마지못한 표정을 지으며 들어가라. 이때도 가장 좋은 것은 함께 들어갈 것을 권유하는 것이다. 거래인과의 약속 시간을 지키고, 장소와 분위기에 맞는 옷차림을 하고, 상대방을 떠나보낼 때는 엘리베이터까지 배웅함으로써 상대방의 체면을 살려준다. 더 좋은 것은 건물 정문까지 배웅하는 것이다. 연회에서는 상대방의 서열에 맞춰 자리를 배정하고, 나보다는 상대방이 좋아하는 음식을 준비하여 상대방의 체면을 세워준다. 술을 따르고 건배를 할 때, 상대방이 권하는 담배를 받을 때(필자 주: 중국은 담배 권하는 사회이다), 명함을 주고받을 때 두 손을 사용하는 것도 체면과 관련된다. 큰 모임에 초대되어 환영의 박수를 받을 때, 잠시 그들과 함께 박수를 치도록 하라. 또 바로 주위 사람과만 인사를 나누지 말고 맨 구석에 있는 사람과도 인사를 나누도록 하라. 그럼으로써 그의 체면을 살려주고 뜻하지 않은 성공을 얻을 수 있다. 어찌

면 이 사람이야말로 정작 가장 중요한 인물일 수도 있기 때문이다. 구두 수선공이 구두를 수선해주었을 때 칭찬의 말을 건넴으로써 그의 체면을 높여주도록 하라. 호텔 직원이 인사를 하면, 그의 인사를 받아줌으로써 그의 존재를 인정하도록 하라. 체면은 '누구의 아들이고, 친구이고' 하는 것처럼 사회관계에 의해 규정되는데, 이러한 관계를 위반하면 체면을 손상시키거나 잃게 된다. 1949년 사회주의 혁명 이후 가족제도와 체면에 많은 변화가 있었는데, 남녀노소, 상하 모두가 평등하다는 관념과 행동이 팽배하게 되었다. 상급자라도 종업원이 전화하고 있으면 참을성 있게 기다린 후 차례를 지켜 전화를 사용해야 한다. 하지만 공손함, 배려 등과 관련된 영역에서의 체면은 여전히 유효하다(필자 주: 나이가 한참 어린 중국 친구들과 술을 마시면서 가장 황당했던 것은 그들이 한 손으로 술을 따르고 받는 것이었다. 처음에는 중국식 평등에 익숙하지 않았기 때문에 건방지다 생각했지만, 지날수록 자연스러운 일이 되었다. 다만 상대방을 존중한다는 의미를 부여하는 경우 그들도 두 손으로 술을 따른다). 중국에서는 체면 때문에 건설적인 비평을 하기가 쉽지 않다. 귀에 쓴 말은 누구나 듣기 싫은 법이다. 따라서 될 수 있으면 좋을 말을 해주고, 상대방이 잘못하는 경우에도 그가 잘못하고 있다는 느낌을 주지 않도록 비평해야 한다. 그가 하는 방법이 잘못 되었다고 말해서는 절대 안되며, 지금 그가 하는 방식과는 좀 다른 방식으로 일을 하도록 권유해야 한다. 그렇지 않으면 그의 체면을 손상시키게 되고, 큰 낭패를 당할 수 있다. 한번은 중국인과 협상하는 자리였는데, 통역사가 최저가(lowest price)를 싼 가격(cheap price)으로 통역했다. 분명 그의 실수였지만, 그에게 사과하며 다시 한 번 전달하고자 하는 뜻을 설명해준 적이 있다. 이렇게 함으로써 그의 체면을 살려주었다. 체면은 모호하지만 상식을 가지고 상대방의 감정을 중시하며 행동한다면 어려운 것이 아니다.

프레드 슈나이터는 체면을 인간관계의 기술이나 예절, 상대방에 대한 배려, 상식에 맞는 행동 등으로 이해하고 있다. 중국 친구들에게 "체면이 뭐냐?"라고 물었을 때, 그들도 대개 이와 같은 답을 해주었다.

매우 긍정적인 개념인데, 특히 상대방의 감정을 상하지 않게 배려하는 의미의 체면은 우리가 반드시 배워야 할 체면이다.

그런데 루쉰이나 린위탕도 지적했듯이 체면은 이렇게 긍정적인 것만은 아니다. 체면 때문에 과시성 소비를 하고, 굶는 한이 있더라도 천한 일은 하지 않으려 하며[체면에 관한 책을 보면, 체면에 목숨을 걸 정도로 체면을 중시하는 사람은 베이징 사람이란다. 한편 옌지(延吉)의 중국 동포들도 이런 경향이 강하다고 하는데, 체면 때문에 돈이 없으면서도 택시를 타고 다니고, 택시 운전 같은 일은 하지 않으려 하며 막노동은 더더욱 아니 한단다. 따라서 이런 일은 대부분 남방에서 온 사람들의 몫이란다] 또한 꽌시 등으로 얽힌 상대방의 체면을 살려주기 위해 잘못된 일을 저지르기도 한다. 스포츠 경기도 예외가 아닌데, 지난 월드컵 경기에서 독일이 사우디를 8:0으로 이긴 것에 대해 독일이 사우디의 체면을 무시했다는 비판을 하는 네티즌도 있었다(우린 사우디가 아시아 축구의 체면을 손상시켰다고 비판하는데, 스포츠 정신은 "오데로 갔나, 오데가?").

그럼 속옷 노출과 체면은 어떤 관계가 있는가? 지금 중국에선 여자의 속옷이 보인다고 하여, "여자가 체면이 있어야지……"라고 말하지 않는다. 속옷을 내보이는 것은 교양의 문제이지 체면의 문제는 아닌 것이다. 그런데 누군가가 "너 속옷 보인다"라고 불쾌하게 이야기하면 그땐 체면을 잃게 된다. 물론 이때도 속옷이 보이는 것 때문에 체면을 상하는 것은 아니다. 상대방이 나의 체면을 세워주지 않았기 때문에 체면을 잃는 것이다. 그런데 린위탕은 위에서 든 체면 이외에 또 다른 체면을 이야기했는데, 예전의 중국 여인네들은 남정네에게 나신(裸身)을 보이는 경우 체면을 잃었다 여기고 자진(自盡)까지 하였다고 한다. 물론 나신을 보이는 것과 속옷을 보이는 것은 큰 차이가 있지만, 몸가짐이란 차원에서 보면 양자는 큰 차이가 없어 보인

꼬마마저 노출 패션? 꼬마가 아주 통통해 보이죠. 저게 다 옷입니다. 중국 아이들은 겨울에 옷을 아주 두껍게 입습니다. 넘어져도 통~하고 일어날 듯합니다. 그런데 꼬마의 엉덩이는? 네, 아주 실용적으로 터져 있죠. 우리도 예전에 저랬던 것 같은데…….

다. 이렇게 보면, 속옷을 내보이는 것 역시 체면 없는 모습이고 따라서 여자들은 속옷을 내보이지 않도록 주의해야 한다. 그런데 지금은 속옷을 내보이는 여자가 많고, 이를 체면의 문제로 생각하지 않는다. 만일 이것을 체면의 문제로 생각했다면 좀더 몸가짐을 조심하지 않았을까?

어릴 적 주산을 배우던 기억이 난다. 그때 같이 배웠던 것이 은행에서 금액을 적을 때 사용하는 '갖은자'였다. 一, 二 등으로 금액을 표시하면 이후 조작될 가능성이 많기 때문에(一에 획 하나 더 그으면 二가 된다), 이를 막기 위해 갖은자를 쓴다고 했는데, 지금은 갖은자를 쓰는 사람이 거의 없다. 하지만 나는 배운 것이 아까워서, 또 유식한 척하기 위해 대학교 때까지 갖은자를 사용하여 돈을 인출했던 기억이 난다. 이후 정신 차리고 한글을 썼는데, 중국에 와서는 갖은자를 써야만 했다. 중국인들이 갖은자를 써대니 어쩔 수 없었다. 중국인들은 은행에서 돈을 찾을 때, 계약서상에 금액을 표시할 때 갖은자를 쓴다. 외국인이야 굳이 갖은자를 쓰지 않아도 돈을 인출할 수 있는데, 나는 굳이 갖은자를 쓰려고 했다. 그런데 기억이 가물가물하여 제대로 쓰지 못하는 때가 있어 창피했고, 그래서 새로 배웠다.

一 二 三 四 …… 十의 갖은자는
壹 貳 參 肆 伍 陸 柒 捌 玖 拾이다.

그리고 백은 伯, 천은 仟, 만은 万이다. 이 정도는 알아야 속지 않고 계약을 맺을 수 있고, 덤으로 유식하다는 소리를 들을 수도 있다.

중국어로 하나부터 열까지는 이, 얼, 싼, 쓰, 우, 리오우, 치, 빠, 지오우, 스이다. 이것을 손가락으로 표시해보자. 왼손을 주먹 쥔 상태로 시작하면,

이(하나)는 집게 손가락만 펴면 된다.
얼(둘)은 가운데 손가락까지 펴면 된다.
싼(셋)은 네번째 손가락까지 펴면 된다.
쓰(넷)는 새끼 손가락까지 펴면 된다.
우(다섯)는 엄지 손가락까지 펴면 된다.
리오우(여섯)는 엄지와 새끼 손가락만 같이 펴면 된다.
치(일곱)는 엄지, 집게, 가운데 손가락만 펴서 가볍게 하나로 모으면 된다.
빠(여덟)는 엄지와 집게 손가락만 권총 모양처럼 펴면 된다.
지오우(아홉)는 집게 손가락만 펴되(하나처럼), 두번째 마디까지 가볍게 꺾어준다.
스(열)는 얼(둘)처럼 집게와 가운데 손가락만 펴되, 집게 손가락이 가운데 손가락 밑으로 들어가도록 붙이면 된다.
(우리 도매시장 경매사들의 수신호 중엔 이와 유사하거나 똑같은 것도 있다.)

잘 배워두면 유용하다. 특히 물건을 살 때 그러한데, 중국어의

쓰(넷)와 스(열)는 발음이 비슷해서 정확히 구분하지 않으면 헷갈린다. 쓰(넷)는 치설음이고, 스(열)는 권설음으로 발음하는 혀의 위치와 모양, 그리고 성조가 각각 다르다. 하지만 이를 제대로 구분하지 못하는 지역도 있고, 언뜻 들으면 쉽게 구분하기 어렵다. 이럴 때 손가락을 사용하면 명확하게 4와 10을 구분할 수 있다.

졸을 졸로 보지 마라

마작, 상기, 바둑, 카드, 댄스, 무술 체조 등은 중국인들이 참 즐기는 오락이다. 그중 가장 일반적인 것이 카드이다. 모였다 하면 한다. 남녀노소, 시간장소 불문. 마작도 즐겨 하지만 카드만은 못하다. 바둑을 두는 사람은 찾아보기 어렵다. 댄스와 무술 체조는 주로 아줌마, 아저씨 이상 되는 분들의 오락이다. 아침은 물론 멀쩡한 대낮에, 또는 으슥한 저녁에 공원이나 놀이터 등에서 아줌마, 아저씨들이 춤을 즐기는 모습을 자주 보았는데, 처음 보면 '웬, 춤바람이냐' 싶다. 가장 인상 깊었던 댄스는 다롄(大連)의 한 공원에서 본 것인데, 저녁이 되자 원형의 무대를 중심으로 아줌마, 아저씨, 할아버지, 할머니, 젊은 남녀들이 둥그렇게 둘러서더니 음악이 나오자 이에 맞춰 신나게 춤을 추었다. 이 음악엔 이 춤, 저 음악엔 저 춤. 모두들 능숙한 춤 솜씨를 뽐냈는데, 보기만 해도 흥겨웠다. 무술 체조는 주로 새벽이나 해 떨어진 저녁에 공원이나 아파트 단지 등에서 볼 수 있는데 할머니, 할아버지들이 주로 한다. 한편 회식하는 날에는 KTV(노래방)에서 노래도 하고 춤도 춘다. 상기는 우리의 장기와 비슷한 것인데, 포와 졸의 움직임 등이 우리와 다르다. 무엇보다 눈에 띄는 차이점은

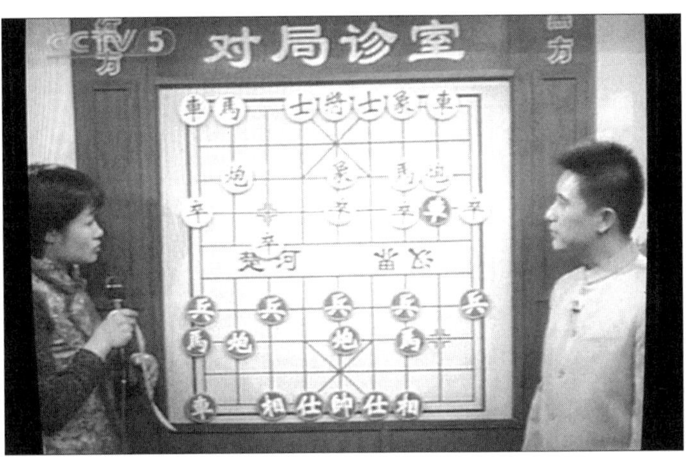

상기 경기 중계방송

각 말의 크기이다. 우리 장기에선 왕은 엄청 큰 데 반해 내시나
졸은 참으로 보잘것없다. 졸 장기를 두는 사람도 있지만 대부분
은 졸을 졸로 본다. 그러나 중국의 상기는 다르다. 왕과 졸이 크
기나 두께에 있어 차이가 없다. 언뜻 중국 친구가 들려준 말이
생각난다. 중국에서는 사장과 직원이 평등한 관계라고 한다. 남
녀도 평등하고, 나이 많은 사람과 젊은 사람도 평등하고. 이런
점을 잘 고려하면서 중국 현지인들을 다루어야 한단다. 아랫사
람, 힘 없는 사람은 무시하고 억압하는 우리식의 태도로는 중국
에서 성공할 수 없다는 이야기이다.

중국 여자와 살면 밥해야 한다는데

맞벌이? 그거 기본 아닌가?/남자가 밥하는 거? 그거 역시 기본 아닌가?/빠바가 한 음식이 더 맛있다/
뭐든 남녀는 같이해야/만두가 만두인 줄 알고 시키면 허망하다/중국식 조삼모사

맞벌이? 그거 기본 아닌가?

도시의 일반적인 가정에서 맞벌이는 기본이다. 기혼인 경우 거의 대부분 맞벌이를 하고 있고, 미혼인 젊은이들도 맞벌이를 당연한 것으로 생각한다. 그들에게 맞벌이에 관해 물으며 한국 사정을 이야기하면 한편 놀라면서 이상하다는 반응을 보인다. "젊은 여자들이 배우고 나서 왜 일을 하지 않는가?" "직장 내 성차별이 심각한가?" "남자 혼자 벌어서 먹고 살 수 있나?" "하루종일 집에 있으면 심심할 텐데……" 등등. 이에 대해 나는 "한국은 여자들이 직장생활하기가 힘든 편이다. 전통적으로 가장은 돈을 벌고, 아내는 집안일을 하고 아이를 돌보며 나름대로 바쁘게 산다. 하지만 갈수록 맞벌이를 하는 젊은 부부들이 많아지고 있다. 그런데 아이가 생기면 애를 봐줄 사람이 없기 때문에 무척 힘들어 한다"라고 답을 한다. 그럼 바로 나오는 말, "넷이나 되는 부모는 뭐 하고 있는가?" 중국의 부모 역시 우리와 마찬가지로 퇴직 후에도 자식들, 손자 손녀 뒷바라지에 아직은 그들만의 인생을 즐길 여유가 없는 것 같다.

중국인들이 맞벌이를 당연하게 생각하는 이유는 무엇일까? 일단 중국 사회가 남녀평등과 이에 따른 여성의 직업활동을 당연한 것으로 여기고 있다. '전족'으로 대표되던 중국 여성의 열악한 지위는 1911년 신해혁명을 기점으로 변화하기 시작했고, 신문화운동(유교 부정, 여성해방, 자유연애 등)과 5·4운동을 거치며 각 방면에서 여성해방과 남녀평등을 요구하는 목소리가 커져갔다. 이러한 시대적 요구를 실현하는 데 결정적인 계기가 된 것은 역시 1949년의 중화인민공화국의 탄생이다. 남녀평등과 여성해방은 사회주의의 기본 이념으로서, 중국 공산당은 건국 이전부터 이를 실현하기 위해 노력해왔으며, 건국 이후 본격적으로 이를 실현할 수 있게 된 것이다. 특히 여성의 직업활동은 여성해방의 기본 조건인 경제적 독립이라는 차원과 사회주의 혁명에 여성을 참여시키기 위한 의도로 강조되었다. 그 결과 여성은 전통적으로 남성의 영역이라 여겨온 각 분야에 진출하여 제 역할을 다해왔으며, 이러한 경향은 오늘에 이르는 동안 더욱 강화되었다. 중국은 이러한 여성의 직업활동을 법적으로 보호하고 있을 뿐만 아니라 사회적인 분위기도 성차별이나 불공정 대우 등을 용인하지 않고 있다.

하지만 중국이라고 여성해방이 완전한 것은 아니다. 정치, 경제 등의 주요 분야에서 여성의 비중은 여전히 낮은 편이고, 개방 정도가 낮고 보수적인 농촌 등에서는 여전히 남성의 지위가 우월하다고 한다(상하이는 정반대인 듯하다. 남자가 설설 기는 경우가 많다. 책과 신문지상에선 '이런 상하이 남자도 남자냐?'라는 논쟁이 붙을 정도이다). 또한 직원을 고용할 때 남성을 우선시하는 것은 알게 모르게 아직도 존재한다고 한다. 아무래도 여자는 결혼, 출산 등의 이유로 직업의 안정성이 남자보다 덜하다는 관념이 아직도 남아 있는 것이다. 또한 직업 정년도 여자가 남자보다 빠르다. 하지만 중요한 것은 이를 개선하고자 하는 정부의 의지나 여성의 권리의식이 매우 강하다는 점이다. 남성도 이에 별다른 토를 달지 않는 분위기이다. 중국의 남녀평등 수준

은 한국이나 일본에 비하면 더욱 두드러지는데, 한국과 일본은 남녀
평등을 위해 더욱 많은 신경을 써야 할 것이다. 남녀 불평등에 따른
각종 사회 문제는 여성만의 문제가 아니라 사회 전체의 문제이며, 이
로 인한 피해는 사회 전체의 피해이기 때문이다. 남성은 그간 잘못된
것을 바로잡는 차원에서 역차별을 수용해야 하고, 여성은 더욱 적극
적으로 평등을 요구할 권리가 있다고 본다. 그런데 집단이기주의식
의 여성운동은 반드시 지양되어야 한다. 지난 2002년 모 여성이 총리
인준 통과에 실패했을 때 그를 지지하는 일부 여성들이 보여준 행태
는 참으로 실망스러운 것이었다. 그는 여성이기에 총리가 되지 못한
것이 아니라, 분명 총리가 되기에는 문제가 있었다고 생각된다. 그럼
에도 그의 잘못은 인정하지 않고, 여성이기에 총리가 되지 못했다는
식으로 감싸고 옹호했는데, 이는 아름답지 않은 모습이었다.

　여하튼 중국 여성들은 여성에 대해 우호적인 사회 제도와 분위기
때문에 직업을 통해 자아를 실현하고, 남편으로부터 경제적으로 독
립하고자 하는 의지가 강하다. 사실 여성 단독으로 지배할 수 있는
물질적인 기반이 있어야 비로소 진정한 남녀평등이요, 여성해방이라
할 수 있을 것이다. 따라서 맞벌이는 당연한 귀결이다. 그럼 돈을 벌
면 어찌 할까? 맞벌이 부부는 각자 사용하는 돈, 공통으로 사용하는
돈을 따로 관리한다고 한다. 공통으로 쓰는 돈은 대개 아내가 관리한
다. 가정마다 다르겠지만 젊은 사람들은 대체로 이런 식으로 돈을 관
리한다. 더한 경우엔 네 돈은 네 돈이고, 내 돈은 내 돈이란다. 상하
이의 한 젊은 아줌마와 매일 같이 출근하며 정이 들었는데, 들어보니
지금 살고 있는 집은 절대 자기 집도, 공동의 집도 아니란다. 전적으
로 남편의 집이란다. 남편 돈으로 산 것이기 때문에 자기 것도, 공동
의 재산이라고도 생각하지 않는단다. 중국 여성들의 말을 더 들어보
면, 한국 여성처럼 집에서 남편이 벌어주는 돈 가지고 살림만 하는

것이 편한지는 모르겠지만, 자기들은 그렇게 살고 싶지 않단다. 도대체 집에서 뭘 하는지 이해할 수 없다는 반응을 보인다. 그때마다 나는 가사의 중요성, 여가선용을 통한 자기계발 등에 대해 이야기했지만 중국 여성들은 쉽게 이해하지 못하는 것 같았다. 한국 주부들이 뭘 하며 바쁘게 하루를 보내는지 구체적으로 이것저것 이야기하자 그제서야 고개를 끄덕이는 친구도 있긴 했지만 말이다.

마지막으로 이들이 맞벌이를 하는 더욱 근본적이고 현실적인 이유는 '먹고 살아야 하기' 때문이다. 중국 젊은이들 말에 의하면, 지금 중국에서 가장 혼자 벌어서는 아이를 키우고, 살림을 꾸려나가기가 벅차다고 한다. 따라서 맞벌이는 어쩔 수 없는 선택이라는 솔직한 대답을 한다. 중국인들의 월평균임금을 생각하면 맞는 말이다. 사실 둘이 벌어도 힘들어 보인다. 더욱이 가진 것도 배운 것도 없는 젊은 부부는 둘이 벌지 않고서는 정말 살기 힘든 게 중국의 불평등한 현실이다. 이러다 보니 안타까운 사연도 꽤 있는데, 내가 자주 가던 식당의 주인 집에서 빠오무(保姆, 보모)로 일하는 여성의 경우가 그랬다.

그녀는 지난 해 29살이었다. 22살 때부터 7년이 넘게 이 집에서 빠오무로 일했다. 그러다 올 설에 결혼했으니 당시 3개월 정도 된 새댁이었다. 그야말로 신혼 중의 신혼을 즐겨야 할 시기이다. 하지만 그녀는 월요일부터 금요일 오전까지 이 집에서 애를 돌봐야 한다. 신랑은 언제 보나? 금요일 오후나 되어야 집에 가 신랑을 볼 수 있다. 만남도 잠깐, 일요일 아침에 다시 생이별을 해야 한다. 이렇게 일하면서 받는 월급은 800위안. 그런데 이 집이 시아오쉬에(小學, 초등학교)에 다니는 아이를 위해 피아노다, 그림이다 해서 한 달에 들이는 돈은 1,000위안!

없는 사람은 이렇게라도 벌어야 먹고 살 수 있는 것이 중국의 현실이다. 웬만한 사람도 맞벌이를 해야 살림을 꾸려나갈 수 있는 현실에

서 내 '입'은 당연히 내가 책임져야 하지 않을까? 이래저래 맞벌이
는 기본이 아닐래야 아닐 수가 없는 것이다. 사족이지만, 그렇다고
다 맞벌이를 원하는 것은 아니다. 남편이 돈을 많이 벌면 맞벌이를
하지 않겠다는 친구도 있었고, 내가 살던 동네에서는 대낮에 애를 데
리고 나와 노는 젊은 주부도 꽤 있었다.

남자가 밥하는 거?
그거 역시 기본 아닌가?

중국에 오기 전 한국의 모 방송국에서 제작, 방영한 중국의 가정에 관한 프로그램을 본 적이 있다. 맞벌이를 하는 부부와 딸이 한 집에 사는데, 남편이 퇴근하면서 저녁거리를 사오고, 직접 저녁을 짓는다. 이때 아내는 딸과 함께 거실에서 TV를 보고 있다. 당시 이 프로그램의 기획 의도가 무엇이었든 간에 이 프로그램을 보면서, '중국에서는 남자가 밥하고 빨래하고 다 한다는데 정말이구나, 남자가 기가 죽어 사는구먼'이라고 생각했다. 아마 대부분의 시청자가 이렇게 느꼈을 것이고, 중국의 가사분담에 대해 이렇게 알고 있을 것이다. 하지만 중국에 와서 중국인들과 직접 이야기를 나누고 그들의 집을 방문하면서 깨달은 사실은 이와는 다소 다르다. '바보 상자'가 원래 바보인 나를 확실한 바보로 만든 것 같다.

결혼한 중국인들에게 중국에선 정말 남자가 밥하고 설거지하는지 물어보았다. 그들의 대답은 "그거 당연한 거 아닌가?"였다. 누누이 강조하는 것이지만 남녀는 '핑떵(平等)'하고, 부부관계 역시 그렇다.

더구나 맞벌이를 하는 상황이라면 가사분담은 지극히 당연하고, 기본적인 사항이라는 것이다. 남자들도 같은 생각을 하고 있고, 실제 밥을 하거나, 빨래를 하는 친구들이 많았다. 어떤 남자들은 이렇게 생활하면서 행복감을 느낀단다. 하지만 더 알아보니, 중국에서도 부엌 일은 기본적으로 여자의 일이며, 특히 맞벌이를 하지 않는 경우나 농촌에선 더욱 그러하단다. 드세기로 유명한 상하이의 젊은 여성과 이야기해보니, 자기는 물론이고 자기 친구들도 기본적으로 부엌일은 자기들이 한다고 한다. 남편 실력이 아무래도 별로라나. 그런데 이들은 맞벌이를 한다. 언뜻 보면 우리와 비슷해보이기도 하는데, 그렇다면 우리와 다른 점은 무엇인가?

무엇보다 부부 관계와 가사분담에 대한 기본 의식이 다르다. 우리의 부부 관계는 수평적이라기보다는 수직적이고 집안일은, 특히 부엌일은 맞벌이를 하든 하지 않든 여자가 해야 한다는 생각이 지배적이다. 따라서 남편이 일찍 퇴근하고, 아내가 늦게 퇴근해도 남편이 밥하는 경우는 드물다. 사실 밥할 줄 아는 남편도 드물다. 하지만 중국은 다르다. 부부 관계는 기본적으로 평등하며, 부엌일이 아내만의 일은 아니라고 생각한다(이런 생각은 이미 1930년대에도 나타났다). 더구나 맞벌이를 한다면 두말할 나위도 없다. 서로의 출퇴근 시간을 고려하여 이에 맞게 집안 일을 분담한다. 설사 맞벌이를 하지 않더라도 남편은 요리를 하고 가사를 돕는다. 중국 남자는 기본적으로 요리를 할 줄 알며(못하면 배운단다), 요리를 즐기는 남편도 많은 듯하다. 오히려 남편보다 요리를 못한다고 솔직히 털어놓는 젊은 아줌마도 있었고, 주방일이 싫기 때문에 남편에게 시킨다는 '막가파'도 있었다. 물론 '모든 사람의 일은 누구의 일도 아닌 것'처럼 서로 밥하기 싫을 때도 있고, 그래서 티격태격하는 경우도 있단다. 또한 가부장적인 권위주의를 그리워하는 젊은 남자도 있었다. 한국이 부럽단다.

혹 중국 여자와 결혼하고 싶은 한국 남자는 앞치마 두를 각오를 단단히 해야 할 것이다. 그것이 싫으면 혼자 벌든지, 아니면 아내를 꽉 휘어잡든지 해야 한다. 그런데 중국 여자와 결혼하기가 쉽지는 않을 것 같다. 한국의 TV 드라마를 통해 한국 남자의 실체를 간파한 중국 여자들이 갈수록 많아지고 있기 때문이다. 여하튼 한국에 태어나 맞벌이를 하면서도 부엌일은커녕 다른 일조차 제대로 도와주지 않는 최악의 남편들은 행복한 줄 알고 아내에게 잘해주어야 할 것이다.

빠바가 한 음식이 더 맛있다

몇 개월간 중국 이곳저곳을 떠돌아다녀야 하는 입장에서 무겁고 큰 짐들이 여간 부담스럽지 않았다. 그래서 아는 후배에게 짐을 맡기기 위해 전화를 걸었더니 웬 중국 여자가 전화를 받는다. 후배는 백두산 여행을 떠나고, 같이 살던 다른 친구는 한국으로 귀국하고 그 여자는 새로 이사 온 상황이었다. 후배는 분명 다음 학기에도 계속 그 집에 살면서 중국어를 공부한다고 했는데, 아무런 말도 없이 방을 빼 이사를 간 것이다. 짐은 많고, 어쩔까 망설이고 있는데, 그 여자가 짐을 맡아주겠다고 했다.

'글쎄, 아가씨를 어찌 믿고 함부로 맡기나?'
'나 신분 확실한 사람이야. 걱정 마.'

잠시 이런 생각을 주고받은 후 일단 만나보기로 했다. 어찌 보면 황당한 일이지만, 중국 젊은이들을 접하면서 느낀 것은 이방인을 꺼리고 경계하는 경우가 드물다는 점이다. 쉽게 친구가 되고 이야기를 나누고 도움을 주고받을 수 있다. 여자들도 마찬가지다. 스스럼없이 연락처를 건네준다. 물론 내가 선량하니 그랬겠지만……. 만나보니, 26살의 아가씨로 고향이 지린(吉林)인데, 현재 대만계 무역회사에서 일하고 있었다. 그러니 물론 영어도 잘한다. 그러면서 받는 월급은 월 1,800위안 정도. 중국 대졸자 평균임금과 비슷한 수준인 듯 한데, 기술 전문직에 종사하는 자기 친구 중에는 5배 이상 버는 친구도 있다고 한다(IT 산업에 종사하는 30대 중에는 고소득자가 많다). 한국 음식도 잘 먹고, 한국말도 제법하고, 한국 사정에도 밝길래 다소 놀라는 표정을 지었더니, 자기 고향에는 조선족 친구들이 많다고 한다. 이들과 사귀면서 자연스럽게 한국어를 배웠다고 한다. 그녀를 만난 후 동북을 여행했는데, 그곳에서 그녀처럼 조선족 친구를 통해 한국을 알고 있는 중국 친구를 꽤 많이 만났다. 중국 동포들이 한국을 알리는데 큰 기여를 하고 있는 셈이다(그런데 우리는 이런 중국 동포를 어찌 대하고 있는지 반성해야 한다). 이 친구에게도 가사 분담에 관해 물었더니, 자기 집에서는 대부분 마마(妈妈, 엄마)가 음식을 하고, 빠바(爸爸, 아빠)는 가끔 도와주는 정도라고 한다. 그런데 빠바가 한 음식이 훨씬 맛있다고 한다. 중국의 요리사나 미용사가 주로 남자인 이유가 바로 이것이란다. 이후 이 고마운 친구 덕에 가벼운 배낭 하나 맨 채 중국을 돌아볼 수 있었다.

여담이지만, 나중에 알고 보니 이 친구는 그 후배의 여자 친구였다! 친구가 여행을 간 사이 그 집에 머물고 있었던 것인데, 서로 공모하여 나를 속였던 것이다. 이후 그녀를 통해 중국의 여러 사정에 대해 더욱 자세히 알 수 있었고, 그녀는 이메일을 통해 내 중국어 작문을 교정해주기까지 했다.

중국 여자를 대할 때, 우리식의 여성 차별을 염두에 두어서는 안된다. 물론 한국에서도 안되지만. 이런 발언을 했다가 호되게 쏘인 적이 있는데, 베이징에 있을 때 과외 선생이었던 쏭핑과 있었던 일이다. 농담삼아 담배 피우냐고 물었는데, 가끔 피운다고 하길래 의외라는 반응을 보이며, "여자가 왜 담배 피우냐"라고 무심코 물었다. 그러자 그녀는 태도가 돌변하며 매서운 눈초리로 쏘아보더니, "뭐라고? 여자가 뭐 어째서?"라며 나를 당혹하게 했다. "여자가 담배 피우는 것을 반대하지는 않지만, 건강에 좋지 않으니 끊어라" 하고 마무리지었는데, 이런 식의 반응은 비단 그녀만이 아니었다.

중국 여성은 중국 하늘의 반을 차지하는 당당한 존재로서 그들의 역량을 십분 발휘하고 있다. 사실 내가 보기엔 중국은 남자보다 여자가 잘난 나라인 것 같다. 생김새도 그렇고, 똑똑한 것도 그렇고 말이다. 축구만 봐도 알 수 있지 않은가? 중국 친구의 이야기를 들어보니, 중국은 여자의 기가 남자보다 강한 땅이란다[陰盛陽衰]. 또 이런 경향은 갈수록 더 강해지고 있단다.

만두가 만두인 줄 알고 시키면 허망하다

베이징 위이앤 따쉬에(語言大學, 우리가 잘 알고 있는 어언 문화대학은 이제 없다. 2002년 어언 문화대학에서 어언 대학으로 개명했으니까) 근처의 한 옷가게에서 눈에 띄게 아름다운 한 중년 아주머니와 우연하게 인연을 맺었다. 내가 서툰 중국어로 점원과 이야기를 나누고 있는데 그분이 나의 국적을 물었고, 그렇게 인연이 시작되었다. 그분은 위이앤 따쉬에 교수로 부산의 부일외국어고등학교에서 중국어를 가르치는 분이었다. 고등학교 겨울 방학 기간이라 베이징에 돌아와 있던 차였다. 그분의 성함은 짱쑤씨앤(張淑賢)인데, 내가 중국어를 배우고 이 책을 쓰는 데 많은 도움을 주셨다. 당시 장 교수님은 한국어를 배우고자 했고, 나는 중국어를 배우고자 했기 때문에 어렵지 않게 서로 도움을 주고받을 수 있었다. 과외는 장 교수님 댁에서 했는데, 끝나는 시간이 마침 저녁식사 시간이어서 자주 신세를 졌다. 저녁은 장 교수님의 시아버지와 시어머니가 함께 준비하셨다. 우리 같으면 며느리는 공부한답시고 손 놓고 있고, 시부모가 저녁 지어올린다고 하겠지만, 중국은 그렇지도 않은 것 같다. 하긴 시부모를 모시고 사는 경우는 거의 없다고 한다(젊은 여자들에게 "시부모 모시고 살 생각이 있느냐?"라고 물어보면, 전혀 없단다. 분가한 후 주기적으로 찾아뵙는 게 일반적이라고 한다. 또한 이들은 양가 부모를 부양해야 할 법적 의무가 있다).

그러던 어느날 한번은 밥은 없고, 주먹만한 만두만 잔뜩 나왔다. 그리고 식탁 위에는 마늘 몇 조각과 땅콩절임(중국인은 대체로 땅콩을 껍질째 먹는다) 등의 간단한 반찬이 놓여 있었다. 어찌 먹나 보았더니, 만두 한 입 베어 먹고, 생마늘 한 번 아삭 씹어먹고, 다시 만두를 먹고 생마늘을 먹는다. 만두 종류는 두 가지가 있었다. 겉과 속이 똑같은데, 하나는 따뜻한 것이고, 하나는 찬 것이었다. 냉채와 온채의 절묘한 조화라고 해야 하는지……. 4개 먹었는데 맛이 참 좋고 배도 불렀다. 할머니 요리 솜씨가 아주 좋다고 아부를 떨자, 할아버지가 만드신 것이란다. 만두는 물론 다른 요리도 할아버지가 더 잘하신단다.

사실 만두라 했지만, 위의 것은 만두가 아니라 빠오쯔(包子)라고 한다. 중국에는 밀가루를 반죽해서 이 모양 저 모양, 이 크기 저 크기, 이 방식 저 방식 등으로 빚고 찐 수많은 종류의 만두 비

숫한 것이 있다. 지아오쯔(餃子), 만터우(饅頭) 등 이름도 다양하
다. '무얼 먹을까' 고민하다 우리의 만두와 한자가 똑같은 만
터우가 만두인 줄 알고 시키면 참 허탈하다. 한자가 같고 발음도
비슷하지만 만터우는 만두가 아니다. 생긴 것은 호빵 비슷해서
먹음직해 보이지만, 아무리 씹어도 단팥이 나타나지 않는다. 입
만 아프다. 어쭙잖게 한자 좀 안다고, 같은 유교 문화권 국가는
거의 비슷하거니 생각하여 중국을 다 아는 듯이 하다간 입만 아
프다.

중국식 조삼모사

조삼모사(朝三暮四)는 『열자(列子)』와 『장자(莊子)』에 수록
되어 있다고 하는데, 그 대략적인 내용은 이렇다.

춘추전국시대 송(宋)나라에 저공(狙公)이라는 사람이 있었는데, 그
는 원숭이를 참으로 아끼고 사랑했으며, 원숭이들도 그의 마음을 알
고 그를 잘 따랐다고 한다. 그런데 저공의 가세가 기울면서 먹이를
주기가 힘들어졌고, 그래서 저공은 먹이를 줄이기로 하고 원숭이들
에게 양해를 구했다고 한다.

"원숭이들아, 앞으로는 아침에는 도토리 세 개를, 저녁에는 네
개를 주도록 하마."

그러자 원숭이들은 아침에 도토리 세 개로는 배가 고프다며 불만
을 표시했다. 이에 저공이 "그럼, 아침에는 도토리 네 개를, 저녁에
는 세 개를 주겠다"라고 다시 이야기하였고, 그제서야 원숭이들은

매우 좋아했다고 한다.

　이 고사의 의미는? 고등학교 교과 과정을 정상적으로 이수한 사람이라면 누구나 "잔꾀로 남을 속이고 희롱하는 것"이라는 일률적인 답을 할 것이다(조삼모사에서 원숭이의 어리석음을 지적할 수도 있다). 그럼 중국인들은 뭐라고 할까? 이 고사야말로 중국에서 나온 것이므로 당연히 그들도 우리와 같은 뜻으로 알고 있다고 생각하면 오산이다. 조삼모사의 현대 중국식 의미는 '변화무상(變化無常)'이다.

　중국은 역사적으로, 지리적으로 그 어떤 국가보다 가까웠기 때문에 괜히 쉬워보이고 만만해 보인다. 한자와 유교, 삼국지와 무협지, 자장면과 홍콩 등 중국은 그리 낯선 존재가 아닌 듯 느껴진다. 뭔가 우리와 비슷한 부분이 많을 것이라 생각하기 쉽다. 그런데 분명 그들과 우리는 다르다. 조삼모사는 그 한 예에 불과하다. 우리와 중국은 1992년 수교 전까지 무려 40여 년 간 단절된 상태에 있었으며, 이 기간 동안 중국은 엄청난 사회변화를 겪었다. 이런 판국에 현대 중국을 제대로 이해하기 위해서는 겸허한 자세로 하나하나 새롭게 배워야 한다.

2002월드컵, 한국의 승리는 아시아 축구의 치욕!?

웬 봉창 두드리는 소리?/우리 중국인들이여, 정신차리자!/집요하다, 집요해!/
노점상 단속에 눈물 흘리던 젊은 부부

웬 봉창 두드리는 소리?

한국이 포르투갈을 꺾고 월드컵 출전 사상 처음으로 16강에 진출하던 그날 저녁, 폴란드가 미국을 이기고 있을 당시 난 다음과 같은 생각을 했다. '정정당당하게 경기를 해야 하는 건가? 아니면 비겨서 미국을 떨어뜨려야 하나?' 이런 사이 박지성 선수가 한 골을 넣었고, 나는 본격적으로 스포츠 정신은 망각한 채 포르투갈이 한 골을 넣길 바랐다. 하지만 결과는 그렇지 못했고, 한국이 이겼다는 기쁨과 포르투갈의 탈락에 따른 아쉬움이 교차했다. 미국 같이 꽤씸하고 축구 실력도 별로인 나라가 월드컵 16강에 오르다니 별로 반갑지 않았다. 하지만 우리가 이겼다는 기쁨이 훨씬 컸고, 결국 '스포츠는 스포츠 아닌가' 하는 생각으로 90분간의 고민을 접었다.

그런데 나의 기쁨은 CCTV 스포츠 채널 아나운서의 불공정한 태도로 인해 분노로 바뀌었다. 한국이 포르투갈을 이기자 그들의 표정은 초상집 분위기처럼 어두워졌고, 한 젊은 아나운서는 칸부똥(看不懂: 보긴 보았지만, 이해할 수 없는 경기이다)을 연발하며, 한국 축구의 승리를 노골적으로 폄하하고자 했다. 순간 배신감과 황당함을 느꼈다. 그래도 중국에 대해 애정을 갖고 이곳에서 그들을 이해하려 노력하고 있는데, 저런 중국인이 있다니 가슴이 답답했다. 같은 아시아인으로서 중국은 당연히 우리의 승리를 축하할 줄 알았는데, 그간 중국에서 무엇을 했는지 회의감이 밀려왔다. 결국 술을 한잔 하지 않을 수 없었다.

혼자 술잔을 기울이며, CCTV 홈페이지를 방문하여 그 아나운서의 태도를 비판하는 글을 쓰려 했는데…… 더한 경악과 분노를 금할 수 없었다. 같은 아시아 국가가 16강에 진출한 것을 축하는 못할 망정, 온갖 망언을 늘어놓으며 한국의 승리를 비난하는 젊은 네티즌들의 글이 게시판을 가득 메우고 있었기 때문이다.

한국과 미국 같이 기술도 없는 나라가 16강에 진출하다니 이것은 기술 축구에 대한 모욕이다. 나는 다시는 월드컵 경기를 보지 않으련다. 한국에게 16강 진출은 너무 과분한 것 아니냐? 미국은 한국 너희에게 많은 돈을 주어야 할 것이다.

프랑스도, 아르헨티나도, 이번엔 포르투갈마저 갔다. 그럼 이번 월드컵에 남은 게 뭐냐? 사지만 발달한 축구이다. 기술은 없이 그저 뛰어다니기만 해도 된다. 이건 분명 국제 축구의 퇴보이다.

한국은 오늘 사람을 너무 우습게 봤다. 하늘은 도대체 왜 포르투갈에게 기회를 주지 않았는가?

한국은 심판의 불공정한 경기 운영 때문에 이겼다. 오늘 경기는 심판의 승리이다. 구토하고 싶다.

프랑스도 떨어지고, 내가 제일 좋아하는 아르헨티나도 떨어졌다. 이젠 포르투갈마저. 한국은 져도 올라갈 수 있었는데, 왜 포르투갈을 이겼는가? 이게 월드컵이냐? 한국은 쓰레기 같은 나라이다. 남은 게

중국 젊은이들은 축구, 농구를 즐겨 한다. 가장 간편하고 돈 안 드는 운동이 아닌가.

도대체 뭐냐? 실력 있는 국가는 다 떨어지고. 한국, 너희들 이탈리아에게 5:0 이상으로 지길 바란다.

한국이 16강에 올라가게 하기 위해 심판이 포르투갈을 지게 만들었다. 아니, 국제축구연맹이 그렇게 만들었다. 정몽준과 블레터가 결탁하여 이렇게 한 것이다. 이탈리아도 이렇게 당하지 않을까 걱정이다. 오늘은 아시아 축구 치욕의 날이다.

히딩크를 총살시켜야 한다!

한국은 이전에는 일본의 개였고, 지금은 미국의 개이다. 언제나 진정 인간이 되려나?

'왜 이럴까? 중국은 한 골도 넣지 못하고 사라졌는데, 한국과 일본은 16강에 진출해서 배가 아픈 건가? 포르투갈을 너무나 좋아하는데 한국이 이기는 바람에 떨어져서 화가 난 것일까? 공한증이 결국은 혐

한중으로 바뀐 것일까? 이것은 일부 몰상식한 네티즌만의 견해일까? 아직도 더 많은 글이 있었지만 더 이상 읽을 수 없었다. 분노와 알코올로 이성은 마비되어갔지만, 그래도 중국에 대한 애정이 있었기에 '이들만의 글을 가지고 전체를 판단하는 것은 아직은 이르다'라는 생각을 하며 오지 않는 잠을 청했다.

우리 중국인들이여, 정신 차리자!

다음날 평소 알고 지내던 젊은 친구들에게 한국의 승리에 대해 어떻게 생각하는지 물어보았다. 심지어 생판 모르는 젊은이들에게조차 이 문제를 물어보았다. 그런데 그들의 대답은 어제의 반응과는 전혀 달랐다. "한국 축구 정말 잘한다. 축하한다", "같은 아시아 국가로서 기쁘다", "스포츠는 스포츠이다", "공한증은 별 문제 아니다. 난 일본이 이긴 것도 괜찮다고 본다" 등의 반응이 주였다. "포르투갈 선수를 2명이나 퇴장시킨 것은 너무 한 것 같다", "심판이 문제가 있었다", "비겨도 되는데, 왜 미국을 올라가게 했는가?" 등의 대답도 있었다. 다소 안심이 되면서 어제의 아나운서와 네티즌들의 태도를 이야기하자, "그 네티즌들은 아마 포르투갈을 엄청 좋아하는 치오우미(球迷, 축구광)들일 것이다. 그들은 한국과 포르투갈이 다 같이 16강에 올라가길 바랐는데, 한국이 이겨버리자 흥분한 것이다", "어제 그 아나운서는 원래 좀 그런 친구이다", "프랑스나 이탈리아, 브라질 등 선진 축구를 열광적으로 좋아하는 치오우미들이 많이 있다"는 등의 답을 했다.

　이들의 말에 한편 힘을 얻었고, 한편 부끄러웠다. 한국을 시샘하고 조그만 나라라고 무시하는 중국인도 분명 있을 테고, 한국을 비롯한 아시아 축구보다는 이탈리아나 포르투갈 등을 열렬히 좋아하는 중국인도 있을 것이다. 한국의 승리를 축하하는 중국인도 있을 수 있는데, 순전히 내 입장에서 그 네티즌들을 바라보았고, 나와 의견이 다르다는 이유로 그들에게 실망감과 분노만을 느꼈으니 나도 성숙한 인간이 되려면 까마득하다는 생각이 든다. 다시 CCTV 홈페이지를 찾았다. 여전히 한국의 승리를 비난하는 글이 많았지만 전혀 다른 내용의 글도 올라와 있었다.

　월드컵 경기를 보면서 난 한심스러움을 느꼈다. 중국이 한 골도 넣지 못하고 져서가 아니라 CCTV 스포츠 채널 아나운서의 스포츠 정신 부재 때문이다. 그는 남아공과 스페인의 경기 때도 스페인이 이미 16강에 진출했으니 죽자사자 경기할 이유가 없다고 지껄이더니 결과가 그렇지 않자 자조하면서 "국내 경기에 이런 경우가 많아 월드컵에서도 그럴 것 같았다"라는 등의 엉뚱한 변명을 늘어놓았다. 어제 한국 경기를 보고 나서는 아예 이성을 잃고 "오늘 경기는 많은 축구 팬이 보고 싶지 않은 경기였다. 월드컵이 모독 당하고 있다. 전혀 이해할 수 없는 경기다. 국제축구연맹과 한국인들이나 이해할 수 있을 것이다"라는 말을 해댔다. 그러나 나는 도대체 한국이 무얼 모독했는지 모르겠다. 일개 아나운서가 아무런 근거 없이 어떻게 그런 말을 해대는지 이해하기 어렵다. 그는 참으로 오만방자하다. 진정한 스포츠 정신을 가지고 중계를 했으면 한다. 비단 그뿐만이 아니다. 중국인들이여, 손자병법 등의 책략과 모략에서 벗어나 신의를 가지고 일생을 살도록 하자(이 글을 쓴 사람은 고대 전투에서 사용되던 온갖 간계가 중국 일반인들의 사고와 행동에까지 부정적인 영향을 미쳤다고 지적하며, 축구 경기마저 이런 식으로 바라보는 중국인들의 각성을 촉구하고 있다. 사실 고대 중국만큼 모사꾼들이 넘쳐난 나라도 없을 것이다. 전쟁사를 봐도 중국의 온갖 전술과 전략은 서양에 비해 훨씬 앞섰고, 뛰어났다)!

위의 글에 전적으로 동감한다. 경기 내용과 심판 판정은 지극히 정상적인 것이었다. 한국의 기술은 분명 예전에 비해 향상되었다. 우리가 한국을 한 번도 이기지 못한 이유는 바로 기술 때문이다(이후 중국인들은 한국 축구의 강인한 정신력을 높이 샀고, 중국 축구의 나약한 정신력을 질책했다).

어제의 경기를 본 후 난 한국인들을 욕하지 않을 수 없었다. 여러분 모두 보았겠지만 세계적 강호인 포르투갈이 비기자는 요청을 했다. 하지만 한국은 이를 받아들이지 않았다. 우리 대국인 중국은 그러지 않았을 것이다. 많은 사람들이 한국과 포르투갈 모두 16강에 진출하기를 바랐을 것이다. 그렇지만 결과는 그러지 못했고, 이에 많은 치오우미들이 한국을 욕했다. CCTV 아나운서 마찬가지였다. 하지만 난 그의 발언은 매우 비열하고 밥 맛 떨어지는 말이라고 생각한다. 사실 한국이 비기지 않고 이긴 것 외에 그 경기가 불공정했던 것은 아니다. 그렇지만 그는 한국의 음모를 알고 있다는 듯이 말을 했다. 그 아나운서와 이 사이트에 글을 쓴 네티즌들에게 묻고 싶다. 도대체 한국이 뭘 잘못했는가? 이에 대한 답을 알고 싶어 경기가 끝난 후, 인터넷에 들어가보았더니 레드 카드(Red Card)를 문제 삼는 것이 대부분이었다. 이게 한국의 음모인가? 그건 당연한 퇴장 아니었는가? 나는 줄곧 영국에서 살다 작년에 귀국했는데, 중국인은 어떤 일에서건 너무나 감정적이고, 정치적이며, 이데올로기화되어 있다. 축구처럼 간단한 일조차 그렇다. 포르투갈마저도 한국의 음모라고 이야기하지 않고 객관적인 패인을 찾는데, 우리의 언론매체는 어쩌면 이리도 황당한가? 설마 질투 때문인가? 내 아내는 포르투갈인이다. 내 아내는 눈물을 흘리면서도 한국을 욕하지 않았다. 중국인들이여, 이런 식으로 포르투갈을 위하지 말라. 그 누구도, 심지어 포르투갈인조차도 우리를 동정하지 않을 것이다(이 사람은 대국으로서의 자부심을 이야기하는데, 이것이 지나치면 오만함이 되고 약자를 깔보게 된다. 사실 중국인과 이야기하다 이런 느낌을 가졌던 경우가 꽤 있었다).

중국은 참 어려운 나라라는 생각이 다시 든다. 그 넓은 땅과 수많은 인구와 민족, 정말이지 '중국은 13억 인구 하나하나의 나라가 아닐까?' 하는 생각마저 한다. 이런 나라를 하나로 엮어 '중국은 이렇다'라고 쉽게 일반화할 수 있는 것인지? 물론 중국을 이해하기 위해서는 일반화도 필요하고, 그럴 수 있는 사실도 분명 있을 것이다. 중국인들조차 이렇게 이해하는 경향이 있다. "북방인은 대체로 어떻고, 남방인의 기질은 어떻고" 하는 식으로 말이다. 하지만 이런 일반화에 현혹당해서는 안된다. 일반성과 개별성을 항상 염두에 두고 구체적인 상황을 이해해야 한다. 또한 어느 한 순간, 어느 한 장면만을 가지고 전체를 규정짓지 말아야 한다. 이번의 경우 자칫하면 그렇게 되었을 것이다. 만일 그날 저녁의 게시판만을 보고, '중국 놈들 미친 것 아냐?' 하는 식으로 넘어가고, 다른 견해도 있을 수 있다는 유연한 생각을 하지 않았더라면, 중국의 한 귀퉁이만을 이해하고 감정적으로 중국인을 대하는 치명적인 실수를 범했을 것이다. 다행히 그런 우는 범하지 않았지만, '인생 매사 이런 함정 속에서 사는 것은 아닐까?' 생각하니 또다시 답답해진다. 답답한 마음을 풀기 위해서는 역시 내 마음을 유연하게 열어놓는 것이 제일이 아닐까.

새삼 공정한 언론이 그리워진다. 한 중국 친구의 말을 새겨보자.

"일부 중국 언론의 보도가 편파적이고, 또한 열광적으로 유럽 축구를 좋아하는 이들이 한국의 승리에 대해 왈가왈부하지만 난 그들이 중국 전체를 대변한다고는 생각하지 않는다. 그들은 중국의 전부가 아니라 일부분이다. 한국의 승리를 진심으로 축하하는 친구들도 많이 있고, 한국을 배우자는 언론도 있다."

맞는 말이다. 편파적인 중국 언론의 보도만을 보고 감정적으로 중국을 대하지 말자. 또한 중국 언론의 편향된 보도에 맞서 이런 모습이 중국의 전부인 양 보도한 우리 언론의 편향성도 지적하지 않을 수 없다. 사실 작금의 우리 언론은 '사회의 공기(公器)요, 목탁'이라 하기엔 '너무 먼 당신'이다. 정보 홍수의 시대에 살면서도 여전히 권력과 언론사의 이익에 따라 제한되고 왜곡된 정보만을 접할 수밖에 없는 우리의 처지가 참으로 안타깝다. 언론사 사주의 밥 공기는 언제쯤 사회의 공기로 되돌려질 것인지…….

그런데 이상하게도 중국 언론의 한국 축구에 대한 비난은 한국이 8강, 4강에 진출하면서 그 도를 더해갔다. 정말 끈질기게 한국 축구를 물고 늘어졌고, 월드컵이 끝나도 여전했다. 특히 CCTV의 비상식적이고 편파적인 태도는 국내 언론에 소개된 이상으로 그 도가 지나쳤다. 이들 때문에 축구에 관한 기사를 보면 '또 한국을 비난하는 것은 아닌가' 하고 신경이 곤두서곤 했다. 한국을 비난할 시간에 자국의 실패 원인을 분석하고 대책을 세워도 다음 월드컵 본선 참여가 불투명해 보이는 중국이 왜 이러는지 정말 답답했다. 이런 편파적인 언론에 물들어서인지 이에 동조하는 중국 젊은이도 많았다. 이들은 대부분 유럽 축구를 광적으로 좋아하는 친구들이다. 이들에게 한국은 없다. 이런 그들에게 포르투갈, 이탈리아, 스페인의 탈락은 충격이었을 텐데, 언론이 심판의 불공정성과 음모론을 제기해대니 실력에 의한 패배를 인정하지 않는 분위기였다. 이들은 아시아 축구는 아직 멀었고, 이번 한국 축구의 승리는 결코 실력에 의한 것이 아니라는 주장을 했다(이것은 중국 축구의 사대주의이다. 변화를 인정하지 못하고, 여전히 유럽 축구만을 선진 축구로 생각하고, 유럽 축구를 즐긴다. 우리는 흔히 "다른 나라는 가만히 있는데, 왜 제3국인 중국이 난리를 치느냐" 하는데, 중국 치오우미들에게 이탈리아나 포르투갈이 남이가?).

다롄(大連)의 한 공원에서 축구를 하고 있던 중학교 축구 선수들과 같이 공을 차며, 이 문제를 물어보자 조금 다른 각도에서 답을 했다.

다롄의 중학교 축구 선수들.

"한국에 대해 특별히 편견을 가지고 있지는 않다. 다만 월드컵 개막 전까지 종래 못하던 한국이 갑자기 16강도 아닌 4강에 진출한 데다 심판 문제까지 겹쳐 의혹이 제기되는 것 같다. 심판 문제가 핵심이라고 본다." 하긴 내내 공부를 못하던 녀석이 갑자기 전교 4등을 한다면 쉽게 믿을 수 있겠는가? 더구나 뭔가 의심스러운 부분이 많은 상황에서(월드컵 이후 대한축구협회의 후진성과 무능, 선수들의 폭력 사태 등을 보니 중국인들 말이 맞는 것 같다). 하지만 그렇다 해도 중국 언론의 태도는 분명 이해하기 어려운 것이고, 뭔가 정치적인 의도도 있을 법하다. 한편 체면의 문제와 연관시켜 생각해볼 수도 있다. 중국 언론은 중국이라는 대국이 한국이라는 조그만 나라의 축구 실력을 인정하면 대국의 체면을 잃는 일이라고 판단하던 차에 심판 판정이 석연치 않자 이를 집중 부각시킨 것은 아닐까? 결국 우리의 체면은 무시하고, 자기의 체면만을 세우려 한 셈인데, 이러한 경향이 향후 다방면에서 많은 문제를 일으키지 않을까 걱정된다.

월드컵이 끝난 지 한 달이 넘은 후 TV 드라마를 보다 월드컵의 악몽을 되살리고 말았다. CCTV의 축구 드라마였는데, 주인공 팀이 페널티 킥을 얻어내는 장면이었다. 관중과 아나운서, 해설자 모두 심판의 명백한 오심을 제기했다. 페널티 킥을 차기 위해 나선 주인공은 어찌 했을까? 긴장되는 순간 주인공은 어이없게도 공을 툭 건드려 골키퍼에게 안겨주었다. 순간 잠시 침묵이 흐르더니 선수, 감독, 아나운서, 관중 모두 눈물을 흘리며 스포츠 정신을 극찬하고 나섰다. 내가 봐도 참으로 아름다운 스포츠 정신이었다. 그런데 이 장면의 의도가 중국 축구의 스포츠 정신을 촉구하기 위한 것인지, 한국의 승리를 비꼬기 위한 것인지는 잘 모르겠다. 여하튼 이렇게 스포츠 정신, 공정한 규칙을 강조하는 중국이 비단 축구뿐만 아니라 모든 방면에서 공정한 플레이를 하길 기대해본다.

노점상 단속에 눈물 흘리던 젊은 부부

도시의 삶은 있는 사람에겐 물질적인 풍요와 편리를 주지만 없는 사람은 더욱 힘들고 지치게 한다. 중국의 도시에서는 이런 차이가 너무나 명확하다. 사람은 왜 불평등해야 하는 것인지, 불평등의 기원은 무엇인지라는 고민을 끊임없이 해야 했고, 삶의 비애감을 느낀 때가 한두 번이 아니었다.

중국에는 거리마다 노점상이 넘쳐난다. 종목도 다양하다. 전화카드를 파는 아저씨와 아주머니, 체중계로 몸무게와 키를 재는

저기 그냥 길에 앉아 계신 아주머니들이 바로 구두 닦고, 찢어진 곳 꿰매주는 분들이다. 나는 운동화만 신고 다녔는데, 운동화도 닦으라고 야단이었다.

아가씨, 포장 없는 포장마차, 멜대에 과일을 지고 다니며 과일 파는 아저씨, 의자 하나 놓고 구두를 닦는 아줌마, 바늘 하나 달랑 들고 옷을 꿰매는 아줌마, 재봉틀을 들고 거리에 나앉은 아가씨들도 있다. 아이스크림을 파는 분, 점쟁이, 머리 핀을 파는 아가씨, 그림 장수, 군고구마 장수, 호두 장수, 끊임없이 졸며 졸며 1위안도 안되는 신문을 파는 아주머니, 옥수수를 구워 파는 분 등. 하여간 보잘것없는 것이라도 무엇이든 출동해 있다. 어떻게 보면 '애들 소꿉장난 하는 것' 같기도 하다. 그중 인상 깊은 것은 구두 닦는 아줌마와 옷 꿰매는 아줌마인데, 이들은 구두솔과 구두약, 의자 그리고 바늘 하나 달랑 들고 길에 앉아 장사를 한다. 그 뜨거운 여름에 어떻게 해서든 한 푼이라도 벌어야 하는 그들의 힘겨움에 나마저 지친다.

중국에 오래(?) 살다 보니 노점상 단속도 경험했다. 광저우(廣州)에 갔을 때인데, 갑자기 노점상들이 우루루 정신없이 짐을 챙

겨 도망을 간다. 자동차가 빠르게 지나다니는 도로를 무조건 뛰
어 건넌다. 참으로 위험한 광경이었다. 서너 번 그런 일이 반복
되더니 한 젊은 부부가 그만 단속반에 걸려 모든 물건을 압수당
했다. 그 젊은 남자는 단속반과 실랑이를 벌이던 중 분을 이기지
못하고 단속차를 발로 차고 야단이었다. 단속반은 깡패처럼 겁
을 주고, 젊은 부인은 남편을 말리느라 애가 타고…….결국 삶
의 밑천을 다 날린 그들은 눈물을 흘리며 골목으로 사라져갔다.
없는 이들에게 해준 것이 뭐가 있다고 삶까지 빼앗는지.

→ 상하이 빨래는 바람에 날리고

대나무에 빨래를 매달아 죽 늘어
놓는다. 저 대나무는 공짜? 세상
에 공짜가 어디 있을까?

↓ 신성한 어깨

이 사람은 오직 대나무 하나와
어깨 하나로 먹고 산다. 노동을
모르는 어깨들이여, 정신 차리길!

우루무치(烏魯木齊)의 야시장

흰색 모자를 쓴 사람은 대부분 회족이다. 양꼬치구이의 맛있는 냄새가 피어오른다.

밤을 잊은 댄스

중국인들은 댄스를 즐긴다. 어떤 아주머니는 시장 보고 집에 가는 길에 춤을 추기도 했다. 그렇다고 우리처럼 음침한 곳에서 춤을 추다 춤바람 나는 일은 없는 것 같다.

누구나, 어디서나 즐기는 카드놀이
카드 놀이는 장소, 시간, 남녀노소 불문이다.

백두산도 식후경
중국인들은 백두산을 장백산(長白山)이라 한다. 백두산 노천에 흐르는 온천수로 온천욕
도 하고, 달걀도 삶아 먹고.

국경일의 톈안먼(天安門) 광장

이곳에서 중화인민공화국 탄생이 선포되었다. 이곳에서 두 번의 톈안문 사건이 발생하였다. 이곳에서 수많은 관광객들이 휴일을 보내고 있다.

창춘(長春)에서 찾은 짜찌앙미앤 식당

발음은 우리의 자장면과 비슷하나 면과 고명, 춘장이 우리의 자장면과 완전히 다르다. 면은 칼국수 면과 비슷하고, 고명은 파, 오이, 숙주 등. 춘장은 자장이 아니라 짜디 짠 된장인데, 볶은 고기가 들어 있다. 이 세 가지를 면에 발라 비벼 먹는데, 정말 짜다. 값은 자장면 값이다(5 위안).

언제나 건너려나

두만강 저 다리 끝이 바로 우리 땅인데, 더 이상 갈 수 없구나. 좁디 좁은 강폭 위에 다리 하나 만들어 놓고, 그 다리 중간에 선 하나 그어놓고, 오가는 사람 막고 있다.

투루판 주변 그 뜨거운 사막에 펼쳐진 포도 농장

시원한 그늘, 맛있는 포도, 깨끗하고 차가운 물이 흐르는 축복받은 땅이다.

티베트 달라이 라마가 살던 뽀딸라궁

파랗고 투명한 하늘에 닿을 듯 높이 솟아 있는 뽀딸라궁. 그 아래에선 많은 인민들이 복권을 긁느라 여념이 없다.

남성 속옷 패션쇼?

노천 광장에서 펼쳐진 속옷 패션쇼. 속옷은 몇 번 입었던 것 같기도 하고, 모델들의 표정은 어색하기 이를 데 없었다. 하지만 관중들의 호응만은 정말 대단했는데, 뒤통수를 보면 아시겠지만 다 남자!

달마대사와 소림권법의 도량 소림사

중국 선종의 창시자인 달마는 이곳에서 9년간 면벽수도하였다. 소림권법은 그가 소개한
것으로 당시에는 승려들의 수행법이었으나 이후 민간의 호신술로 보급되었다.

다롄(大連)의 전차

전차가 운행되던 그 시절을 살아보진 못했지만 웬지 그때의 향수가 느껴진다.

아버지가 사주시는 맛있고 시원한 얼음물

그러나 위생은? 손님이 오면 얼음을 갈아 음료수에 넣어 주는데 음료수 색깔이 너무나 고와 보인다.

다 보이는 화장실

정말 원초적인 그 순간을 적나라하게 볼 수 있다(이 화장실은 그래도 칸막이라도 있다. 어떤 화장실은 그저 변기만 죽 놓여 있기도 하다). 이런 화장실은 시골에만 있는 게 아니다. 상하이 도심 한복판에도 남아 있다.

상하이로 몰려드는 젊은이들

이고 진 저 젊은이, 어디서 왔는가?/서러운 타향살이/오빠는 주방에서, 난 홀에서/이게 사기지, 상술이냐?/
"한 근 주세요" 하면 한 근 이상 주는 과일 아저씨

이고 진 저 젊은이, 어디서 왔는가?

춘지에(春節, 설) 연휴가 끝날 무렵 상하이 기차역을 중심으로 시내를 돌아다니다 보면, 남루한 옷차림, 보따리와 낡은 가방, 피곤함과 희망을 안고 있는 사람들을 많이 볼 수 있다. 춘지에를 가족과 보내고, 다시 도시의 치열함과 서러움 속으로 되돌아온 사람들이다. 나도 이때쯤 상하이에 들어왔는데, 그때 친절하게 길을 가르쳐준 난징(南京) 출신의 한 대학생이 생각난다. 그 역시 춘지에를 난징에서 보내고, 집에서 싸준 서너 개의 짐을 들쳐맨 상태였는데, 내가 길을 묻자 그의 방향과는 정반대인 목적지까지 직접 안내해주었다. 참 순박하고 정이 넘치는 학생이었다. 하지만 이렇듯 친절하게 길을 가르쳐주는 젊은이는 이후 거의 만나지 못했다. 무심코 길을 물었다가 상하이에 대해 실망감을 느낀 경우가 여러 번 있었다. 상하이 도심에서 상하이 여자처럼 생긴, 쌀쌀해 보이는 젊은 아가씨에게 길을 물어보라. 대꾸나 하는지…… 아가씨뿐만이 아니다. 베이징에 있을 때는 누구에게든 길을 물어보면 친절히 가르쳐주었는데, 상하이에서는 쳐다보지도 않는 사람들이 꽤 있었다. 상하이 친구에게 물어보니, 상하이

꿈과 일자리 그리고 설움이 시작되는 곳, 바로 상하이 역이다.

사람들은 시골 사람들을 무시하는 경향이 강하단다. 어쭙잖은 중국 어로 말을 하면 시골에서 올라와 사투리를 쓰는 촌놈으로 깔보니 다음부터는 영어로 길을 물으라고 했다. 시골 사람은 무시하지만 영어 쓰는 외국인은 무척 좋아한다나.

그래서인지 다른 지역의 친구들에게 상하이 토박이에 대해 물으면, 다들 고개를 흔든다. 자기 어머니가 상하이 사람인 청두(成都) 사람마저 상하이 사람은 싫단다. 상하이는 스스로 외롭게 되었다. 사실 상하이의 뿌리 역시 이민자들의 역사로부터 시작되었고, 토박이 상하이 사람은 많지 않다. 상하이 사람의 연원을 따져 거슬러 올라가면 결국은 어촌이나 농촌의 모습이 나타난다. 개구리 올챙이 적 생각은 못하고, 지금의 발전을 가지고 없는 사람을 우습게 여기고 있는 셈이다.

그런데 이렇듯 삭막한 도시에 계속해서 발을 내딛는 이들은 누구인가? 상하이의 식당이나 상점, 공장에서 저임금에 시달리며 죽도록 일하는 이들의 고향은 대개 상하이와 가까운 저장성(浙江省), 장쑤성

(江蘇省), 안후이성(安徽省) 등의 농촌이거나 저 멀리 내몽고, 신장 지역도 있다(이런 지역은 기차를 타고 3~4일 가야 한다). 중국이 고도 성장을 계속하고 있지만 아직까지도 60% 이상의 인구가 농촌에 거주하고 있으며 상하이, 광저우(廣州) 등의 대도시와 기타 중소도시나 농촌 간의 경제력 격차는 매우 심각한 실정이다. 인민일보(人民日報) 2002년 5월 20일자를 보니, 농촌 노동자의 1/3이 불완전 고용상태에 있으며, 잉여 노동자가 1억 5,000만 명에 달한다고 한다. 이러다 보니 이들이 도시로 일자리를 찾아 몰려들고 있다는 것이다. 고교 수업 시간에 지겹게 들었지만 지금은 거의 잊혀진 그 단어, '이촌향도(離村向都)' 그대로이다. 그런데 이런 현상은 중국 어디서나 쉽게 볼 수 있다. 특히 경제가 급속히 발달하고 있는 동남부 지역에선 더욱 그러하다.

서러운 타향살이

일제의 강점, 남북 분단 등으로 많은 사람들이 생이별을 강요받았던 우리에게 타향살이(타국살이)는 특히나 고달프고 서러운 일이 아닐 수 없다. 비단 이렇게 거창하게 이야기하지 않아도 타향살이는 알게 모르게 힘들고 외로운 것이다. 그런데 이곳 상하이의 외지인들, 특히 가난한 사람들이 겪는 서러움은 우리보다 더하다. 무엇보다 상하이 사람들의 불친절하고 외지인, 특히 가난해 보이는 사람을 무시하는 태도가 그들을 서럽게 한다. 상하이에 살아보니, 다른 지역도 그렇지만, 있는 사람과 없는 사람의 차이가 너무나 분명하다. 의식주의 모든 방면이 다 그렇다(그나마 한 가지 공평한 것은 있는 사람이나 없는 사람이나 다같이 오염된 공기를 마시고 산다는 점이다). 이런 서러움을 삭이며, 휴일도 없이 장시간 일을 해도 한 달에 버는 돈은 고작 몇백 위안 정도이다. 돈 있는 사람들 한두 끼 저녁식사 값이다. 그렇다고 그들이 엄청 화려한 식당에서 먹는 것도 아니지만, 그들에겐 갈 수 없는 식당이다. 그런데 없는 자들이 더욱 고달프고 서글픈 이유는 죽을 때까지, 그리고 자식까지 이런 삶을 살아야 할 것 같은 절망감

때문이다.

게다가 이런 판국이지만 어디 하소연할 곳도 없다. 없는 사람을 보호해야 할 정부는 제도적으로 이들을 따돌리고 있다. 아직도 후커오우(戶口) 제도(우리의 주민등록제도와 비슷하나 특히 농촌 사람의 거주이전의 자유를 침해하고 있다)를 통해 이들의 발목을 옭아매고, 차별하고 있는 것이다. 상하이 후커오우가 없는 사람은 상하이 시민이 아니며, 따라서 저임금으로 상하이 경제발전을 위해 온갖 궂은 일을 다 해도 상하이 시민이 누리는 의료보험, 실업보험, 자녀 취학 등의 혜택을 누릴 수 없다. 게다가 상하이 정부는 최근 거주증(居住證)제도를 도입하여 또 한번 이들을 '왕따'시키고 있다. 그런데 정부만이 이들을 '왕따'시키는 것이 아니다. 기업도 마찬가지인데, 이놈의 후커오우가 없는 사람은 뽑지도 않는 기업이 있다. 신문의 구인광고를 보면, '상하이 후커오우 보유자'라는 구인 조건이 눈에 띈다. 이는 1950년대 중반, 농촌 인구의 도시 취업을 막기 위해 정부가 도시 기업에 하달한 지령인데, 여전히 존재하고 있다.

중국인, 특히 농촌 인구의 거주이전의 자유를 침해하는 후커오우제도는 1958년 본격 시행되었다. 그런데 1953년 초까지만 해도 농촌 인구의 도시 진입 및 취업은 자유로운 상태였다. 문제는 이후 발생했는데, 도시와 농촌의 격차가 갈수록 확대됨에 따라 남아도는 농촌 노동력이 도시로 모여들면서부터이다. 자급자족을 통해 모든 것을 해결하는 농촌과는 달리, 도시는 국가가 식량과 의복을 배급하고, 교육과 취업을 책임지는 소비체제였기 때문에 농촌인구의 도시 유입은 치안유지, 자원의 생산 및 분배 차원에서 결코 바람직스러운 현상이 아니었다. 이에 저우언라이(周恩來)는 농촌 인구의 도시 유입을 제한하는 각종 조치를 실시하였고, 도시와 농촌을 완전히 분리하는 후커오우체제는 1958년에 제정된 '중화인민공화국호구등기조례'에 의해 완성되어 오늘에 이르고 있다. 당시의 제도에 따르면 농촌 후커오우를 가진 사람은 그 자손 대대로 농촌 후커오우를 대물림해야 했고, 도시에 진입하거나 상주하기 위해서는 특별한 사유와 정부의 허가가 있어야만 했다.

그러나 1970년대 말 실시된 개혁개방정책 이후 이촌향도 현상이 심화되고, 불합리한 후커오우제도에 대한 많은 비판이 제기됨에 따라 중국은 후커오우제도를 재정비하지 않을 수 없었다. 물은 낮은 곳으로 흐르고, 자본은 돈이 있는 곳으로 몰리듯 산업사회에서 일자리와 생활의 편리를 찾는 농촌 인구의 도시 유입은 어쩔 수 없는 현상이다. 게다가 이들은 값싼 노동력을 제공하여, 중국 경제와 도시 발전에 큰 기여를 해왔다.

결국 시대의 변화에 따라 후커오우제도도 재정비되어야 한다는 여론이 조성되었고, 이에 따라 1998년 후커오우제도가 개혁되었다. 주요 내용을 보면, 부모 중 한 사람이 도시 후커오우를 가지고 있으면, 자식은 도시 후커오우를 취득할 수 있게 되었고(예전에는 모계를 따르도록 했다), 해당 도시에서 합법적인 주거와 안정된 직장을 가지고 일정 기간 거주한 경우, 또는 일정 규모 이상의 주택을 구입하거나 투자한 사람은 도시 후커오우를 취득할 수 있게 되었다. 그런데 그 구체적인 집행 내용은 각 성과 도시마다 다르다. 개혁에 대해 급진적인 곳이 있는가 하면, 여전히 보수적인 태도를 취하는 도시가 있다.

도대체 후커오우는 왜 필요한가? 이게 없으면 도시에 살더라도 도시 후커오우를 가진 사람이 누리는 취업, 자녀교육, 의료보험, 실업보험 등의 사회보장 혜택을 전혀 누릴 수 없다. 자식을 학교에 보내지 못할 수도 있으며, 보내더라도 더 많은 학비를 내야 한다. 이건 농촌 인구만이 아니다. 해당 지역의 후커오우가 없는 사람 모두에게 해당된다. 이러한 후커오우제도의 개혁에 대해 많은 논란이 있는데, 한

와이탄에서 바라본 상하이 푸동. 만리장성과 마찬가지로 저 화려함 속엔 수많은 사람들의 피와 땀이 서려 있다.

쪽은 비인간적이고 불합리한 현대판 노예제인 후커오우제도를 없애야 한다는 입장이고, 다른 한쪽은 그럴 경우 발생하는 인구의 도시 집중, 치안 부재 상황 등을 우려하고 있다.

그럼 나의 주무대였던 상하이의 구체적인 상황은 어떤가? 외지에서 상하이에 올라온 사람은 우선 파출소에 가서 거주지 이동에 대한 신고를 해야 한다. 그리고 짠쭈쩡(暫住證, 임시 주거증)이란 것을 받는데, 이것은 주거 기간이 정해져 있기 때문에 기한이 되면 매번 갱신해야 한다. 예전에는 심한 경우 매달 갱신하면서 갱신할 때마다 20위안씩을 내야 했으나, 지금은 갱신 주기가 길어졌고, 갱신에 따른 수수료는 돈 없는 외지인들 불쌍하다고 폐지했다고 한다. 하지만 이런 소식을 모르고 짠쭈쩡을 신청하지 않은 채 일하는 사람들은 같은 국가 내에서조차 그야말로 불법체류자 신세가 되고 만다.

그런데 상하이에 몰려오는 사람들이 돈 없는 사람이나 농촌 사람만 있는 것은 절대 아니다. 돈 많은 사람도 자녀 교육이나 더 많은 돈을 벌기 위해 상하이로 몰려오고 있으며, 고학력자들도 상하이에 있는 외자기업 등에 취직하기 위해 상하이로 오고 있다. 그런데 없는 사람은 박대하면서, 돈 있는 사람과 고학력자의 유입을 촉진하기 위해 상하이는 1994년부터 란인후커오우(藍印戶口)제도를 운영했다. 상하이에 투자한 돈 있는 사람, 일정 규모 이상의 주택을 구입함으로써 상하이 부동산 시장 활성화에 기여한 사람, 그리고 고학력을 갖춘 인재에게는 란인후커오우를 부여하고 일정 기간 이후 상하이 후커오우로 바꿔주었던 것이다. 그런데 최근 2002년 4월부터 상하이는 란인후커오우제도를 폐지했다. 란인후커오우제도가 없어도 많은 사람이 몰려와 도시 문제가 발생하는 마당에 기름까지 부을 이유가 없고, 당초 의도했던 인재 영입은 실패했다고 판단한 것이다(상하이 공안국 자료에 의하면, 란인후커오우를 획득한 사람 가운데 88%가 주택을 구입한 사람이란다). 이제 부동산 시장도 과열 조짐까지 보일 정도로 성장했으니 돈 있는 사람마저 매력이 없어진 모양이다.

현재 상하이는 2002년 6월 중순부터 거주증제도라는 것을 실시하고 있다. 거주증제도의 내용을 보면, 대졸 이상의 학력을 소지한 인재나 특수 기능을 보유한 사람은 상하이에서 창업하거나 취업하는 경우 거주증을 신청할 수 있도록 되어 있다. 만일 거주증을 취득하는 경우 상하이 후커오우를 받지 않고도 상하이 시민과 똑같은 혜택을 누릴 수 있도록 배려 하고 있다. 이것은 란인후커오우를 가진 사람은 누릴 수 없었던 혜택이다. 결국 지금 상하이가 필요로 하는 사람은 돈 있는 사람보다는 고학력이나 특수 기능을 갖춘 우수한 인재라고 할 수 있다. 배운 것 없는 사람, 돈 없는 사람은 왕따시키면서 끼리끼리 모여 사는 세계적인 도시로 발돋움하겠다는 것이 상하이의 야심이라 할 수 있다. 예전에는 돈 있는 중국인, 돈 없는 중국인으로 구분

하여 차별했지만, 이젠 능력 있는 중국인, 능력 없는 중국인으로 이
분화하여 차별 대우하는 지경으로까지 나아가고 있는 것이다. 이런
틈에 이래저래 돈 없고 배운 것 없고 기술마저 없는 외지인만 갈수록
불쌍해진다.

과거 상하이는 100여 년 간이나 서양 열강의 조계지였다(중국 곳곳
이 그렇다. 아직도 남아 있는 서양식 건물을 보며 이국적인 느낌을 가졌던
도시가 한둘이 아니다). 당시 황푸공원 등에는 '개와 중국인은 출입금
지'라는 간판이 있었다는데, 이젠 간판을 새로 달아야 할 지경이다.

'三無者(돈, 학력, 능력 없는 자) 상하이 입성금지!'

과거 상하이 사람을 개 취급하던 외국인은 물러갔건만, 가난하고
힘 없는 자들의 처지는 크게 달라진 것 같지 않다. 당시 지식인들은
서양 제국주의에 의해 개 취급당하는 중국의 현실을 개탄하고 변혁
하고자 했는데, 이젠 누가 가난한 자의 개 같은 현실을 개탄하고 개
선할 수 있을까?

오빠는 주방에서, 난 홀에서

이 식당의 종업원은 오빠와 그녀 둘뿐이다. 오빠의 이름은 천잔꾸웨이(陳展貴), 그녀의 이름은 천시아오홍(陳曉虹)이다. 오빠는 주방일을 도맡아하면서 가게 운영까지 책임지고 있고, 그녀는 내내 문 앞에 서 있다가 손님이 오면 문을 열어주고, 음식을 주문받고 나르는 일을 한다.

중국엔 손님이 문을 열게 하는 식당이 거의 없다. 한두 명의 종업원은 항상 문 앞에 대기하고 있다가 손님이 오면 문을 열어주고 자리를 안내한다. "후완잉꾸왕린(歡迎光臨)!" 그야말로 "어서 옵쇼!"이다. 홀에서는 내가 생각하기엔 필요 이상으로 많은 종업원들이 손님을 접대한다. '손님보다 종업원이 더 많은 것 같기도 하고. 뭐 이리 많은 사람이 필요할까, 정말 비효율적이다'라는 느낌이 절로 든다. 식당을 하는 중국 친구들에게 이런 느낌을 이야기하자 그들은 오히려 우리의 사정을 이해할 수 없다는 반응을 보였다. "어떻게 그 적은 수의 종업원으로 손님을 잘 모실 수 있어?"

하긴 그렇다. 우린 손님으로서 왕같은 대접을 받기는커녕 종업원이 되어 옆 사람에게 반찬도 건네주어야 하고, 고기도 직접 굽고 잘라야한다. 목이 터져라 종업원을 불러야 하고, 주인 눈치 때문에 얼른 먹고 일어나야 하기도 한다. 이런 우리의 사정을 생각하면 중국 식당은그야말로 손님을 황제처럼 모신다는 생각이 든다. 식당 주인들이 진정으로 손님을 위하기 때문인지, 과거 사회주의 시절의 비효율적인타성에 젖어 한 사람이 해도 될 일을 여럿이 해야 한다고 여기기 때문인지, 임금이 싸서 그런지, 많은 인구가 나눠먹고 살아야 하기 때문인지, 그 이유는 잘 모르겠다. 여하튼 중국 식당에서는 밥을 먹으며 이야기를 나누는 데 집중할 수 있어 좋다. 우리 식당도 이젠 효율과 이익만을 따지지 말고, 제대로 손님을 모셔보자. 또 그래야 더 많은 돈을 버는 사회가 되었으면 한다.

　이들 역시 돈을 벌기 위해 고향인 안후이성을 떠나왔다. 떠나온 지벌써 2년, 이젠 삭막한 상하이 현실에 어느 정도 적응이 되었을 법도한데, 여전히 도시 생활이 서럽단다. 더구나 이 동네는 상하이에서그래도 돈 있는 사람들이 사는 동네라 더욱 그렇단다. 그녀 같이 돈도 힘도 없는 사람을 무시하는 못되먹은 젊은 아가씨도 많고, 자기의한 달 월급(600위안 정도)을 하루만에 다 써버리는 사람도 많단다. 무엇보다 그녀가 서럽고 부러운 것은 학교 다니는 또래 아이들을 볼 때란다. 그녀는 올해 21살. 다른 애들은 대학 다니느라 바쁜데, 자기는아침 10시부터 저녁 10시까지 식당에서 손님 접대하고, 이 집 저 집배달 다니면서 주인에게 돈 벌어주느라 바쁘단다. 일요일도 없다. 그녀는, 이런 곳에서 일하는 젊은이들이 대개 그렇듯, 초·중학교만 졸업했다. 중국의 학제는 시아오쉬에(小學, 6/5년), 추쫑(初中, 3/4년), 까오쫑(高中, 3년), 따쉬에(大學, 4년)인데, 돈이 없어 상급 학교 진학을못했다. 그렇지만 공부를 잘했었고, 지금도 제일 하고 싶은 것은 공부란다. 특히 영어는 자기 학교에서 제일 잘했다고 하는데…… 내가 봐도 총명한 젊은이인데, 돈이 없어 공부를 계속 하지 못하고, 이렇듯 희망 없는 표정으로 하루하루를 보내는 것이 정말 안타깝다. 그녀가 학력을 묻길래 이앤찌오우셩(硏究生, 석사)을 마쳤다고 하니 한숨을 쉬며 한 마디 했다. "씨앤무(羨慕)." 그리 익숙한 말은 아니었지만, 이 말을 하는 그녀의 눈을 보는 순간 잊을 수 없는 말이 되어버렸다. "부럽구나"라며 말하던 그녀의 힘 없는 눈빛이 아직도 잊혀지지 않는다. 같은 중국인도 아니면서 미안한 마음을 금할 수 없었다.

오빠의 학력은 소학 졸업이 전부이다. 하지만 동생과는 다르다. 낙천적인 성격을 가져서인지 동생처럼 현실의 아픔에 매달리지 않는다. 하긴 27살의 나이고, 결혼해서 아이까지 있으니 그럴 여유가 있겠는가? 그런데 안타깝게도 이 친구 아이는 상하이 후커오우가 없다. 그나 그의 아내나 모두 상하이 후커오우가 없기 때문이다. 언제나 이런 굴레가 풀릴지 안타깝고 한심스럽다.

이 친구 요리는 맛이 참 좋다. 간단한 요리라도 다른 음식점 요리보다 훨씬 맛이 좋다. 게다가 성격도 밝고 명랑해서 자주 들러 밥을 먹었다. 이 친구의 주된 관심사는 축구이다. 축구 신문은 꼬박꼬박 사서 읽고, 중국 축구는 물론 유럽 축구, 심지어 한국의 프로구단 이름과 선수까지 알 정도로 관심이 많다.

이래저래 단골이 되어 셋이서 자주 밥도 먹고 맥주도 마시며 놀았다. 그들과 이야기를 하다 보니 고향에는 아버지만 계시다는 사실도 알게 되었다. 어머니까지 상하이에 올라와 일을 하시는데, 그렇게 해도 경제적인 여유가 없다고 한다. 하지만 내후년쯤에는 뭔가 좋아질 것 같고, 그래서 동생도 공부를 계속할 수 있을 것 같단다. 그녀도 이런 사실을 알고 나름대로 준비를 하고 있는데, 요즘 빠져 있는 것은 컴퓨터와 영어이다. 컴퓨터는 아직 자판도 외우지 못한 상태이다. 얼른 배워 인터넷과 채팅이란 것을 해보고 싶은데, 조급하기만 할 뿐 제대로 되지 않는다고 불평이다. 웬만한 중국 젊은이들은 누구나 즐기는 게 인터넷인데, 그녀는 아직도 원시인 신세를 면하지 못하고 있는 셈이다. 사실 그녀는 쉴 시간도, 인터넷 할 시간도 거의 없다. 일주일 내내 아침부터 저녁 10시까지 일만 한다. 그렇다고 집에 컴퓨터가 있는 것도 아니다. 내내 컴퓨터 서적만으로 인터넷을 배우다 어느 날 처음으로 왕빠(PC 방)라는 곳에 가보았는데, 재미있기도 하고 부끄럽기도 하고, 부럽기도 하고 하여간 얼른 배우고 싶은 마음이 간절히 들었단다. 영어는 내가 준 책으로 공부하고 있는데, 그렇게 열심히 하는 것 같지 않다. 열심히 하라고 꾸짖기도 하고 격려도 했는데, 뭔가를 꾸준히 한다는 게 어디 쉬운 일인가? 성공의 비결은 과감한 시작과 지속적인 실천이다.

하루하루 어렵지만 열심히 살아가는 그들에게 정말 희망은 있을까? 절대적으로 조금은 나아지겠지만, 상대적으론 아무것도 나아질 것 같지 않아 걱정이다. 그들의 희망(오빠는 식당 운영, 동생은 공부)이 꼭 이루어지길 바란다. 힘 없는 인민에게 희망을 주는 그런 중국 사회가 되었으면 하는데, 중국 공산당이 얼마나 정신을 차리고 국가를 이끌어나갈지 모르겠다.

중국인의 상술은 유명하다고 한다. 하지만 애석하게도 내가 겪은 중국인의 상술은 그야말로 상술이었다. 상도라는 것은 찾아보기 어려웠다. 중국에서 만난 대학 후배는 중국에서의 흥정을 신랄하게 비판했는데, 일리가 있다고 느껴진다.

예를 들어 100위안이라던 물건이 갑자기 그 자리에서 10위안이 되는 경우가 있는데, 이건 생각해도 너무 심하다. 그런데 이런 일을 여러 번 겪었고, 그러다 보니 중국에선 이것이 정상이라는 생각마저 들었다. 1967년부터 대 중국 교섭 전문가로 활약하고 있는 캐롤라인 블래크먼(Carolyn Blackman)은 『중국 사람 바로 알면 비즈니스 확 풀린다』라는 책에서 이러한 중국인들의 상술에 대해 언급하고 있는데, 이 책에 따르면 중국인들은 자기 집단과 타 집단을 엄격히 구분하고, 타 집단을 속이는 것은 괜찮다는 인식이 강하다고 한다. 따라서 물건을 살 때는 속지 않도록 늘 경계해야 하며, 에누리는 기본이라고 한다.

하이난의 리족(黎族) 민속촌에 갔을 때의 일이다. 리족 아가씨들이 '우' 하고 몰려들어 사진을 찍으라며 "5위안, 5위안" 한다. 리족 민속 의상을 입고 아가씨들과 같이 찍는단다. 하도 귀찮게 굴기에 마지못해 응했다. 다 찍고 나서 5위안을 주려 했더니 30위안을 내란다.

"말도 안되는 소리 마라. 왜 30위안이냐?"
"저길 봐라."

보았더니 조그만 표지판에 의상비 얼마, 사진비 얼마, 뭐 얼마 이런 식으로 값이 적혀 있었다.

"야, 그럼 진작에 저렇다고 말하지. 찍을 때는 5위안인 것처럼
하고, 찍고 나니 저걸 보여주면 어쩌란 말이냐?"
"하여간 30위안 내라."
"난 절대 못낸다. 너희 이런 식으로 장사하면 당장은 돈 좀 벌
겠지만 결국은 망하고 말 것이다. 난 한국에서 왔는데, 한국에 돌
아가면 너희한테는 절대 사진 찍지 말라고 이야기하겠다."
"그럼 20위안만 내라."

더 이상 따지기도 싫고 화가 치밀어 20위안 내고 얼른 돌아와
버렸다. 돌아와서 생각하니 한편 잘한 것 같기도 하고, 한편 약해
보이는 저들을 상대로 너무 한 것 같기도 해서 마음이 편치 않았
다. 하이난에 와서 이렇게 싸운 경우가 또 있다. 한번은 저녁을
먹기 위해 택시 기사에게 식당이 있는 곳으로 가자고 했더니 어
느 해산물 식당에 내려놓았다. 밖에 나와 있던 종업원들이 우루
루 달려들어 문 열어주고, 자리 안내하기에 어쩔 수 없이 그 식
당에 들어갔다. 해산물이라고 해야 값만 비싸고, 입에 잘 맞지 않
는 듯하여 고기를 먹을 생각으로 물었다.

"고기를 먹으려고 하는데, 차이딴(菜單, 메뉴판) 좀 봅시다."
"없어요."
"무슨 소리요, 식당에 차이딴이 없다는 게 말이 됩니까?"
"차이딴 없이 밖의 수족관에 있는 해산물을 보고 직접 주문하
는 겁니다."
"음, 고기는 없고, 해산물만 있단 말이죠?"
"네."

해산물을 먹고 싶지 않았지만, 다른 것이 없다기에 어쩐단 말
인가? 먹고 싶은 해산물을 고르고 가격을 물었더니 엄청 비싸게

하이난의 리족 민속촌. 손님이 앉아야 할 자리에 리족 여인들이 앉아 놀고 있다. 리족은 그 생김새가 동남아인들과 비슷하다. 역시 중국 남부 지역이라 그런가보다.

부른다. 같이 갔던 중국 친구에게 이야기를 하니 그는 값을 확 후려친다. 결국 후려친 가격에 흥정이 되었는데……. 해산물을 다 주문하고 나서 그래도 육류를 먹었으면 하는 생각을 내비쳤더니 종업원이 갑자기 차이딴을 가져온다. 거기에는 일반 식당에서 판매하는 메뉴가 다 있었다. 정말 어이가 없었다. 차이딴이 없다고 속여 비싼 해산물을 주문하게 해놓고는 다른 고기를 더 팔기 위해 이제야 보란 듯이 차이딴을 가져온다. 그러면서 이것저것 더 필요한 것 없냐고 시끄럽게 떠들어댄다. 우리나라도 그렇고, 중국도 그렇고 관광객을 상대로 한 이런 바가지는 반드시 깨져야 한다.

참 인심 좋은 분들이다? 천만에! 노점에서 과일을 살 때마다 자꾸 속는다는 느낌이 든다. 과일을 한 개, 두 개 파는 것이 아니라 손저울에 달아 근으로 팔기 때문인데, 저울 보는 법을 알아야 말이지(중국 빵집에서는 빵을 근으로 팔기도 한다). 물건을 산 후 중국 친구들에게 물어보면 속았단다. 어쨌든 한 근만 살 요량으로 "한 근에 얼마죠?"라고 물어보면, 얼마라고 답을 한다. 그럼, 그 가격으로 "한 근만 주세요"라고 하면 예전에 우리가 사용하던 손저울을 가지고 무게를 단다. 그리고 하는 말, "이거 한 근 조금 더 되는데, 얼마만 더 내고 그냥 가져가지?" 한 근만 딱 맞춰 달라 하기도 그렇고, 몇 푼 되는 것 같지도 않고 해서 보통은 그냥 사가지고 온다. 일부러 한 근이 넘게 다는 것만 같다. 우리는 한 근이 조금 넘으면 덜어내거나 덤으로 그냥 주는 경우도 있는데, 중국은 돈을 더 내라고 한다.

세입자가 되어 겪어본 상하이

젊디 젊은 부동산 4인방/돈 심은 데 돈 나는 상하이 부동산 시장/중국에서마저 겪은 세입자의 서러움/
중국에서는 무조건 깎아야 한다?/세상에 공짜가 어디 있어?/표리부동함에 당하다

젊디 젊은 부동산 4인방

맥스(Max), 제임스(James), 프랭크(Frank) 그리고 리밋(Limit) 이들은 모두 20대 초반의 중국 젊은이다. 이름처럼 맥스의 나이가 제일 많은데, 25살이다. 리밋과 프랭크는 22살, 제임스는 20살이다. 영어 이름을 쓰는 특별한 이유는? 없다(가끔 외국인을 상대하기도 하지만). 이들이 하는 일은 부동산 중개업이다. 한때는 모두 어느 부동산 회사의 직원에 불과했는데, 지금은 상황이 바뀌어 맥스는 사장이 되었고, 나머지는 그 밑에서 일을 하고 있다. 명함을 보면 그들은 고문으로서의 직위를 가지고 있지만, 하는 일은 손님에게 집 보여주는 정도 외에 별다른 것이 없다. 진짜 '고문'인 것은 손님이 없을 때 하루종일 사무실에 앉아 있어야만 하는 것인데, 무료하기 이를 데 없다. 여름은 비수기라 더욱 그렇단다.

맥스를 처음 보았을 때, 비범함(?)을 느꼈는데, 아니나 다를까 그는 한족이 아니라 몽고족이었다. 모두 한족인 가운데 그의 모습은 낯설었고, 나의 예리한 분별력은 어김없이 그의 족속을 알아낼 수 있었다. 그는 어쩌면 그리도 우리와 닮았는지! 서울 한복판에 데려다 놓

사무실의 프랭크(왼쪽)와 제임스(맨 오른쪽)

아도 어색하지 않을 정도로 외모도 비슷하고, 패션도 나무랄 데 없다. 서로 비슷한 사람끼리 친근함을 느껴 이런저런 이야기를 하면서, 소수민족으로서 겪는 어려움을 물어보자, 크게 어렵지 않다는 반응을 보였다. 한편 그의 여자 친구는 한족이란다. "혹시 민족 문제 때문에 결혼하는 데 어려움은 없냐?"라고 물었더니 아무 지장 없단다. 그때는 '그런가 보다' 하고 넘겼는데, 알고 보니…….

리밋은 4인방 중, 가장 잘 놀 것처럼 보이는 친구이다. 금색 목걸이에, 스타 크래프트에, 하얗고 꽤 괜찮은 얼굴에, 약간 맛이 간 듯한 얼굴에, 하여간 그렇게 보인다. 처음 만났을 때부터 나에게 부담스러울 정도의 관심을 보이며 교제를 원하기에 좀 싸늘하게 했지만, 그래도 여전하다. "집에 초대하라"는 둥, "재미있는 곳에 놀러 가자"는 둥, "한국 음식을 사달라"는 둥의 이야기를 하는데, 진담인지 농담인지 감을 잡기 어려웠다. 이런 면에서 리밋은 내가 겪은 다른 중국 젊은이들과는 다르다. 그들은 결코 먼저 이런 말을 한 적이 없으며, 간단한 음식이나 음료수를 권해도 "배가 부르다"는 등, "괜찮다"는 등의 말을 둘러대며 사양했다. 공짜로 얻어먹는 일은 죽어도 못하겠다라는 비장함마저 느끼게 했는데, 이건 우리의 경우와도 비슷한 것 같다. 우리도 예전에는 두서너 번 사양하다 못 이기는 척하는 게 미덕이지 않았던가.

리밋의 여자 친구는 상하이 교통대학 대학원생이고, 그는 대학을 다니다 그만두었다. 그의 여자 친구는 정말 참하게도 생겼다. 말하는 것이나 행동하는 것이 참하기 이를 데 없다. 리밋은 참 복 받은 친구라는 생각이 들 정도이다. 그는 원래 미술을 공부했지만 학비도 비싸고, 공부하기도 싫고, 부모에게 의지하기도 싫고 해서 그만두었단다. 하지만 후회는 하지 않는다고 한다. 리밋은 주로 여자에 관한 얘길 했는데, 그와 이야기를 하면서 상하이에도 홍등가가 있다는 소리를 들었다. 겉에서는 구별하기 어렵지만, 아는 사람은 다 안다고 한다. 대학에 다니는 자기 친구들 중에 다녀온 친구들도 많단다. 하긴 중국 개혁개방의 상징인 선전(深圳)에 가니 시 중심의 길거리에서 아줌마들이 노골적으로 호객 행위를 했었고, 샤먼(廈門)에서는 호텔 주위에서 안마로 손님을 유혹하고, 상하이의 한 호텔에서는 방에까지 찾아와 안마를 권하고, 충칭(重慶)에서는 여대생과의 데이트를 즐기라며 명함을 나눠주던 어린 친구들이 많았으며, 보수적이라 생각했던 옌지(延吉)에는 노래방이 넘쳐나고(이건 한국인들이 다 버려놓은 결과가 아닐까?) 미성년자와의 매춘까지 당연하다고 여기고 있으니 오랜 매춘의 역사를 가진 상하이에 그런 곳이 없겠는가? 중국에 오기 전 듣자하니 중국에서 매춘 행위를 하다 붙잡히면 이마에 호색한[好色漢, 현대 중국인들은 색을 밝히는 사람이란 의미로 이 단어를 사용하지 않는다. 색마(色鬼)라는 말을 보편적으로 사용한다]이라는 이름을 써서 강제 추방할 정도로 매춘에 대해 엄격하다고 들었는데, 돈 앞에 무엇이 엄히

상하이의 담벼락에 붙어 있는 광고 왈, "이 침 한번 맞아봐. 효과 없으면 돈 안 받아!" 침 한 방에 매독을 치료하다니, 역시 화타(華陀)와 편작(扁鵲)의 후예답다.

지켜지겠는가(중국의 매춘산업은 중공이 수립되면서 사라졌지만 개혁개방 이후 다시 활개를 치고 있다)? 오히려 배금주의가 횡행하고 있다 보니 매춘이란 것이 뭐 그리 대단한 타락도 아닌 듯하다(우리 사회도 마찬가지다). 하이난(海南)에서 오토바이로 손님을 실어나르는 친구가 아가씨가 필요하면 연락하라 하길래, "무슨 소리냐? 중국에서는 법으로 강력히 금하고 있다는데"라고 말하니 "그까짓 법이 무슨 상관이냐?"라고 대답했다.

그리고 보니 생각나는데, 상하이에서 4년 여 정도 주재한 파멜라 야츠코(Pamela Yatsko)라는 기자가 쓴 *New Shanghai* 라는 책에는 'Korean'이란 글자가 선명하다. 무슨 좋은 일인가 싶어 보았더니, 상하이에서 매춘하다 구속된 여자의 단골이 바로 그 'Korean'이었단다(사실 이런 일은 한국 남자만 하진 않는다. 돈 많은 중국 남자들은 '세컨드'를 두는 경우가 많으며, 외국인들도 별반 다르지 않다).

프랭크는 리밋에 비하면 정말 순진하고 착하다. 생긴 것부터 착하게 생겼고, 말하는 것이나 행동하는 것이 얌전하다. 어떻게 보면 특색이 없어 보이기까지 한다. 술도 거의 마시지 않는다. 여자 친구도 없다. 어떤 여자 친구가 좋으냐고 물었더니, 그저 귀엽게 생기고 활발한 성격을 가진 여자라면 누구라도 상관없단다. 누구라도 상관없다기에 "중국에서도 처녀성을 따지는지" 물어보았다. 이에 리밋이 가세하여 가로채며 말하길, "상관없지만, 가능하면 처녀하고 결혼하고 싶다. 하지만 요즘 처녀가 어디 있어야지……" 프랭크의 생각도 마찬가지였다. 중국 문화를 소개하는 한 책에서는 아직도 처녀성이 중요하다고 되어 있지만, 내가 상하이의 현실에서 만난 젊은 남녀들은 그런 것만도 아니었다. 여자의 순결만을 강요하는 것은 불공평하고, 진정 사랑하는 사이라면 그렇지 않을 것이라는 이야기가 많았다. 그런데 이런 현상은 개방된 도시와 보수적인 농촌 간의 차이가 심하고, 당연히 개인차도 있다고 한다.

다른 친구들과 마찬가지로 프랭크도 특별한 욕심이나 미래에 대한 계획을 가지고 살지 않는다. 그저 하루하루 살고 있는데, 미래를 생각하면 답답한 마음이 들지만, 그렇다고 뾰족한 수도 없단다. 지금 받는 월급은 1,000위안 가량이다. 경력이 미천해서 그런지 생각보다 많지 않았다. 하긴 이전의 직장에서는 500위안을 받았다는데 맥스 같이 좋은 사장을 만났으니 다행이다.

제임스는 가장 나이가 어리다. 그래서 그런지 좀 까부는 구석이 있다. 처음 만났을 때도 이소룡처럼 소리를 지르며 발차기를 해대기에 우수(武術)깨나 하는 듯했다(알고 보니 아무 것도 아니었다). 제임스의 고향은 상하이 시에 속해 있는, 중국에서 세번째로 큰 섬 총밍따오(崇明島)이다(대만을 제외하면 총밍따오는 두번째로 큰 섬이다). 같이 사는 친구도 총밍따오 출신인데, 한때 헤이쓰어후웨이(黑社會, 조폭)에서 활동하다 이젠 택시 운전을 하고 있다. 그 친구 얼굴에는 그 시절의 칼 자국이 분명하다. 제임스는 무려 3개 언어를 구사한다. 표준어인 푸통후와, 상하이 말 그리고 총밍따오 말인데, 말이 3개 언어이지 영양가는 전혀 없다. 다른 친구들은 푸통후와와 상하이 말은 알아듣는데, 총밍따오 말은 알아듣지 못한다. 내가 차이징(財經) 대학에서 공부한다고 했더니 굉장히 반가워하며, 자기도 차이징 대학에 다녔다는 말을 했다. "나이 20에 다녔다니? 다니고 있어야 하는 것 아냐?"라고 캐묻자, 차이징 대학에서 운영하는 야간대학 비슷한 교육기관을 다니다 머리도 안 돌아가고, 피곤해서 그만두었다고 한다. 당시 전공이 회계였으니, 추쫑(初中, 중학교) 학력이 전부인 그에게는 다소 벅차기도 했을 것이다(그런데 말이 회계이지, 그 친구는 거기서 주산을 배우다 끝났다고 한다).

제임스는 국수주의적이다. 여러 면에서 그런 느낌을 준다. 우선 있는 집 자식들은 뇌물을 써가며 군대를 빠진다고도 하는데, 그는 자원하여 군대를 가고 싶어 한다. 남자는 역시 군대에 가야 한다나. 하지만 내가 보기엔 염불보다는 잿밥이라고, 군대를 갔다 오면 받을 수 있는 구직 혜택 등이 주목적인 것 같다. 지난 해에 군 입대 신청을 해서, 신체 검사 등도 합격했지만 그의 고향에는 군에 가려는 친구가 너무 많아 결국 선택 받지 못했다고 한다. 올해 다시 신청하면 될 것 같다는데……. 가엾은 제임스! 아직 세상 물정을 모른다. 그렇게 경쟁이 세면 당연히 돈을 찔러줘야지(실제로 모병관을 역임했던 장교의 말을 들어보니 1만 위안 정도의 뇌물을 주는 경우도 있다고 한다).

한편 그의 무지에서 비롯되었는지 모르겠지만, 한국은 중국의 후예이고, 한국 땅은 원래 중국 것이었다고 한다. 어떤 친구들은 대국인 중국이 일본까지 통치했으며, 일본인 역시 중국인의 자손이란다(이런 친구들이 의외로 많다). 티베트 역시 당연히 중국 땅이고, 대만은 말할 것도 없단다. 제임스는 일본을 정말 싫어한다(내가 만난 중국 젊은이들 중 일본을 좋아한다는 친구는 단 한 명도 없었다. 그도 그럴 것이 일본은 중국 땅에서 온갖 만행을 저질렀고, 아직도 정신 차리지 못하고 있다). 미국 역시 정말 싫어한다. 그는 중국의 정치와 장래에 관심이 많은데, 현 지도자들은 중국을 이끌 자질이 부족하다고 한다. 특히 1999년에 발생한 유고 주재 중국대사관 오폭 사건을 예로 들며, 중국 정부가 미국에 대해 더욱 강경한 자세를 취하지 못한 것은 대단히 유감스러운 일이었다고 평가한다. 또한 대만을 빨리 편입시켜야 한다고 주장한다(중국은 대만을 중국의 일개 성으로 간주하고 있고, 내가 만난 중국인들도 다 그렇게 생각하고 있었다).

다분히 국수주의적인 발언을 많이 하는 제임스지만, 젊은이는 어쩔 수 없는 것 같다. 늘 생기발랄하고 귀엽게 구는 모습이 호감이 간다. 머리도 여느 젊은이들 같지 않게 시원하게 깎고 다닌다. 여기에 성실하고 적극적이기까지 한데, 밤 9시까지 자청해서 야근을 한다. 그는 장래 부동산 중개업소 사장이 되고 싶은데, 이렇게 해야 많은 사람을 사귈 수 있고, 일을 배울 수 있기 때문에 야근을 즐긴다고 한다.

이들은 사장인 맥스가 돈을 내서 독립을 했다. 사무실이라고 해야 일반 가정집 거실이고, 있는 것이라곤 컴퓨터 한 대와 주변 사무기기 정도지만, 젊은이의 도전 정신을 가지고 사업을 하면 반드시 성공할 것이라는 믿음하에 일을 시작했다고 한다. 옆에서 보니 맥스의 능숙한 사교성, 다른 친구들의 열정, 그리고 매 주말마다 축구를 같이 하며 다지는 화합이 잘 어우러지면 크게 성공할 것 같다.

이 친구들이 개업을 한 후, 사무실을 겸하고 있는 가정집에 자주 놀러갔는데, 뭔가 심상치 않은 기운을 느낄 수 있었다. 맥스와 그 집 주인 아줌마의 관계가 뭔가 이상했던 것이다. 그 아줌마의 딸은 8살인데 서양 인형처럼 생겼다. 엄마는 전형적인 한족처럼 생겼는데 딸은 아주아주 이국적이라? 혹 남편이 위구르족인가 했는데, 알고 보니 독일 사람이었다. 이 꼬마는 춤과 미술을 무척 좋아하는데, 얼굴과 춤 실력이 빼어나서 그런지 유덕화와 공연한 적도 있다고 한다. 꼬마의 엄마는 결혼했으니 아줌마이지, 전혀 그런 티가 나지 않는다. 맥스보다 서너 살 더 많은 정도이다. 맥스는 이 집에서 먹고 자고 한다. 왜? 맥스의 여자 친구가 바로 이 아줌마니까. 연상에, 딸까지 둔 이혼녀에 우리식으로 생각하면 '멀쩡한 총각이 왜 하필? 하지만 개의치 않는단다. 중요한 것은 '사랑'이니까. 사실 별로 어색해 보이지 않는다.

돈 심은 데 돈 나는 상하이 부동산 시장

내가 살던 아파트는 상하이 외곽에 떨어져 있어 그런지 공간이 넓고 저층이며 대단지를 이루고 있다. 시 중심의 아파트들은 대개 건물 서너 동만 우뚝 솟아 있어 삭막한 느낌을 주는데, 이곳은 개방되어 있고 산책로나 공원 등이 잘 되어 있어 개를 데리고 산책하는 사람, 잔디밭에서 축구하는 사람, 아파트 주민을 위해 열심히 일하는 청소부, 아파트 경비원, 남들 출근하는 시간에 체조하느라 바쁜 아주머니 등 많은 사람을 만나고 이야기를 나눌 수 있다. 중국인들의 일상을 어렵지 않게 접할 수 있는 곳이다. 아파트 단지 내에는 온갖 편의 시설이 잘 갖추어져 있다. 테니스장, 오락장은 기본이고 야외 수영장까지 있다. 또 주민을 위해 시내까지 셔틀버스도 운행한다. 단지 내에 있는 상점의 서비스도 대단하다. 담배 한 갑을 주문해도 집에까지 배달해준다. 여러모로 우리나라의 웬만한 아파트보다 훨씬 잘 되어 있다.

아파트 단지 내의 시설 중 제일 많은 것은 역시 음식점이고, 그 다음 많은 것은 미용실이다. 이곳의 미용실은 우리 동네 미용실 수준이

내가 살던 아파트 단지.

아니다. 규모도 크고, 장식도 화려하다(베이징, 상하이 등에는 아직도 '길거리 이발사'가 존재한다). 상하이 미용실은 머리 깎는 비용, 감는 비용 등을 따로 받는다. 미용사들은 거의 남자인데, 실력이 좋아 여성 미용사보다 인기가 좋다고 한다. 상하이뿐만 아니라 중국 대부분의 지역에서 미용사는 주로 남자이다. 미용실에 잔뜩 모여 있는 아가씨들은 문을 열어주는 등의 허드렛일을 하거나 마사지 서비스를 한다. 이건 건전한 마사지인데, 퇴폐 이발소 비슷한 것도 있다. 이런 미용실 다음으로 많은 것이 바로 부동산 중개업소이다. 개인 주택을 사무실로 하는 소규모 업소에서부터 체인 형태까지 다양하다. 재미있는 것은 '복덕방 할아버지'를 찾아보기 힘들다는 사실이다. 이런 경향은 갈수록 더할 것으로 예상되는데, 이젠 시험을 보아 자격증을 취득해야만 중개업을 할 수 있기 때문이다.

부동산 4인방의 수입은 중개 수수료인데, 매매의 경우는 매도인으로부터 2~3%를, 매수인으로부터는 1%를 받는다고 한다. 임대차의 경우는 주인으로부터는 월 임대료의 반 개월 내지 1개월 치를, 임차인으로부터는 반 개월 치를 받는다고 한다. 그럼 이들이 거래하는 주택 가격은 대체로 얼마나 될까? 이들이 거래하는 지역은 시 중심에서는 떨어져 있지만, 주거환경이 우수하고 부유한 사람들이 사는 지역이다. 30평대 아파트 매매의 경우 대략 40만 위안 이상이며, 임대차는 월 4,000위안 이상 주어야 한다. 지역별, 계층별로 빈부격차가 심한 상하이에서 이 돈은 엄청나게 큰 돈이다. 웬만한 상하이 사람의 두세 달 월급이다.

나는 한 중개인의 소개로 이곳에 집을 얻었는데, 집주인은 올해 28살의 상하이 아가씨였다. 어린 나이에 대략 40만 위안 짜리 아파트를 가지고 있어 놀랐는데, 부동산 4인방의 말을 들어보니, 상하이에서는 주택 구입 금액의 상당 부분을 은행에서 빌릴 수 있고, 세를 놓는 경우 매월 이자를 갚고도 상당한 금액을 벌 수 있다고 한다.

예를 들어 40만 위안 짜리 집을 살 때 70%까지 은행에서 대출이 가능하다고 한다. 최장 30년까지 이용할 수 있는데, 이율은 대략 5% 수준이라고 한다. 이런 집은 내가 살던 지역에서는 월세가 대략 4,000위안 정도였으니 매달 이자 등을 갚고도 2,500위안 정도가 고스란히 주인의 몫이 되는 것이다. 이 돈은 매월 1,000위안을 버는 부동산 친구들의 두 달 반 월급에 해당된다. 그야말로 돈 좀 있으면 앉아서 돈 버는, 돈이 돈을 낳는 사회가 이곳이다. 그러기에 수십 채씩 소유하면서 임대와 매매로 돈을 버는 사람이 꽤 많다고 한다(그럼 수십 채씩 소유할 수 있는 돈은 어디서 났을까? 내가 아는 한 중개인은 친척이 밀수로 벌어들인 돈을 상하이 부동산에 투자하여 세탁, 관리해주고 있었다). 한편 부동산을 사고 파는 데는 일등 국민인 한국인들도 이곳에 집을 샀다가 팔았다가 정신 없다고 한다. 이런 판에 중개인들이 고소득자가 되고 있다(임대료나 매매가가 비싸다 보니 한 달에 비싼 물건 한두 건 중개하면 나머지 기간은 놀아도 될 지경이다).

과연 이곳이 사회주의 국가 중국인가? 신성한 노동은 간 데 없고, 자본과 투기가 쏟아내는 잉여가 판을 친다. 토지는 여전히 국가 소유지만, 베이징, 상하이 등의 대도시에서 주택은 사유이다[등기부 등본엔 분명 사유(私有)로 표시되어 있다]. 주택의 매매와 임차를 통해 얼마든지 돈벌이가 가능하다. 특히 상하이 같이 '뜨고 있는' 동네에서는 더욱 그렇다. 국내외 유동 인구도 많고 돈도 몰리고, 그만큼 주택 수요도 많기 때문이다. 그러나 요즘은 일정 규모의 주택을 사면 상하이 후커오우를 부여하는 제도가 폐지되었고, 공급도 어느 정도 안정 상태를 보이고 있기 때문에 부동산 시장이 다소 진정될 전망이라고 한다. 하지만 여전히 지역적 수급 불균형을 보이고 있고, 상하이의 장래를 생각하면 향후 부동산 시장의 전망은 밝다고 보는 시각이 우세한 듯하다. 그래서 그런지 상하이 여기저기에는 유달리 부동산 중개업소가 많다. 내가 살던 아파트 단지에는 더욱 많다(내가 느끼기엔 주택공급 과열 상태가 아닌가 싶다. 여기저기 아파트를 짓느라 야단이다. 그런데 문제는 서민용은 없고 있는 사람들을 겨냥한 고급 아파트만 늘고 있다는 사실이다. 여기에 공실률이 엄청 높기 때문에 매우 위험해 보인다. 은행 돈을 끌어들여 아파트를 지었기에 분양을 통해 은행 대출을 갚아야 하는데, 공실률이 높으면 빚을 갚을 수 없고, 결국 은행의 부실을 초래할 수 있는 것이다).

중국에서마저 겪은 세입자의 서러움

나의 집주인은 28살의 젊은 아가씨이고, 그녀의 남자 친구도 비슷한 또래이다. 집을 빌려줄 때 이들의 인상은 좋은 편이었다. 집주인은 다소 사납게 보였지만, 상냥하게 구는 듯했고, 남자 친구 역시 별다른 특징은 없었지만 크게 모난 데가 없어보였다(얼굴이 둥글기 때문이다). 무엇보다 집주인이 젊은 사람이라 마음이 놓였다. 문제가 생겼을 때 노회한 사람보다는 아무래도 젊은 사람과 푸는 것이 쉬울 것 같았기 때문이다. 그런데 집주인은 원래 그런 것인가?

임차 기간이 끝나 보증금을 돌려받는 과정에서 정말 어이없는 일을 당했다. 집주인과 오전 10시에 만나기로 약속을 했는데, 아무런 연락도 없이 10시 30분이 넘어 나타났다. 남자 친구를 대동하고 나타나서는 제대로 인사도 건네지 않고, 대뜸 안방으로 들어가는 것이다. 그러더니 하는 말,

"가구 문이 부서진 것 같은데, 이전에는 분명 그렇지 않았다. 지금 부서져 있으니 결국 당신이 부순 것이다. 배상해라."

참으로 어이가 없었다. 어찌 되었건 사람을 보면 먼저 인사를 해야 할 것 아닌가? 게다가 늦게 왔으면서, 눈도 마주치지 않고 가택수색 하듯 하며 한다는 소리가 잘못도 없는 나에게 모든 것을 뒤집어 씌우는 말이라니. 집주인이야 성깔 있게 생겼기에 그렇다 쳐도, 다소 둔해 보이는 남자 친구가 의외로 더 화를 내며 야단이다. 문제가 있으면 차분히 해결하면 될 텐데, 왜 화부터 내고 신경질을 부릴까? 집을 빌려줄 때 당연히 해주어야 하는 청소마저 바쁘다며 해주지 않길래, 손수 더러운 집 청소까지 해가며 깨끗이 썼다고 자부하는 판에 이런 소릴 들으니 더욱 어이가 없었다. 보아하니 좀 배운 친구들 같은데, 뭘 배웠는지 의심스러울 지경이다. 화를 삭이며 말을 했다.

"원래 부서져 있던 것이다. 너희들이 세를 줄 때부터 부서진 것인데, 그때 제대로 확인하지 않은 서로의 잘못이지 왜 나에게만 잘못이 있다는 것이냐? 그리고 그 문이 부서진 상태를 봐라. 문이 휘어진 것은 문 자체의 품질에 문제가 있기 때문 아니냐?"

상하이에서는 집을 빌려줄 때 TV, 가구 등 일체를 빌려주는 경우가 대부분이다. 임차시 이들의 상태를 꼼꼼히 확인하고, 이후 문제가 발견되면 바로 연락을 해야 한다. 하지만 아무리 세세하게 확인했다 해도 집주인이 이것저것, 하나하나 트집을 잡고 늘어진다면 어쩔 도리가 없다. 어이없고 화나는 일은 계속되었다. 이번에는 가구 문에 이어 소파가 더러워진 것을 문제삼아 늘어졌다. 집을 빌려줄 때는 소파에 얼룩이 별로 없었는데, 이번에 새로운 얼룩이 생겼으니, 당연히 내가 잘못한 것 아니냐고 물어본다. 집을 빌릴 때 소파가 더러워 세탁을 부탁했는데, 바쁘다는 핑계를 대며 거절해놓고서는 이제 와서 소파에 얼룩이 생긴 것까지 물고 늘어진다. 또한 참으로 대단한 기억

력이다. 4개월 전의 소파 얼룩 하나하나를 다 알고 있다는 듯이 다그
쳐대니 말이다. 내가 그런 것 같기도 하고, 아닌 것 같기도 하고 가물
가물하다. 비록 누가 했든 그들이 세탁을 하겠다고는 했지만, 이런
식이라면 빌리는 가구 하나하나, 구석구석까지 전부 사진을 찍어두
어야 하는 것 아닌가(그러기도 한단다)? 상하이의 임대차가 이렇게까
지 삭막한가? 남자 친구 녀석은 더 야단이다. 계약 만료일보다 하루
늦게 나가니 하루 치 방 값을 내놓으란다. 중개인을 통해 사전에 양
해를 구했고, 자기들도 시간이 없어 오늘 만나기로 해놓고서는 이런
소리까지 해댄다. 정말 치사한 것 아닌가? 집주인도 이건 좀 지나쳤
다 싶은지, 남자 친구를 말리는 기색이다. 집을 빌려줄 때 상냥하게
굴던 모습은 어디 갔는가?

　부동산 친구들과 이웃에게 이 오만방자한 집주인 이야기를 하였더
니 다들 수리비를 내지 말란다. 집주인 중에는 그런 사람이 있는데,
자기들도 정말 짜증난다고 한다. 리밋은 중국 인구가 많은 것도 짜증
나지만, 그런 하류 인간들 역시 너무 많아 중국이 싫단다. 그런데 그
런 사람들이 잘 살고 있어 더욱 화가 치솟는단다. 자기들은 성실히
살지만 돈이 없고, 그러다 보니 뾰족한 희망도 없는데, 나쁜 사람들
은 밀수, 뇌물 수수, 탈세, 폭력 등의 나쁜 짓으로 쉽게 엄청난 돈을
벌어 잘만 살고 있는 게 중국이란다. 동병상련의 정을 느끼며 한마디
해주었다. "한국도 마찬가지야." 사실 중국에서 겪은 이런 집주인
들은 한국에도 얼마든지 있다. 한국에서 전세금을 돌려받을 때도 비
슷한 일을 당했는데, 외환위기 핑계 대며 계약 만료 후 3개월이나 지
나서야 전세금을 돌려주었다. 이 일 때문에 물질적, 정신적으로 많은
피해를 당해야 했다. 더욱 심한 것은 임대차 당시 쌍방이 훤히 알고
있던 하자를 나에게 뒤집어 씌우며, 수리비를 주지 않으면 전세금을
내줄 수 없다는 생떼를 쓰는 뻔뻔함이었다. 세입자가 제때 전세금을

돌려받지 못해 받은 고통과 손해를 조금이라도 생각했다면 이럴 수는 없을 것이다. 억울했지만 결국 수리비를 던져주었다. 이런 일을 중국에서, 그것도 젊은 친구들에게 당하고 보니 어디 가나 집 없는 설움이 이리 큰가 보다(중국에 있던 그 몇 달새 천정부지로 치솟는 한국의 아파트 가격을 보며 한국은 참 재미있는 나라라는 생각이 들었다).

그들은 화를 냈지만 나는 의연했다. 사람을 윽박지르고, 공포감을 조성하는 그런 상황 어디 한두 번 겪어보나. 서글프지만 인생을 살다 보면 이런 것에 익숙해진다. 의연한 가운데 내린 결론은 절대 한푼도 줄 수 없다는 것이었다. 그런데 중개인 왈, "중요한 것은 보증금을 받아내는 것이다. 까짓 몇 푼에 일을 그르치지 말자." 버릇없는 아이들 버릇을 고쳐주어야 하는데, 이게 아니라고? 중개인은 내가 중국을 잘 모른단다. 서로 화내고 법으로 하자 하면, 시간도 오래 걸리고 피차 힘들어지니 적당히 웃으면서 양보하며 해결해야 한다나. 또한 어떤 원인으로 문이 부서졌든, 문이 부서진 것은 내가 사용한 기간에 그런 것이니 타협하는 게 나을 것 같단다. 그리고 이런 일은 그나마 별 것 아니란다. 매매를 중개해주고 나니, 그 많은 중개 수수료를 한푼도 주지 않겠다고 버티는 아주 나쁜 사람도 많이 겪었다고 한다. "죽일 테면 죽여라"라는 식이란다.

그런데 어찌하다 보니 집주인의 남자 친구와 중개인의 고향이 모두 동북이란 걸 알게 되었고, 그때부터 중국판 향토애가 드러나기 시작했다. 그 남자 친구란 녀석은 갑자기 수다쟁이처럼 이런저런 소리를 신나게 지껄여댔다. 한국 축구를 좋아한다는 등, 젊은 사람끼리 잘 해결하자는 등, 나중에 술 한잔 하자는 등, 북방 사람은 화끈하다는 등의 유화적인 말을 해댔다. 진작 그럴 것이지. 왜 처음부터 다짜고짜 따지고만 들고, 화끈하게 화를 내었을까? 비록 내가 잘못한 부분이 있더라도 그렇게 하지 않아도 될 터인데 말이다. 내가 중국을 잘 모르기에 그들을 화나게 만든 것일까? 아니면, 그들이 의도적으로 화를 냈을까? 별의별 생각이 다 든다. 결국 중개인의 노력으로 대충 해결되었고, 헤어질 때는 악수까지 하고 말았다. 하지만 중개인의 마지막 말이 마음에 걸린다. "느낌상, 저 친구들이 네가 외국인이라고 보증금을 제대로 주지 않을 생각이었던 것 같다."

젊은 친구들이 너무 일찍 돈을 알았나 보다. 중국인들도 인정하듯, 의로움과 이로움 중 이로움에만 관심 있는 상하이 사람들이 많다는데, 이들이 그 전형은 아니었을까?

두 달이 지난 후 남아 있는 전화요금 등을 정산하기 위해 그들과 다시 만났다. 그런데 잘 해결하자던 그들은 어이없게도 터무니없는 수리비를 요구했다. 가구 수리비용은 물론 다른 비용까지 청구하는 것이었다. 멋진 잠옷 차림으로 건들건들 나타난 그녀를 보며 나는 더 이상 대꾸하고 싶지 않았다. 사실 이런 경우 그들에게 돈을 주어서는 절대 사회정의를 바로 세울 수 없다. 하지만 당시 사정상 어쩔 수 없었다(한국에서도 그랬지만). 이들을 어찌 해야 하는가? 같이 간 후배는 그저 똥 밟았다고 생각하라는데, 이래서 세상은 벌써 오래 전에 똥판이 되었다. 그렇다고 법으로 뭔가 해볼 수 있는 성격의 일도 아니고, '과연 사적구제(私的救濟)는 전적으로 부정되어야 하는 것인가?'라는 생각마저 든다. 아님 동화책에서 배운 대로 그들이 지옥에 가는 것에 만족해야 하는가?

　중국에 오기 전 들은 말 중 하나가 중국에서는 무조건 깎아야 한다, 그것도 반 정도는 에누리하고 시작해야 한다는 말이었다. 왜냐하면 그만큼 가격을 부풀려 말하기 때문이다. 실제로 흥정을 하다 보면 대부분 맞아떨어졌다. 깎아달라고 해서 안 깎아주면 그냥 가는 척하면 된다. 그러면 다시 부른다. 그런데 요즘 중국도 변한 것 같다.

　상하이는 100여 년 동안이나 유럽 열강의 조계지였고, 이전에는 한적한 어촌이었기에 중국 전통의 흔적을 찾기가 쉽지 않은 곳이다. 그런데 이곳에도 우리의 인사동과 비슷한 위위앤(豫園)이 있는데, 이곳에서 꽁씨파차이(恭喜發財, 부자 되세요)를 기원하는 귀여운 인형을 발견했다. 비록 조잡한 감이 없지 않았으나 두 손에 주렁주렁 돈 꾸러미를 들고 있는 표정이 하도 귀여워 하나 사기로 하고 물었더니 15위안이란다. 중국에서는 무조건, 그것도 확 깎아야 한다는 생각에 깎아달라고 했더니 최저가란다. '그렇다면 할 수 없지.' 그냥 가면 다시 붙잡겠지 생각하고 돌아서 가는데, 이 사람이 도대체 부르지를 않는다. 일종의 배신감을 느꼈다. 이런 경우 파는 사람이 으레 붙잡는다고 생각했는데, 참 황당했다. 사고는 싶고, 자존심에 다시 갈 수는 없고……. 여기저기 돌아다니다 다행히 그 인형을 파는 다른 가게를 찾을 수 있었다. 값을 물어보니 턱없이 비싸게 부른다. 아까 그 집이 정말 최저가였나 보다. 이번에도 깎아달라고 했더니 조금 깎아준다. 그래서 다른 상점에서는 그것보다 싼 15위안이라고 했더니 자기네도 그 가격에 팔겠단다. 결국은 하나 샀다. 하긴 이전에는 오늘보다 더 황당한 경우도 겪어보았다. 그때는 자명종 시계를 사고자 했는데, 깎아달라고 하니 싸늘히 거절했다. 어떤 상인은

“그거 십 몇 위안짜리 얼마나 깎으려고?” 하는 식의 배짱을 보이기도 했다.

중국에 대해 말들이 많은데, 절대적으로 옳은 것은 많지 않은 것 같다. 값을 깎는 것도 한 예이다. 일반적으로 많이 깎아야 하지만, 그렇다고 무조건 깎는 것만이 능사는 아니다. 이곳저곳 둘러보고 시장 상황을 제대로 파악한 후 이에 맞는 가격전략을 세워야 성공할 수 있다. 또한 “중국에선 되는 것도 없고, 안되는 것도 없다”라는 말이 있으니 융통성도 최대한 이용할 줄 알아야 한다.

세상에 공짜가 어디 있어?

하이난(海南)의 한 식당에 갔다. 음식을 주문하고 기다리고 있는데, 숟가락, 젓가락과 함께 깨끗한 휴지 한 봉지와 포장된 물수건을 준다. 이게 웬 일인가 싶다. 밥을 먹고 나서 계산서를 가져오라 하여 가격을 보았더니, 주문했던 것보다 2위안이나 더 나왔다. 왜 그런고 하니, 휴지와 물수건이 각각 1위안씩이란다. 세상에! 아무말도 하지 않고 마치 서비스를 하는 것처럼 가져다 놓고는 쓰고 나니 돈을 받는다. 이것도 중국인의 상술 중 하나인 듯한데, 씁쓸하다. 그런데 당연한 소리지만 이것도 각 지방마다 다르다. 어떤 곳은 진짜 공짜인 곳이 있고, 어떤 곳은 가격을 떳떳이 밝히기도 한다. 그까짓 1위안 아무것도 아니라고 생각하면 그냥 쓰고, 아니면 한 번쯤 물어보는 것도 좋다.

상하이에서 비디오 테이프를 본 적이 단 한 번 있었는데, 그곳은 일본인이 일본인을 상대로 운영하는 비디오 가게였다. 이곳 이외에 상하이는 물론 다른 지역에서도 비디오 테이프를 보지 못했다. 왜? 중국에서는 VTR 시장 초기에 VCD player와 값 싼 불법복제 타이틀(title)이 등장하여 VTR 시장을 대체했던 것이다. 지금은 DVD player가 유행하는데, player 값도 저렴하고(1,000위안이면 좋은 것을 살 수 있다) 타이틀의 값도 아주 저렴하다. 10위안 정도면 최신 DVD 타이틀을 구할 수 있다. 왜 이리 쌀까? 원래 싼 것도 있지만, 대개가 불법복제판이다. 베이징, 상하이 등 젊은이들이 많이 모이는 곳에 가면 쉽게 구할 수 있다. 전문 판매장, 서점, 길가 어디에서든 이런 것을 파는데, 버젓이 판매하는 경우도 있고, 은밀히 거래하는 경우도 있다. 품질은? 소리고 뭐고 아무것도 나오지 않는 복제물도 많다. 따라서 불량인지 아닌지 미리 시험해보고 사야 안전하다.

VCD나 DVD가 담고 있는 내용은 학습, 오락, 영화, 음악 등 다양한데, 역시 영화 작품이 주를 차지하고 있다. 그 가운데 눈에 띄는 작품들이 있는데, 표지를 보면 한국의 삼류 영화 못지 않은 야한 작품들이 바로 그것이다. '도대체 이런 류의 중국 작품은 얼마나 야할까?' 하는 생각에 한국에서처럼 주위를 두리번거리며 몇 작품 골라봤는데…….

분한 김에 '중국놈들 정말 표리부동하다'는 생각이 절로 든다. 사기에 가깝다는 생각마저 든다. 표지와 내용은 전혀 상관없었다. 분명 겉은 야한 그림과 그럴싸한 제목을 달아놓았는데, 내용은 전혀 그렇지 않다. 대체로 아주 건전한 내용이다. 조용히 중국어 공부하기 딱 좋은 작품이다.

사실 중국인들 표리부동하다는 것은 농담이고, 진짜 표리부동
한 것은 나이다. 겉으로는 안 그런 척하면서 내심 보고 싶은 마
음에 골랐는데, 그렇지 않았으니 그 배신감이 오죽했겠는가?

중국 친구들이 보낸 이메일

파일(F) 편집(E) 보기(V) 삽입(I) 서식(O) 도구(T) 동작(A) 도움말(H)

보내기(S) | 옵션(P)...

받는 사람...

참조(C)...

제목(J):

편지 하나

中国人习惯直呼人名表示亲切，那我以后就叫你东渊兄怎么样?

东渊兄:

又过了很多天, 你现在还好吗? 是不是很忙呢? 寒冷的天气没把你冻着吧? 身体还好吗? 我在的地方在中国是称为南方, 现在的天气还是比较暖和, 不过也快变冷了. 现在已经是11月中旬了, 2月1日就是我们中国的春节. 这可是我们中国人很重视的一个节日. 不知道你们韩国是不是也有这样一个自己的节日呢? 很高兴你和我讲了一些我很想知道的事情, 我相信这对我一定会有帮助的. 我的回信你收到了吗? 做的不够还请原谅. 我也很高兴能帮你, 应为我知道学好一门外语太重要了. 而且你要请我吃饭的, 不要忘记哟, 哈哈哈…… 其实我赚了钱的话, 我也一定会请你吃的. 我还想说, 韩国的料理的确好吃, 烤肉我也吃过了, 而且在中国很多地方都有 "韩国铁板烧", 不过大多是中国人自己烤的. 生海鲜我没吃过, 有机会一定试一试. 味道很好吗? 东渊兄, 能和你认识真是一种缘分, "缘分"在中国是一个很有含义的词, 它代表 "冥冥中上天注定了", 所以我觉得我们真是有缘, 希望能和你成为永远的好朋友. 就先到这, 祝你有好心情!

　이 친구는 구이린(桂林)에서 우연히 만난 친구인데, 대학 친구들과 구이린에 놀러왔다가 나와 깊은 인연을 맺은 친구이다. 나보다 10살이나 어린 친구였지만 서로 친구라 부르며 중국과 한국에 대해 많은 것을 이야기했다. 그런데 이 편지에서 그는 나를 동연 형이라 부르겠다고 한다. 이전에는 친구라 불렀지만, 이젠 더욱 친근감 있게 이름을 부르고, 존칭의 의미가 담긴 형이라는 호칭을 쓰겠다는 것이다.

　이 친구는 중국의 설에 대해 이야기하며 우리나라에도 설이 있는지 묻고 있다. 우리도 중국에 대해 잘 모르고, 이들도 우리를 잘 모른다는 생각이 다시 든다. 한편 이 친구는 내 이야기를 듣고 먹어본 한국 불고기의 맛이 아주 좋았음을 이 편지에서 말하고 있다. 그러면서 기회가 되면 생선회도 먹어보고 싶다는 희망을 표현하고 있다. 마지막으로 그는 우리의 만남은 우연이 아니라 진짜 인연에 의한 것이라 말하며, 영원한 친구가 되었으면 하는 소망을 표현하고 있다.

편지 둘

Bush and Powell are sitting in a bar. A guy walks in and asks the barman, "Isn't that Bush and Powell?"

The barman says, "Yep, that's them."

The guy walks over and says, "Hello, what are you guys doing?"

And Bush says, "We're planning world war 3"

And the guy says, "Really? What's going to happen?"

And Bush says, "Well, we're going to kill 10 million Afghans and one Bicycle repairman."

And the guy quickly asks, "Why are you gonna kill a bicycle repairman???!!!"

And Bush turns to Powell and says, "See, I told you no one would worry about the 10 million Afghans!"

매기(Maggie)는 대만계 무역회사에서 일하는데, 중국 네티즌들 사이에 유행하는 유머나 재미있는 사진이 있으면 꼭 나에게 보내준다. 그녀가 보낸 것 중 압권은 어느 회의 석상에서 당시 장 쩌민(江澤民)의 모습을 찍은 사진인데, 정말 가관이다. 무료한 듯 하품하고 졸고 심지어 코를 후비는 모습까지 카메라에 잡혔다. 이런 사진이 중국 네티즌 사이에 떠도는 것을 보니 세월의 변화와 권력의 무상함이 느껴진다. 위의 유머 역시 그녀가 보내준 것인데, 부시(Bush)와 미국의 반인권적인 작태를 비꼬는 내용이다. 중국의 인권문제를 걸고 넘어지는 미국! 그대 역시 철저한 자기 반성을 해야 할 것이다.

편지 셋

jin dong yuan:

ni hao, hao chang shi jian mei you gei ni xie xin, dui bu qi. ni xian zai hao ma? ni shen me shi hou hui bei jing? wo hen xiang nian ni, ni zai shang hai hao ma? shen ti hao ma? wo zai beijing hen hao, ni de han yu xue xi de zen me yang le? wo hen xiang he ni jian mian. shang yi ci gei ni da dian hua, ting ni de sheng yin hao xiang hen lei, bu yao tai xin ku le, shen ti yao jin ya! wo de xin xiang ke yi yong le, ru guo ni yao gei wo xie xin, ke yi ji dao wo de xin xiang.

hen xiang kuai dian he ni jian mian! hen xiang ni!

mao mao

마오마오가 보낸 메일이다. 상하이에서 고군분투하던 나의 건강을 염려하는 내용이다. 아울러 빨리 다시 보고 싶다는 마음도 전하고 있다.

이 편지에 쓰인 것은 병음인데, 간체의 발음 기호이다. 간체는 중국 한자로 지금 우리와 대만이 사용하는 한자(번체)를 간략하게 만든 것이다. 병음은 영어의 알파벳을 이용한 발음 기호인데, 간체 없이 이것만 보고도 그 뜻을 가늠할 수 있다. 병음에 성조를 넣어 발음하면 그야말로 중국어가 된다. 간체 한 글자 읽을 줄 모르고 쓰지 못해도 병음과 성조만 익히면 의사소통이 가능한 것이다. 실제로 중국어를 구사하는 서양 친구 중에는 '눈 뜬 장님'이 많다. 간체를 읽고 쓰지는 못하지만 병음 덕에 중국어를 배운 것이다.

마오마오가 병음을 이용해 편지를 보낸 이유는 당시 나의 노트북엔 간체를 읽을 수 있는 프로그램이 없었기 때문이었다.

편지 넷

Dear Jin dongyuan,

How are you?

Last week my wife spent lots of time in watching a Korean TV play, I don't know its original name, may be 'Endless love' in English. The casts are including Yuan Bin (원빈) Song Chengxian (송승헌), and Song Huiqiao(송혜교). The story is very touching and my wife is always enjoying it with tears. I say, your TV play is wonderful!

Yesterday I read a magazine about Seoul, but very simply. The city is so beautiful that we are very fond of it. We really hope to visit Seoul in the near future. The problem is I have no time, it bothers me for a long time. We are seeking a chance to have a trip to meet you in Seoul.

Bring our best regards to your wife and son!

David Song.

데이비드(David Song)는 선전의 한 식당에서 살벌하게 만나 좋은 친구가 된 중국인이다. 그 식당은 일종의 뷔페식으로 손님이 직접 음식을 골라 먹는다. 내가 자리를 잡고 있는 바로 앞에 그가 자리를 잡았다. 음식을 먹으며 이런저런 생각을 하다가 웃기도 하고, 머리를 흔들기도 했는데, 이 친구는 나를 오해했는지 아주 살벌한 표정을 지으며, "왜 사람 기분 나쁘게 웃고 난리야?" 하고 묻는 것이다. "미안하지만, 너를 놀리는 게 아니다"라고 해명을 하며 이런저런 이야기를 하다 뜻하지 않게 아주 가까워졌다. 그는 내가 중국어를 하지 못하는 줄 알고 줄곧 영어만

써댔다. 그날 저녁도 사주고, 자기 집 구경도 시켜주고, 비싼 술집에 가서 술도 사주고 하여간 고마운 친구였다. 그는 국가가 대졸자에게 직장을 나눠주던 시절의 마지막 수혜자인데, 지금은 국가가 정해준 좋은 직장 그만두고 적성에 맞는 새 직장에서 일한다고 했다. 이 친구는 2003년에 서울을 방문할 예정이다.

이 편지에 따르면, 그와 그의 아내는 한국 TV 연속극을 좋아하는데, '가을동화'를 즐겨 본단다. 특히 그의 아내는 눈물까지 흘리며 볼 정도라고 한다.

편지 다섯

동연씨!

좀 전에 메일을 보냈는데, 확실치가 않아서 다시 보냅니다. 중국에서 '애인'이란 용어는 모택동 시절부터 사용되었는데, 아내나 남편을 지칭하거나 결혼 전의 남자 친구 혹은 여자 친구를 가리켜서 그렇게 불렀던 것입니다. 그러나 지금 중국에서는 40대 이상의 나이 많은 사람들은 '애인'이란 말을 지금도 사용하는데 오직 아내나 남편을 지칭하는 말로만 사용합니다. 그리고 젊은 중국인들은 아내나 남편을 지칭하

는 말로 노공(老公), 노퓌(老婆), 선생(先生), 타이타이(太太) 등
의 용어를 사용합니다. 또, 남자 친구나 여자 친구(사랑하는
사람이라는 뜻) 혹은 대상이란 용어를 별도로 사용합니다. 즉
남편이나 아내를 지칭하는 말은 애인, 노공(老公), 노퓌(老
婆), 선생(先生), 타이타이(太太)뿐입니다. 그래도 의문이 생기
면 또 연락주세요.

　　행복을 기원합니다.

　　이 편지는 베이징 위이앤 따쉬에 교수인 짱쑤씨앤(張淑賢) 교
수가 보낸 글이다. 나에게 중국어에 관해 이런저런 많은 것을 가
르쳐주신 고마운 분이다. 나는 이 분께 한글을 가르쳐드렸는데,
위 글은 장 교수님이 직접 쓰신 글이다.

돌아보며 느낀 중국

"백문이불여일견(百聞而不如一見)!" 더 이상의 말이 필요 없을 듯하다. 하지만 단순한 관광식의 '見'은 큰 의미가 없다. 중국은 넓기도 넓은 만큼 지역별로 언어, 생활 모습, 사고 방식 등이 다르기 때문에 직접 겪어보고, 그들과 대화하고 부딪히며 느끼는 것이 무엇보다 중요하다. 중국을 한 마디로 규정 짓고, "중국은 이렇다"라고 단언하는 것은 때론 가능할 수도 있겠지만, 대부분의 경우 많은 예외 때문에 곤혹을 치르지 않을 수 없다. 물론 중국 전체를 관통하는 큰 흐름은 있어왔지만 나는 이런 흐름을 가지고 중국을 이해하기보다는 각각의 구체적인 모습을 느끼고 이를 엮어가며 중국을 이해하고자 했다. 그러기 위해서는 무엇보다 많은 지역을 여행해야 했고, 더욱 많은 사람과 그들의 삶의 장면을 만나고 보아야 했으며 이를 검증해야 했다. 이러다 보니 발이 무척이나 고생했으며, 그 몇 달새 10kg의 몸무게는 온데간데없이 사라지고 말았다.

내가 여행한 지역은 30여 개가 넘는다. 웬만한 중국인보다 나은 한국인이라 말할 수 있다. 중국인들은 "있는 말 다 해보지 못하고, 있는 글 다 써보지 못하고, 있는 음식 다 먹어보지 못하고, 있는 지역 다 가보지 못하고 죽는다"는데, 그래도 나는 그들보다는 많은 지역을 가보았기 때문이다. 그것도 중국의 곳곳을 고루 누볐다. 나의 중국 방문은 1999년 12월이 처음이었다. 이후 2001년 12월에 두번째 방문을, 그리고 2002년 1월에 세번째 방문하면서 9개월을 머물렀다. 우선 베이징(北京)에서 1개월 정도 체류했으며, 이후 상하이(上海)에서 5개월 정도 머물렀고, 상하이를 근거지로 삼아 동남부 해안 지역을 돌아보았다. 이후 기간은 주로 서부 지역을 돌며 서부대개발 현장과 티베트, 위구르 등을 돌아보았다. 마지막으로 동북 지역 또한 빼놓지 않았다.

  이렇게 돌아보고, 각각의 경험을 종합해 엮어가며 느낀 중국은 '다양, 상반, 갈등, 회색, 희망'이 공존하는 국가이다. 우선 중국은 참으로 다양한 민족으로 구성된 다민족국가이다. 각 민족이 고유한 문화와 역사, 언어를 가지고 있으며, 그 생김새 역시 제각각이다. 정말 중국적인 민족이 있는가 하면, '이 민족도 중국이라고 해야 하는가?' 할 정도로 이국적인 어색함이 강하게 느껴지는 민족도 있다. 한편 국토가 워낙 넓다 보니 지역별로도 아주 다양한 모습을 보이는데, 기후 등의 자연환경은 물론이고, 지역에 따른 언어, 음식, 생활 모습 그리고 사고 관념, 심지어는 국가 행정사항까지 각양각색이다. 어느 한 지역에서 통하는 것을 가지고 다른 지역에 제대로 적용하기가 쉽지 않다. 같은 지역 내에서도 마찬가지다. 그래서 혼란스럽고 번거롭다.

이런 상황에서 중국을 제대로 이해하려면 많이 보고, 많이 듣고, 많이 배워야 한다. 또한 유연하게 사고하고 정확히 판단해야 한다. 내가 겪은 중국만이 중국의 전부라는 편협하고 독점적인 자세, "네가 중국을 알아?"라는 식의 폐쇄적인 자세로는 중국을 제대로 이해할 수 없다. 중국은 분명 어려운 나라이지만, 제대로 푼다면 풀 수 있는 나라이다.

위에서 말한 평면적인 다양성과 함께 중국에는 상반된 두 얼굴이 공존하고 있다. 최첨단 현재와 상반되는 몇 십 년 전의 과거가 여전히 중국을 이루고 있으며, 선진 기술과 자본이 구축한 거대하고 세련된 성(城) 바로 뒤엔 허물어지고 지저분한 뒷골목이 엄존하고 있다. 급속히 발전하는 도시가 있는가 하면, 정체되고 소외된 도시와 농촌이 또한 존재한다. 사람의 모습 역시 이러하다. 돈 있는 자와 없는 자의 대비가 너무나 두드러진다. 최고급 벤츠를 타는 사람과 낡은 자전거를 타는 사람이 같은 도로를 누비고 있다. 경제발전과 분배의 불균등 정도가 아주 심각하다. 한편 사회주의 이념과 자본주의 논리가 중국식 사회주의라는 이름으로 공존하고 있다. 정치체제와 이념은 사회주의를 고수하면서도 경제체제는 사유재산제, 자유경쟁 등의 자본주의 요소를 도입하고 있다. 홍콩처럼 무비자 입국이 가능한 곳이 있는가 하면, 이와는 상반되게 여행허가증이 있어야만 들어갈 수 있는 티베트가 있다. 하나의 중국을 유지하려는 중국의 정책과 상반되는 소수민족의 저항과 분리독립의 열망이 또한 존재한다.

이러한 상반성의 공존은 갈등과 분열의 위험을 안고 있다. 따라서 중국의 미래는 그들이 좋아하는 불꽃놀이만큼 화려하고 밝은 것만은 아니다. 무엇보다 지역별, 개인별 빈부격차는 갈수록 심각해지고 있다. 실업 문제 역시 마찬가지다. 이로 인한 사회 불안에 대해 중국 내 학자들 역시 우려와 경고의 목소리를 높이고 있다. 한편 외국 자본에 의한 중국의 경제발전이 계속해서 성공적이란 보장도 없다. WTO 가입 역시 기회인 동시에 갈등과 외부 위험에 대한 노출의 시작일 수 있다. 또한 경제력의 성장에 따라 민주화에 대한 요구가 거세질 가능성이 있으며, 공산당 내의 권력 다툼으로 인해 심각한 혼란이 초래될 가능성도 배제할 수 없다. 티베트와 위구르, 대만 등의 문제 역시 부담스럽다. 시안(西安)의 한 도로에서 최고급 벤츠와 낡은 자전거가 충돌하여 나자빠져 있는 광경을 목격한 적이 있다. 중국은 이럴 수 있다는 데 문제가 있다. 실제로 우리는 문화대혁명, 톈안먼 사건을 지켜봤으며, 티베트와 위구르의 유혈 투쟁, 시안 등지에서 발생한 폭탄 테러 및 농민, 노동자의 폭동에 대해 알고 있다. 중국의 현실과 미래

는 그 심각한 대기오염에 갇힌 회색빛의 도시처럼 답답해 보이기도
한다.

 하지만 광활한 국토와 자원, 높은 교육열, 저렴한 노동력 그리고 거
대한 시장을 갖춘 중국의 발전 가능성은 여전히 대단하다. 비록 현실
은 잠재적인 불안 요소가 많지만, 중국 공산당이 이를 극복하고 진정
한 중국식 사회주의를 건설할 가능성도 얼마든지 있다. 또한 불만스
럽고 힘든 현실을 인내하고 하루하루 열심히 일하고 공부하는 젊은
이들도 많다. 이들이 주축이 되어 변해가는 중국의 모습은 희망적이
다. 더욱이 중국은 세계 최고였던 나라가 아닌가!

지은이

김동연

1970년 개띠로 인생을 시작.

순탄하던 삶은 고등학교 졸업 후 대학이 아닌 학원에 가면서 막을 내림.

어느 소설책에서 본 '절망은 끝이 아닌 새로운 시작'이라는 이야기를 진짜로 믿음.

그렇게 공부하여 1990년 서울대 정치학과 입학.

세상을 모르던 행복한 삶은 공군사관학교 교수부를 떠나면서 막을 내림.

1999년 LG전자에 입사하여 '9개월간의 중국 일주'를 경험하고,

굳은 의지로 이 책을 씀.

펑이요로 만난 중국

ⓒ 김동연, 2003

지은이 | 김동연
펴낸이 | 김종수
펴낸곳 | 도서출판 한울

편집책임 | 곽종구
편집 | 한정희

초판 1쇄 인쇄 | 2003년 3월 10일
초판 1쇄 발행 | 2003년 3월 20일

주소 | 121-801 서울시 마포구 공덕1동 105-90 서울빌딩 3층
전화 | 영업 326-0095(대표) 편집 336-6183(대표)
팩스 | 333-7543
전자우편 | newhanul@nuri.net
등록 | 1980년 3월 13일, 제14-19호

Printed in Korea.
ISBN 89-460-3093-3 03810

* 책값은 겉표지에 표시되어 있습니다.